suhrkamp taschenbuch 1439

Stanisław Lem, geboren am 12. 9. 1921 in Lwów, lebt heute in Kraków. Er studierte Medizin und war nach dem Staatsexamen als Assistent für Probleme der angewandten Psychologie tätig. Privat beschäftigte er sich mit Problemen der Kybernetik, der Mathematik und übersetzte wissenschaftliche Publikationen. 1955 wurde Lem mit dem Goldenen Verdienstkreuz, 1959 mit dem Offizierskreuz der *Polonia Restituta* ausgezeichnet, erhielt 1976 den Großen Staatspreis für Literatur der VRP und 1985 den Großen Österreichischen Staatspreis für europäische Literatur. Er ist Gründer der polnischen astronautischen Gesellschaft. Seit 1973 liest Lem als Dozent am Lehrstuhl für polnische Literatur an der Universität Kraków. Wichtige Veröffentlichungen: *Solaris* (1972), *Die vollkommene Leere* (1973), *Sterntagebücher* (1973), *Robotermärchen* (1973), *Das Hohe Schloß* (1974), *Summa technologiae* (1976), *Imaginäre Größe* (1976), *Der Schnupfen* (1977), *Phantastik und Futurologie I* und II (1977/78), *Die Stimme des Herrn* (1981), *Provokation* (1981), *Kyberiade* (1983), *Also sprach Golem* (1984), *Lokaltermin* (1985), *Philosophie des Zufalls* (1983/1985), *Frieden auf Erden* (1986).
Dieser Abschlußband von Lems Essays enthält nur Arbeiten, die in der Insel-Ausgabe der *Essays* (1981) nicht enthalten waren. Stärker als die früheren Bände ist dieser persönlich bestimmt. Einmal handelt es sich um Essays, die autobiographisch sind oder sich auf das eigene Werk beziehen. Zum anderen gibt es Vorworte zu und Rezensionen von Büchern der Autoren, die Lem menschlich besonders nahestehen: Szymon Kobyliński, Władysław Bartoszewski und Jan Józef Szczepański.

Neben Rezensionen, die Lem deutsch für RIAS Berlin schrieb, vornehmlich über populärwissenschaftliche und pseudowissenschaftliche Bücher, aus denen Lems rationalistische Denkhaltung offenbar wird, und spekulativen Aufsätzen enthält dieser Band auch einige von Lems scharfsinnigsten Kritiken zu Autoren, denen er sich geistesverwandt fühlt oder die ihm widerstreben: Dick, Borges, die Strugatzkis und eine scharfe Abrechnung mit der Gattung, der der Großteil von Lems eigenem Werk zugezählt wird: der Science-fiction. Eine beachtliche Anzahl der Essays schrieb Lem gleich in deutscher Sprache.
Weitere Essays von Stanisław Lem liegen in den Bänden *Sade und die Spieltheorie* (st 1304) und *Über außersinnliche Wahrnehmung* (st 1372) vor.

Stanisław Lem
Science-fiction: ein hoffnungsloser Fall mit Ausnahmen

Essays
Band 3

Suhrkamp

suhrkamp taschenbuch 1439
Erste Auflage 1987

Satz: Uhl + Massopust, Aalen
Druck: Nomos Verlagsgesellschaft, Baden-Baden
Printed in Germany
Umschlag nach Entwürfen von
Willy Fleckhaus und Rolf Staudt

1 2 3 4 5 6 – 92 91 90 89 88 87

Inhalt

Mein Leben

Beim Niederschreiben dieser Biographie bin ich mir der beiden entgegengesetzten Pole bewußt, die meine schreibende Hand anziehen. Das eine Extrem ist der Zufall, das andere die das Leben gestaltende Ordnung. Ist alles, wodurch ich auf die Welt kam und, wiewohl unzählige Male vom Tode bedroht, dennoch heil davonkam, um schließlich Schriftsteller zu werden – darüber hinaus noch einer, der sich immerfort bemüht, widersprüchlichste Elemente des Realismus und der Phantastik zu verbinden –, nur die Resultante langer Zufallsreihen? Oder war doch auch eine bestimmte Vorherbestimmung am Werk, nicht in Gestalt irgendeiner übernatürlichen *Moira,* nicht gleich über meiner Wiege zum Schicksal erstarrt, aber doch irgendwie in mir keimend – sagen wir in meinem Erbgut, wie es sich für einen Agnostiker und Empiriker gehört.

Das Zufällige kann ich in meinem Leben bestimmt nicht von der Hand weisen. Als im Jahr 1915 die Festung Przemyśl fiel, wurde mein Vater als Arzt der Österreichisch-Ungarischen Armee von den Russen gefangengenommen. Nach fast fünf Jahren ist er durch das Chaos der russischen Revolution in seine Heimatstadt Lemberg (Lwów) zurückgekehrt, und ich weiß aus seinen Erzählungen, daß er zumindest einmal von den Roten als Offizier, also als Klassenfeind, auf der Stelle erschossen werden sollte und nur deswegen mit dem Leben davonkam, weil ihn, als er bereits zur Erschießung geführt wurde, vom Gehsteig einer ukrainischen Kleinstadt ein Mann bemerkte und erkannte – ein jüdischer Friseur aus Lemberg, der den Stadtkommandanten höchstpersönlich rasierte, so daß er freien Zutritt zu ihm hatte. Deswegen hat man meinen Vater, der ja damals noch nicht mein Vater war, freigelassen, und er kehrte nach Lemberg zu seiner Verlobten zurück. Diese Geschichte kann man, ästhetisch lediglich verwickelt, in einer fiktiven Rezension (»De Impossibilitate Vitae« von Cezar Kouska) meiner *Vollkommenen Leere* finden. Dort war der Zufall das Schicksal in Person, denn wäre dieser Friseur nur eine Minute später durch diese Gasse gegangen, hätte es für meinen Vater keine Rettung gegeben. Ich habe das als Kind von ihm gehört, und sicher vermochte ich damals, ich mochte zehn Jahre alt gewesen sein, mich keinen abstrakten Erwägungen hinzugeben, um die Kategorien des Zufalls und des Schicksals einander gegenüberzustellen. Mein Vater ist dann ein angesehener und recht vermögender Arzt (Laryngologe) in Lwów geworden. In dem doch recht armen Land, das dieses Vorkriegspolen war, fehlte es mir an nichts. Ich hatte ja eine französische Gouvernante, Unmengen an Spielzeug, und ich habe die Welt, in der ich heranwuchs, für etwas endgültig Stabiles gehalten. Warum aber, vorausgesetzt, daß dem so war, habe ich dann, als die Einsamkeit liebendes Kind, mir dieses skurril-merkwürdige Spiel ausgedacht, das ich in einem anderen Buch, nämlich *Das Hohe Schloß*, beschrieben habe?

Ich habe mich in fiktive Welten versetzt, die ich mir aber nicht sozusagen *direkt* ausgedacht oder vorgestellt habe. Als Schüler habe ich »gewichtige Papiere« in großer Anzahl fabriziert: Dokumente, Ausweise, Diplome, die mir Reichtum, hohe Würden und geheime Macht zuerkannten – oder auch unbeschränkte »Vollmachten«, »Passierscheine«, verschlüsselte und chiffrierte Beweise der höchsten Position – irgendwo, in einem Land, das auf keiner Karte zu finden war. Fühlte ich mich denn irgendwie verunsichert? Bedroht? Ist dieses Spiel einem solchen, vielleicht unbewußten Zustand entsprungen? Ich weiß es nicht. Ich war ein guter Schüler. Einige Jahre nach dem Zweiten Weltkrieg habe ich von einem älteren Mann, der im Vorkriegspolen irgendeine Stelle im Schulwesen innehatte, erfahren, daß, es war um 1936 oder 1937, als die Intelligenzquotienten aller Schüler der Oberschulen getestet wurden, mein I. Q. über 180 betrug, und ich war damals angeblich – nach den Worten dieses Mannes – das intelligenteste Kind in ganz Südpolen. Wovon ich aber damals keine Ahnung hatte, weil uns die Ergebnisse dieser Tests nicht mitgeteilt wurden. Also zumindest in diesem Sinne, unter diesem Gesichtspunkt, bildete ich schon eine Ausnahme von der Regel des Durchschnitts. Doch konnte mir diese Ausnahme bestimmt nicht dazu verhelfen, daß ich im deutschen Generalgouvernement die Besatzungszeit überlebte. Damals habe ich auf eine sehr unmittelbare, »praktische« Art erfahren, daß ich kein »Arier«

bin. Meine Vorfahren waren Juden. Ich wußte vom mosaischen Glauben nichts, und auch von der jüdischen Kultur leider gar nichts; ich verdanke eigentlich erst der Nazi-Gesetzgebung die Erleuchtung, daß in meinen Adern jüdisches Blut fließt. Wir ließen uns aber nicht im Ghetto einschließen. Mit falschen Papieren habe ich zusammen mit meinen Eltern diese Zeit überlebt.

Ich will aber noch auf meine Vorkriegskindheit zurückkommen. Meine erste Lektüre war von einer recht sonderlichen Natur. Es waren anatomische Atlanten und medizinische Fachbücher meines Vaters, die ich durchblätterte, als ich noch kaum lesen konnte – und ich vermochte um so weniger etwas davon zu verstehen, als die Fachbibliothek meines Vaters zum Teil in deutscher, zum Teil in französischer Sprache war. Nur die Belletristik war polnisch. Der Anblick von Skeletten, sauber geöffneten Menschenschädeln, von Gehirnen, die präzise und vielfarbig gezeichnet waren, von Eingeweiden, die, herauspräpariert, mit magisch klingenden lateinischen Namen geschmückt waren, ist mit meinen frühesten Kontakten mit der Bücherwelt verbunden. Dieses Herumstöbern in der Bibliothek meines Vaters war mir selbstverständlich streng verboten, und eben deswegen, als etwas Verbotenes und Geheimnisvolles, hat es mich gelockt. Die menschlichen Knochen muß ich wohl auch noch dazuzählen. Auf einem Regal meines Vaters, hinter der verglasten Tür des Bücherschrankes, lag ein Schädelknochen – *os temporis* – nach durchgeführter Trepanation, vielleicht ein Relikt aus der Zeit, als er Medizin studierte. Ich habe diesen Knochen, ohne mir dabei etwas Besonderes zu denken, mehrmals in der Hand gehabt (ich mußte dazu meinem Vater erst seinen Schlüssel für eine Zeitlang entwenden). Ich wußte, *was* das war, doch hat mich der Knochen nicht geängstigt, nur irgendwie verwundert. Seine Nachbarschaft – die Reihen dicker Bände medizinischer Werke – hielt ich für durchaus natürlich: ein Kind kann ja das Banal-Gewöhnliche nicht vom Ungewöhnlichen unterscheiden, weil es dazu ja aller erforderlichen Maßstäbe entbehrt. Diesen Knochen – oder vielmehr sein belletristisches Abbild – kann man in einem anderen Roman von mir *(Memoiren, gefunden in der Badewanne)* finden. Und zwar als einen sauber aus einer Leiche herauspräparierten Schädel. Einen ganzen Schädel, wie er in diesem Roman beschrieben ist, und der eine bestimmte, obwohl mir selbst nicht völlig klare Rolle spielt, besaß mein Onkel, der Bruder meiner Mutter, der ebenfalls Arzt war: Er wurde etwa zwei Tage nach dem Einmarsch der Wehrmacht in Lemberg ermordet. (Damals wurden auch mehrere Polen – zumeist Universitätsprofessoren und Boy-Żeleński, einer der bekanntesten polnischen Schriftsteller – nachts aus ihren Wohnungen geholt und erschossen.)

Nun aber – was für eine objektive, d. h. nicht von mir erdachte, nicht allein aus Assoziationen bestehende Verbindung kann es zwischen diesen Teilen des menschlichen Skeletts und der Zeit des Völkermordes geben? Beruht dieser Zusammenhang allein auf Zufallsserien, auf Koinzidenzen? Ich glaube schon, daß es sich um reine Koinzidenzen gehandelt hat: Ich glaube nicht an Vorsehung oder Prädetermination. Ich könnte mir höchstens an Stelle der prädeterminierten Harmonie eine prädeterminierte Disharmonie denken (meiner Lebenserfahrung entsprechend) – die in Chaos und Wahnsinn mündet. Meine Kindheit war zweifellos friedlich und arkadisch – insbesondere im Vergleich mit den folgenden Jahren.

Ich war ein Bücherwurm. Ich habe alles gelesen, was mir nur in die Hände fiel: die bedeutenden Werke der nationalen Dichtkunst, Romane und populärwissenschaftliche Bücher (ich weiß noch heute, daß ein Buch jener Art, wie sie mir mein Vater schenkte, 70 Złoty gekostet hat – der Preis stand drinnen – und das war damals ein Vermögen, weil man für 70 Złoty einen ganzen Anzug bekam). Mein Vater verwöhnte mich wahrlich. Ich habe mir auch – daran kann ich mich ebenfalls noch erinnern – in den anatomischen Atlanten meines Vaters die weiblichen und die männlichen Genitalien genau betrachtet – besonders »die weibliche Scham« erschien mir als etwas Spinnenhaftes, zwar nicht gleich Ekelerregendes, aber bestimmt als etwas, das mit Erotik nichts gemein haben konnte. Ich glaube später, in meinen Reifejahren, sexuell durchaus normal gewesen zu sein. Da ich aber als Medizinstudent unter anderem auch Gynäkologie studierte und sogar einen Monat lang als Geburtshelfer an einer Klinik tätig war, assoziiere ich die Pornographie von heute nicht mit sexueller Begierde, mit kopulativer Wollust, sondern mit den anatomischen Bildern in den Atlanten meines Vaters und mit meinen eigenen gynäkologischen Untersuchungen. Allein der Gedanke, daß ein Mann vom Anblick weiblicher Genitalien stark erregt werden kann, ist mir recht merkwürdig. Ich verstehe wohl, daß es sich dabei um *libido* handelt, um die in unsere Sinne eingebauten und von der Evolution vorprogrammierten Sinne: aber ohne Liebe ist mir Sex etwas, das dem unwiderstehlichen Drang eines Menschen ähnelt, Salz und Pfeffer allein löffelweise zu essen, weil ungesalzene und ungepfefferte Gerichte nicht schmackhaft genug sind. Keine Abstoßung, aber auch keine Anziehung, solange es sich nicht um einen ausgesprochenen *erotischen* Kontakt, um das handelt, was Liebe genannt wird. Als achtjähriger Knabe war ich in einen Backfisch verliebt. Das Mädchen, zu dem ich niemals ein Wort gesagt habe – ich habe es nur öfters in dem Garten gesehen, der sich unweit unseres Hauses befand –, hatte davon natürlich gar keine Ahnung und hat mich wahrscheinlich niemals bemerkt. Es war eine brennende, langanhaltende Liebe, sozusagen aus jedem Konkretum herauspräpariert, etwas in der Sphäre aller möglichen Wunscherfüllungen. An ihrer Bekanntschaft war mir nicht gelegen. Ich lechzte nur danach, sie aus der Ferne sehen zu können; es gab rein gar nichts weiter. Sollen sich die Herren Psychoanalytiker mit diesem Zustand eines kleinen Knaben befassen. Ich kommentiere ihn nicht, weil ich der Meinung bin, daß man eine solche Episode auf jede beliebige Weise auslegen kann.

Ich habe am Anfang von dem Gegensatz »Zufall-Ordnung« oder »Koinzidenz – Prädetermination« gesprochen. Erst als ich das Buch *Das Hohe Schloß* verfaßte, sind in mir Vermutungen aufgetaucht, daß mein Los – mein schriftstellerischer Beruf – bereits in mir keimte, als ich mir Skelette, Galaxien in astrophysikalischen Atlanten, Rekonstruktionen von monströsen Ursauriern des Mesozoikums und farbige Menschengehirne in anatomischen Handbüchern angesehen habe. Das waren vielleicht die äußeren Ursachen oder, besser gesagt, die Impulse und Reize, die meine Empfindsamkeit mitgestaltet haben. Was natürlich nur eine Vermutung ist.

Ich habe mir nicht nur phantastische Königreiche und Würden entworfen, sondern auch Erfindungen gemacht und vorsintflutliche Tiere »projektiert«, an denen es in der Paläontologie mangelte. Ich habe mir z. B. ein Flugzeug in Form eines gewaltigen Hohlspiegels ausgedacht: der Dampfkessel sollte sich im Brennpunkt befinden, am Kranz des Spiegels sollte es wie bei einem Hubschrauber vertikal angebrachte Turbinen geben, deren Rotoren den Schub lieferten, und die Energie für das alles sollte aus den Sonnenstrahlen gewonnen werden. Dieses Unding sollte immer ganz hoch fliegen, damit es über den Wolken (und natürlich nur am Tage) flöge. Auch habe ich erfunden, was es bereits längst gab, nur wußte ich nichts davon: z. B. das Differentialgetriebe. In meinen dicken Heften habe ich auch recht Komisches gezeichnet, darunter ein Fahrrad, auf dem man hoch- und niedergehend fahren sollte, wie ein Reiter auf dem Pferd. Etwas Ähnliches habe ich vor einiger Zeit irgendwo gesehen – vielleicht im englischen *New Scientist,* aber ich bin mir nicht ganz sicher, ob es diese Zeitschrift war.

Für interessant halte ich den Umstand, daß ich meine Zeichnungen niemanden zu zeigen versuchte: ja, ich habe sie alle geheimgehalten, sowohl vor meinen Schulkameraden wie vor meinen Eltern, aber ich habe keine Ahnung, warum ich mich so verhielt: vielleicht aus einem kindischen Hang zur Geheimniskrämerei. Doch das war eher *nicht* der Fall bei meinem Spiel mit dem Ausstellen von »Ausweisen« und »Durchlaßscheinen«, die es einem ermöglichten, in unterirdische Schatzkammern einzudringen. Ich stelle mir vor, daß ich fürchtete, ausgelacht zu werden: denn obzwar ich ja wußte, daß dies nur ein Spiel war, war in meinen Augen damit ein großer Ernst verbunden. Ich habe wohl *etwas* davon in meinem bereits erwähnten Buch *Das Hohe Schloß* enthüllt, doch das war nur ein Bruchteil meiner Erinnerungen. Warum? Also zumindest zum Teil kann ich eine solche Frage beantworten. Erstens wollte ich mich im *Hohen Schloß* in das Kind zurückversetzen, das ich gewesen bin, und lieber so wenig wie nur möglich kommentieren (vom Standpunkt des vernünftigen Erwachsenen, meine ich). Zweitens hat das Buch im Verlauf seines Entstehens eine ihm eigentümliche »normative Ästhetik« (wie bei einem Selbstorganisationsprozeß) hervorgebracht: es hat also manches an Erinnerungen gegeben, die in diesem Kanon irgendwie zu Dissonanzen werden konnten. Nicht, daß ich etwas aus Schuldgefühl oder aus Scham verbergen wollte: es hat nun einmal etwas gegeben, das sich mit dem schlecht reimte, was ich als meine Kindheit beschrieben habe. An erster Stelle wollte ich – ein doch unverwirklichbares Vorhaben – meine Kindheit in ihrem »reinen Zustand« aus meinem ganzen Leben herauspräparieren, herausschälen, so, als ob es die sie nachher bedeckenden Schichten des Krieges, des Massenmords, der Ausrottung, der Nächte im Keller bei Luftangriffen, der falschen Identität, des Versteckspiels, der Gefahren, niemals gegeben hätte. Denn zweifellos hat es ja das alles nicht gegeben, als ich ein Kind beziehungsweise ein sechzehnjähriger Oberschüler war. Ich habe aber ein Zeichen im Text gesetzt, ich weiß nur nicht genau wo, das signalisieren sollte, was ich nicht alles zu verschweigen habe beziehungsweise verschweigen wollte – indem ich, so ganz nebenbei, die Bemerkung fallen ließ, daß jeder Mensch mehrere, untereinander stark differierende, Autobiographien zu verfassen imstande ist – je nach dem ausgewählten Blickpunkt und Auswahlprinzip.

Die Bedeutung der Kategorien »Ordnung« und »Zufall« für das Menschenleben habe ich in den Kriegsjahren auf eine sozusagen rein praktische, instinktive Weise erlernt, wie ein gehetztes, verfolgtes Tier und nicht wie ein denkender Mensch. Ich habe praktisch erfassen können, daß der Unterschied zwischen Leben und Tod von winzigen, belanglosen, allerkleinsten Entscheidungen abhing: ob man sich auf diesem oder jenem Weg zur Arbeit begab, ob man einen Bekannten um ein Uhr oder zwanzig Minuten später besuchte; ob man eine offenstehende oder eine geschlossene Haustür auf der Straße antraf. Zugleich aber kann ich nicht behaupten, daß ich (um jetzt eine rein empirische Ausdrucksweise zu benutzen), dem Selbsterhaltungstrieb folgend, eine Minimax-Strategie, eine Strategie höchster Vorsicht angewendet hätte. Nein, ich habe des öfteren Gefahren herausgefordert. Einige Male, weil ich das für nötig hielt, aber auch dann, wenn es totaler Leichtsinn, ja Unsinn war. So daß ich heute, wenn ich mich an derartig waghalsige und idiotische Verhaltensweisen erinnere, Angst verspüre, vermischt mit Verwunderung, warum und wozu ich das getan habe. Denn Munition aus dem sogenannten »Beutepark der Luftwaffe« heimlich zu klauen und irgendeinem Unbekannten zu übergeben, von dem ich nur wußte, daß er in der Widerstandsbewegung tätig war (was mir möglich war, da ich als Arbeiter einer deutschen Firma Zugang zu diesem »Beutepark« hatte), hielt ich für meine Pflicht. Wenn ich aber etwas – sagen wir, eine Waffe – knapp vor der Polizeistunde irgendwohin bringen sollte und mir zugleich strengstens verboten war, die Straßenbahn zu benutzen (ich sollte zu Fuß gehen), habe ich das dennoch nicht gemacht. Einmal sprang ein sogenannter »Schwarzer«, ein ukrainischer Polizist, von hinten auf dasselbe Trittbrett und umarmte mich, um sich an den Türgriffen festzuhalten, was für mich ein schlechtes Ende hätte bedeuten können. Das war Insubordination, Leichtsinn und Dummheit. Und dennoch habe ich so gehandelt. War das eine Herausforderung des Schicksals oder nur meine Dummheit? Ich weiß es bis heute nicht.

Schon besser kann ich verstehen, warum ich einige Male das Ghetto besuchte, solange es noch offenstand. Ich hatte dort ja Bekannte, die – soweit ich weiß – im Herbst 1942 alle oder fast alle in die Gaskammern von Bełżec verschleppt wurden.

Wohl hier kommt bereits die Frage auf, ob das, was ich bisher erzählt habe, insofern relevant ist, als es in einer bewirkendkausalen Beziehung zu meinem Beruf als Schriftsteller steht, ja mehr, zu dem, was ich als Schriftsteller geleistet habe (wobei natürlich Autobiographisches wie *Das Hohe Schloß* aus der Fragestellung und der Antwort ausgeklammert werden muß).

Ich glaube, daß dem so war – daß es kein Zufall ist, welche Rolle ich dem Zufall als Gestalter des Schicksals in meinem Werk beigemessen habe. Ich habe ja in grundsätzlich verschiedenen gesellschaftlichen Systemen gelebt. Ich habe nicht nur die gewaltigen Unterschiede zwischen ihnen kennengelernt: das arme, aber unabhängige, kapitalistische (wenn man es so nennen muß) Vorkriegspolen, die Pax Sovietica in den Jahren 1939–1941, die deutsche Besatzung, das zweite Kommen der Roten Armee, die Nachkriegsjahre in einem völlig anderen Polen. Zugleich habe ich erfahren, wie brüchig gesellschaftliche Systeme sind; wie sich die Menschen unter extremen Bedingungen verhalten; wie unberechenbar diese Menschen unter enormem Druck werden, so daß man ihre Entscheidungen nie oder fast nie vorhersehen kann. Ich erinnere mich gut an meine

Gefühle bei der Lektüre des Romans *Mr. Sammlers Planet* von Saul Bellow. Das Buch fand ich sehr gut – so sehr, daß ich es etliche Male gelesen habe. Das schon. Aber das meiste von dem, was Bellow seinem Helden Mr. Sammler als Erlebnisse in dem von den Deutschen besetzten Polen zugeschrieben hat, wollte nun einmal nicht richtig klingen. Der erfahrene Romancier hatte vorher bestimmt entsprechendes Material gesammelt. Er hat z. B. nur einen einzigen deutlichen Fehler gemacht, als er einem angeblich polnischen Stubenmädchen einen Namen gegeben hat, den es in Polen eben nicht gibt. Diese Kleinigkeit könnte jedoch mit einem Federstrich ausgebessert werden. Was nicht stimmte, war die »Aura«, das unbeschreibliche Etwas, das man *vielleicht* sprachlich zum Ausdruck bringen kann, *wenn* man die gegebene Lage, das abzubildende Los persönlich erlebt hat. Es geht nicht um die Wahrscheinlichkeit einzelner Ereignisse. Damals konnte das Unwahrscheinlichste und Unglaublichste passieren. Es ist der Gesamteindruck, der in mir die Empfindung weckt, daß Bellow das alles nur vom Hörensagen erfahren hat und sich in der Lage eines Forschers befand, der die einzelnen Bestandteile eines Ganzen separat verpackt erhielt und nun versucht, sie zusammenzufügen. Sie so zu vermischen, daß z. B. aus Sauerstoff, Stickstoff, Wasserdampf sowie dem Duft von Blumen die Atmosphäre eines bestimmten Waldstücks zu einer bestimmten Morgenstunde entsteht. Ob so etwas völlig unmöglich ist, kann ich nicht sagen: verteufelt schwer ist es auf jeden Fall. Da ist etwas Falsches, etwas winzig Falsches in der Mischung vorhanden. Diese Zeit hat alle bisherigen literarisch erprobten narrativen Konventionen zermalmt und zersprengt. Die unfaßbare Nichtigkeit menschlichen Lebens im Schoß des Massenmords läßt sich nicht mittels Erzählweisen vermitteln, die Einzelpersonen oder kleine Gruppen zum Kern der Handlung machen. Es ist etwa so, als ob jemand versuchen wollte, mittels genauester Beschreibung der Moleküle, aus denen der Leib von Marilyn Monroe bestand, sie selbst zu schildern. Das läßt sich nicht machen. Ich weiß wirklich nicht, ob ich deswegen den SF-Weg eingeschlagen habe, ich vermute aber, und das ist schon sehr gewagt, daß ich deswegen SF zu schreiben anfing, weil sie sich mit der Gattung Mensch (oder gar: mit den möglichen

Gattungen vernünftiger Wesen, von denen eine der Mensch ist) befaßt oder: befassen *soll,* und nicht mit irgendwelchen Einzelpersonen, seien es Heilige oder Ungeheuer.

Wahrscheinlich aus demselben Grund habe ich auch nach einigen ersten Versuchen (also meinen ersten SF-Romanen) gegen die Paradigmatik der Gattung, wie sie sich in den USA entwickelt hat und erstarrt ist, revoltiert. Solange ich diese Science-fiction nicht kannte, und ich kannte sie ja lange genug nicht (etwa bis zum Jahre 1956 oder 1957 war es Polen so gut wie unmöglich, an Bücher aus dem Ausland heranzukommen), glaubte ich, daß sie eine Weiterentwicklung derjenigen Ausgangspositionen sein müßte, die H. G. Wells mit seinem *The War of the Worlds* errichtet hatte. Er ist ja diesen ersten Feldherrnhügel hinaufgestiegen, von dem aus man die Gattung in einer Extremlage beobachten kann. Er hat ein Katastrophengebiet vorausgesehen, und zwar richtig: ich habe das im Kriege feststellen können, als ich den Roman etliche Male las.

Meinen ersten SF-Romanen spreche ich heute jeden Wert ab (unbeachtet des Umstandes, daß sie überall sehr große Auflagen hatten und mich weltbekannt gemacht haben). Ich habe diese ersten Romane wie z. B. *Die Astronauten* aus Beweggründen geschrieben, die ich auch heute gut begreife, obzwar sie allen meinen damaligen Lebenserfahrungen zuwiderliefen – in ihrem Handlungsverlauf und in der in ihnen geschilderten Welt. Die »böse« Welt sollte sich in eine »gute« verwandeln.

In der Nachkriegszeit hat es eigentlich nur diesen Scheideweg gegeben: zwischen Hoffnung und Verzweiflung, zwischen einem historisch unbegründeten Optimismus und einem wohlbegründeten Skeptizismus, der dazu neigt, leicht in den Nihilismus abzugleiten. Natürlich habe ich mich dem Optimismus und der Hoffnung hingeben wollen! Ich habe zwar als Erstling einen realistischen Roman verfaßt, um mich gewissermaßen auf diese Weise (das ist wiederum nur meine Vermutung) von dem Gewicht der Erinnerung zu befreien – damit sie, wie Eiter ausgesondert, zum Gerinnsel werde und mich auf diese Weise von ihrem Druck und ihrer Last befreie (aber vielleicht doch auch, um nicht zu vergessen: das eine konnte ja durchaus mit dem anderen einhergehen). Der Roman heißt *Das Hospital der Verklärung*. Ein deutscher Kritiker hat ihn für eine Art Fortsetzung des *Zauberbergs* von Thomas Mann gehalten: was bei Mann nur ein Anzeichen, nur das Grollen eines noch unsichtbaren, weil hinter dem Zeithorizont verborgenen Gewitters war, das hat sich, eben als der letzte Kreis der Hölle, als Schlußfolgerung aus dem vorausgesagten »Untergang des Abendlandes« in der Massenausrottung verwirklicht. Die Ortschaft, das Hospital für Geisteskranke, das ärztliche Personal, alle dargestellten Personen hat es nie gegeben: ich habe sie alle erfunden. Aber zu jener Zeit wurden im besetzten Polen tatsächlich Geisteskranke – und nicht nur sie – massenhaft ermordet.

Diesen Roman habe ich 1948 geschrieben, in meinem letzten Studienjahr. Er ist aber erst 1955 erschienen, da er den Normen des bereits herrschenden sozialistischen Realismus nicht entsprach. In der Zwischenzeit war ich, das kann ich ohne Übertreibung sagen, vielbeschäftigt.

Wir sind aus Lwów nach Kraków gezogen, wobei wir im Kriege unsere ganze Habe verloren. Mein damals einundsiebzigjähriger Vater mußte also weiter im Krankenhaus als Arzt arbeiten; an eine Privatpraxis war nicht zu denken. Wir wohnten in Kraków in einem einzigen Zimmer, und mein Vater besaß ja nicht die Mittel, um sich wieder eine ärztliche Ordination einzurichten. Zufällig fand ich heraus, wie ich uns finanziell helfen konnte. Ich habe einige längere Erzählungen für eine Romanheftreihe geschrieben. Als Thriller waren sie nicht einmal schlecht. Daneben schrieb ich auch Gedichte, die in *Tygodnik Powszechny,* der »Katholischen Wochenschrift«, in Krakau erschienen. Dort erschienen auch zwei Novellen – eigentlich keine SF, aber am Rande zur Phantastik gehörend. Und das eine oder andere da und dort. Doch nahm ich diese Schreibereien noch immer nicht ganz ernst. Ich wurde ein jüngerer wissenschaftlicher Mitarbeiter an einem sogenannten »Zirkel für die Wissenschaft von der Wissenschaft« (Konwersatorium Naukoznawcze), gegründet von Dr. Mieczysław Choynowski. Ihm habe ich meine kostbarsten Texte vorgelegt: eine von mir erdachte »Theorie der Gehirnfunktionen« und eine philosophische Abhandlung. Er hat beides als Unsinn gerügt und mich unter seine Fittiche genommen. Ich mußte also Handbücher der Logik lesen, der wissenschaftlichen Methodologie, der Psychologie und Psychotechnik (Theorie des psychologischen Testens), der Geschichte der Naturwissenschaft und vieles mehr. Als sich zeigte, daß ich kein Englisch konnte, mußte ich dennoch auch englische Titel verkraften: ohne Sprachunterricht. Sie waren so interessant, daß ich sie mit dem Wörterbuch in der Hand zu »knacken« hatte, wie Champollion seine Hieroglyphen. Da ich Latein, Französisch und Deutsch sowie Russisch gelernt hatte, ging das irgendwie. Aber ich kann bis heute nur das englisch Gelesene verstehen. Ich kann Englisch weder sprechen noch das Gesprochene begreifen. Sonst machte ich in der Monatsschrift *Życie Nauki* (Das Leben der Wissenschaft) Presseübersichten – vom Standpunkt der Wissenschaft von den Wissenschaften. Dadurch wurde ich in die unselige Lyssenko-Affäre verwickelt, weil ich in der Presseübersicht die Berichte über die Kontroverse zwischen diesem Mann und den ihn widersprechenden sowjetischen Genetikern »tendenziös« zurechtgestutzt habe. Ich hielt die Doktrin von Lyssenko für Humbug, was sich zwar nach einigen Jahren bestätigt hat, was aber für unsere Monatsschrift sofort peinliche Konsequenzen hatte. Etwas Ähnliches ist uns auch etwas später zugestoßen, weil ich in der Wienerschen und Shannonschen Kybernetik eine neue Epoche nicht nur von technischem, sondern zivilisatorischem Ausmaß vorausahnte, damals aber galt die Kybernetik bei uns als »falsche Pseudowissenschaft«. Ich war in jener Zeit über den neuesten Stand der Wissenschaft besonders gut informiert. Der Krakauer Zirkel war nämlich eine Art Verteilungsstelle für die Fachliteratur, die für alle polnischen Universitäten aus den USA und auch aus Kanada kam. Beim Auspacken dieser Bücherkisten konnte ich mir also die Werke »ausleihen«, die mein Interesse erregten, u. a. auch *The Human Use of Human Beings* von Wiener. Ich habe alles in den Nächten verschlungen, um die Bücher so bald wie möglich den eigentlichen Adressaten zukommen zu lassen. So belesen, habe ich in einigen Jahren diejenigen meiner Romane verfaßt, zu denen zu bekennen ich mich auch heute nicht schäme, also z. B. *Solaris, Eden, Der Unbesiegbare* usw. Gegen Ende der fünfziger Jahre, als mein Vater nicht mehr lebte, konnte ich uns – also mir und meiner Frau – ein Häuschen am südlichen Stadtrand von Krakau einrichten, in dem wir noch heute wohnen (dicht daneben befindet sich jetzt ein weit größeres

Haus, in einem ebenfalls weit größeren Garten, jetzt, da ich diese Worte niederschreibe, im Endstadium des Baues).

Das war auch die Zeit, in der ich meinen zukünftigen literarischen Agenten und seelenverwandte Natur Franz Rottensteiner aus Wien kennengelernt habe. Wir haben damals beide ziemlich viele kritische, manchmal pamphletartige Aufsätze in anglo-amerikanischen Fanzeitschriften, meistens in dem australischen *SF Commentary,* veröffentlicht, was uns beiden eine gewisse Popularität mit eindeutigem Minus-Zeichen im SF-Ghetto eingetragen hat. Heute bin ich der Meinung, daß wir unsere Kräfte vergeudet haben. Es war mir anfänglich völlig unverständlich, wieso eine solche Menge von Autoren viribus unitis einen solchen gemeinsamen Kerker für die Science-fiction errichtet hat. Ich glaubte, daß allein schon aufgrund des Gesetzes der großen Zahl es unter so vielen Autoren beider Geschlechter unbedingt recht viele geben müsse, die sowohl schriftstellerisch wie auch wissenschaftlich höchst qualifiziert seien. Ich hielt die mich stutzig machende wissenschaftliche Ignoranz der meisten amerikanischen Autoren für unerklärlich, ebenso das peinliche literarische Niveau des SF-Ausstoßes.

Ich befand mich im Irrtum, und es hat lange gedauert, bis ich das eingesehen habe. Als Leser der SF erwartete ich das, was in evolutionären Abläufen der Natur eine neue Tiergattungen schöpfende, fächerartig divergierende Radiation (Speziation) genannt wird. In meiner Ignoranz hielt ich die Ära eines Verne, Wells und Stapledon für den Aufgang, nicht für den Untergang des souveränen Individualismus des Autors. Jeder von ihnen hat nicht nur etwas grundsätzlich Neues, sondern auch etwas völlig anderes geschaffen als seine Zeitgenossen. Jeder von ihnen besaß eine ungeheure Manövrierfreiheit im Raume der Spekulation, weil sich dieser menschen- und bücherleere Raum erst auftat. Jeder von ihnen betrat das Niemandsland von einer anderen Seite, und jeder hat sich eine spezifische Provinz dieser terra incognita angeeignet. Die Nachfolger mußten sich einander in diesem Gedränge hingegen immer mehr angleichen. Sie mußten zu Ameisen in einem Ameisenhaufen werden, zu fleißigen Bienen, von denen jede zwar an einer anderen Zelle der Honigwabe baut, doch ähneln einander alle solchen Zellen im Bienenstock. Das ist eine Gesetzmäßigkeit der Massenproduktion. Die Entfernung zwischen den einzelnen Werken ist nicht weiter gewachsen, wie ich das irrtümlich erwartet habe, sondern hat sich verkleinert. Allein der Gedanke, daß Wells oder Stapledon abwechselnd visionäre Phantastik und typische Kriminalromane hätten schreiben können, ist ja unsinnig. Für die nächste Generation der Autoren war das aber etwas durchaus Normales! Wells oder Stapledon waren wie diejenigen, die das Schach- oder Damespiel erfunden haben. Sie haben neue Spielregeln entdeckt, die Nachfolger haben lediglich diese Regeln mit kleineren oder größeren Variationen angewandt. Das Quellgebiet der Innovation wurde allmählich ausgeschöpft. Die Themenkreise erstarrten. Es kam zur Hybridbildung (Science Fantasy) und zur mechanischen Befolgung fertiger Muster und Schemata im literarischen Spiel. Um etwas grundsätzlich Neues zu erschaffen, bedurfte es eines Vorstoßes in einen anderen Raum der Möglichkeiten. Ich glaube, in der ersten Phase meiner Laufbahn ausschließlich Sekundäres geschrieben zu haben. In der zweiten (*Solaris, Der Unbesiegbare*) bin ich an die Grenzen des Raumes angelangt, der als Ganzes bereits fast erforscht war. In der dritten, als ich z. B. Rezensionen fiktiver Bücher schrieb und Einleitungen zu Werken, die »irgendeinmal« erscheinen werden, oder (wie jetzt) Zusammenfassungen von Büchern, die »längst erschienen sein sollten, die es aber nicht gibt«, habe ich den bereits ausgebeuteten Raum verlassen.

Am einfachsten kann ich das mit einem konkreten Beispiel veranschaulichen. Ich habe vor zwei Jahren ein kleines Büchlein verfaßt, das sich *Provokation* betitelt. Das ist die fiktive Rezension eines angeblich zweibändigen Werkes, zugeschrieben einem nichtexistierenden deutschen Historiker und Anthropologen (von mir »Aspernicus« genannt). Der erste Band heißt »Endlösung als Erlösung«, der zweite »Fremdkörper Tod«. Das Ganze ist eine bisher nie dagewesene historiosophische Hypothese über die verkannten Wurzeln des Völkermords und der Rolle, die der Tod, insbesondere der Massentod, in der menschlichen Kultur aller Zeitalter bis zum heutigen Tag gespielt hat. Die literarische Qualität meiner fiktiven Kritik (die recht umfangreich ist, sonst würde sie sich ja nicht zu einem

Büchlein auswachsen können) ist hier völlig belanglos. Was zählt, ist der Umstand, daß es Fachhistoriker gegeben hat, die meine Phantasie für die Kritik eines echten Werkes gehalten haben, was von einigen Versuchen bewiesen wurde, sich dieses von mir »nur besprochene« Buch anzuschaffen, es zu bestellen. In meinen Augen ist *Provokation* auch Science-fiction, da ich den Sinn dieser Gattungskategorie nicht zu definieren, sondern zu erweitern suche.

Das alles weiß ich heute so ungefähr. Alles jedoch, was ich von Anfang an geschrieben habe, war niemals von vornherein in abstracto durchdacht und nachher in literarischer Form verkörpert. Auch habe ich keine »anderen Entwicklungsräume« für die Vorstellungskraft gesucht, im Bewußtsein, daß ich sie suche. Es ist zwar nicht so, daß ich gar nichts über die Empfängnis, die Schwangerschaft, die Geburtswehen berichten könnte; aber auch durchaus nicht so, daß ich die genetische Zusammensetzung der Frucht kennen würde und weiß, wie sie sich in einem Phänotyp – des fertigen Werkes – verwandelt. Hier, im Bereich meiner »Embryogenesen«, sind im Verlauf der Zeit, also in etwa sechsunddreißig Jahren, beträchtliche Unterschiede entstanden.

Meine ersten Romane, zu denen ich mich mit Unbehagen bekenne, habe ich geplant und nach dem ungefähr fertigen Plan konstruiert.

Die Romane der *Solaris*-Gruppe habe ich alle auf dieselbe Weise verfaßt, die ich mir selber nicht erklären kann. Sie wuchsen aus dem Nichts. Die geburtshelferische Terminologie, die ich soeben benutzt habe, mag unangebracht klingen, aber sie ist irgendwie zutreffend. Ich kann noch jetzt auf die Stellen in *Solaris* und *Transfer* zeigen, wo ich mich beim Schreiben recht eigentlich in der Lage eines Lesers befand. Als der Erzähler Kelvin in *Solaris* die Station erreicht und sie menschenleer findet; als er sich auf die Suche nach den Insassen macht und Snaut trifft, der ihn irgendwie erschrocken anblickt, hatte ich keine Ahnung, warum niemand den Ankömmling erwartet hat, noch, warum sich Snaut so benommen hat. Ja, ich wußte gar nichts von irgendeinem »lebenden Ozean«, der den Planeten bedeckt. Das hat sich mir alles nachher auf eine Weise enthüllt, wie das dem Leser im Verlauf der Lektüre bekannt wird, nur daß ich es war, der dies alles zustande gebracht hat. Und in *Transfer* stand ich vor einer Wand, als der Astronaut das erste Mädchen erschreckt, das er trifft, und dann fällt das Wort »Betrisation«. Ich wußte noch nicht, was dieses Wort eigentlich bedeutet, ich wußte aber doch etwas: und zwar, daß es irgendeine unüberbrückbare Differenz geben muß zwischen der Kultur, die der Mann verlassen hat, als er zu den Sternen flog, und derjenigen, die er nach seiner Rückkehr kennenlernen muß. Das Gleichnis, das sich aus dem Wörterbuch der Embryologie die idiographischen Termini entlehnt, ist demnach kein Unsinn, denn eine Schwangere weiß zwar, daß sie eine Frucht trägt, doch hat sie keine Ahnung, wie sich die Frucht aus dem Ei in ein Kind verwandelt. Ich liebe derartige Bekenntnisse nicht, weil ich mich für einen Rationalisten halte, und es wäre mir lieber, sagen zu können, daß ich alles oder zumindest sehr viel im voraus gewußt, geplant und gestaltet habe, aber amicus Plato, sed magis amica veritas. Und dennoch läßt sich über meine kreative Methodik etwas aussagen.

Erstens gibt es keine positive Korrelation zwischen der Spontaneität des Schreibens und der Güte der Resultate. Beide erwähnte Bücher habe ich auf ähnliche Art und Weise »ausgetragen«, doch halte ich *Solaris* für einen gelungenen und *Transfer* für einen mißlungenen Roman (weil es die ihm zugrundeliegende Problematik des gesellschaftlichen Bösen und seiner Ausmerzung auf eine allzu primitive, unwahrscheinliche, ja verlogene Weise behandelt. Wenn gar das den anderen mit Absicht zugefügte Böse sich »pharmakologisch« drosseln ließe, könnte doch keine chemische oder sonstige Einwirkung auf das Hirn zum Nichtentstehen jener gesellschaftlichen Abhängigkeiten, Konflikte und Widersprüche führen, daß das von niemandem beabsichtigte Böse aus der Welt verschwinden würde; so, wie ein Insektizid Pflanzenschädlinge zum Verschwinden bringt).

Zweitens garantiert kreative Spontaneität nicht einmal das gewisse Entstehen eines Ganzen, d. h. einer Fabel, die sich nicht nur par force abschließen läßt: ich habe weit mehr derart begonnener Texte ad acta legen müssen, respektive in den Papierkorb werfen, als ich den Verlegern überreichen konnte.

Drittens hat es in diesem Prozeß, der deutliche Züge einer

Kreation nach der Methode von trial and error aufweist, immer Stockungen gegeben, falsche Routen, die mich des öfteren zum Rückzug aus einer Sackgasse genötigt haben, oder gar ein »Ausbrennen« des irgendwo im Kopf gespeicherten »Rohstoffes« (der dem Weiterwachsen dienenden Mannigfaltigkeit). *Solaris* vermochte ich ein Jahr lang nicht zu Ende zu schreiben, bis ich plötzlich – von mir selber – erfuhr, wie das letzte Kapitel lauten müsse. (Dann staunte ich nur darüber, daß ich das nicht gleich gewußt habe.)

Und schließlich und viertens bekam auch das spontan Verfaßte niemals in diesem ersten Arbeitsschub seine endgültige Form. Ausschließlich »linear« habe ich kein größeres Werk (mit Kurzgeschichten ist es anders) in einem Zuge bis zum Ende verfaßt, sondern in den notwendigen Pausen (aus rein physiologischen Gründen kann man ja nicht ohne Unterbrechung am Schreibtisch sitzen) kamen mir neue Einfälle, die das bereits Fertige oder das bald zu Gestaltende bereichert, abgeändert und mit irgendeiner neuen Entwicklung oder Komplexität bereichert haben.

Die aus diesem jahrelangen Ringen mit den Texten gewonnene Erfahrung riet mir, das eben Geschriebene niemals zu forcieren, wenn es nicht irgendwie zumindest zum Teil »ausgereift« ist, sondern mich eine gute Weile – was manchmal Monate oder Jahre bedeutet hat – mit dem neuen Ding im Kopf herumzuschlagen. Oder sich wie eine Schwangere zu verhalten, die ja weiß, daß eine Frühgeburt nichts Gutes für sie zu bedeuten hat. Was aber auch zum Dilemma wurde, denn wie praktisch alle Schriftsteller versuche ich oft, mir Ausreden auszudenken, um nicht zu schreiben. Bekanntlich ist die Faulheit einer der Hauptfaktoren, die einen bei der Arbeit aufhalten. Würde ich warten, bis ich etwas »garantiert Fertiges« im Kopf herumtrage, so könnte ich nimmermehr etwas schaffen.

Meine Schaffensmethode (die ich aber lieber mein Verhalten als Autor nennen möchte) hat sich im Verlauf der Jahre, wenn auch sehr langsam, verändert. Die reine Spontaneität der Anfänge, die mich ein Etwas auch dann schreiben ließ, wenn ich keine blasse Ahnung vom Ganzen, von der Fabel, der Problematik, von den handelnden Personen usw. hatte, habe ich zu vermeiden gelernt, weil sich die Fälle, in denen ich das

Angefangene nicht weiterführen konnte, gemehrt haben. Vielleicht wurde der mir gegebene Vorstellungsraum allmählich ausgeschöpft, und es war mit ihm etwa wie mit einem erdölreichen Gebiet, in dem anfänglich das schwarze Gold überall in Geysiren hochspritzt, wo man auch bohrt, aber dann muß man immer kompliziertere Tricks, »Geburtshilfen«, Druckmittel anwenden, um die verbliebenen Reste an die Oberfläche zu fördern. Der Schwerpunkt der Arbeit hat sich also langsam in Richtung des Erreichens einer Uridee, einer Konzeption, eines Einfalls verlagert und verschoben. Ich habe aufgehört, mich sofort mit einem winzigen, mir fertig gegebenen Anfang an die Schreibmaschine zu setzen, sondern ich habe mir immer mehr Notizen, fiktive Wörterbücher, kleine zusätzliche Einfälle niedergeschrieben, was schließlich zu dem geführt hat, was ich jetzt tue: Ich versuche mir die zu kreierende Welt dadurch vertraut zu machen, daß ich das ihr eigentümliche Schrifttum »verfasse«. Jedoch nicht komplette Handbücher oder Soziologie oder Kosmologie irgendeines XXX. Jahrhunderts; nicht die fiktiven Protokolle der Forschungsreisen oder sonstigen Typen von Literatur, in der der »Zeitgeist« einer uns fremden Welt Ausdruck findet: das wäre ja sowieso ein in einem kurzen Menschenleben unverwirklichbares Vorhaben. Nein: die zunächst eher scherzartig ausgedachte Idee vom Schreiben der Kritiken und Rezensionen nichtexistierender Bücher oder von Vorworten zu ihnen (*Die vollkommene Leere* und *Imaginäre Größe*) verwende ich jetzt an erster Stelle nicht dazu, um solche Texte zu veröffentlichen, sondern um mein eigenes, nur mir dienendes Wissen über eine Welt zu erschaffen, in ersten Zügen zu skizzieren und nachträglich zur Reifung zu bringen. Ich umgebe mich gewissermaßen mit der Literatur einer Zukunft, einer anderen Welt, einer Zivilisation. Mit einer Bibliothek, die ihr Erzeugnis, ihre Abbildung und Abspiegelung ist. So schreibe ich für mich aber nur kurze Zusammenfassungen oder wiederum »kritische Rezensionen« soziologischer Traktate, naturwissenschaftlicher Werke, technischer Nachschlagwerke, beschreibe Techniken, die die Literatur selbst nach ihrem endgültigen Absterben ersetzt haben (etwa wie das Fernsehen einmal das »Bioskop« von Lumière ersetzt hat und wie das dreidimensionale Fernsehen wohl die heutigen Fernsehgeräte ersetzen wird). Aber auch »historiosophische Abhandlungen«, die Lexika fremder Zivilisationen, ihre militärischen Doktrinen (alles natürlich in Kurzschrift, denn sonst müßte ich die Langlebigkeit eines Methusalems besitzen). Es ist durchaus möglich, daß ich etwas aus dieser zu einem bestimmten Zweck verfaßten Bibliothek auch unabhängig von den Texten veröffentlichen werde, denen sie als Gerüst und als Informationsquellen zu dienen hatten. Woher nehme ich alle diese Angaben, die mit schönen Titeln versehen sind wie etwa »Dehumanization Trend in Weapon Systems of the XXI. Century«[1] oder »Komparative Kulturologie menschenähnlicher Zivilisationen« usw.? In einem Sinne »aus dem Kopf«, in einem anderen aber nicht. Ich habe mehrere anschauliche Vergleiche angestellt, mit denen ich mir selbst und auch anderen zu erklären versuche, wie mein Arbeitsstil aussieht:

1) Die Kuh gibt zwar Milch – diese stammt ja nicht aus dem Nichts, und so, wie die Kuh, damit sie gemolken werden kann, vorher Gras fressen muß, muß ich Massen der »echten«, also nicht von mir erdachten Fachliteratur aller Art verschlingen, doch ähnelt das Endprodukt dieser geistigen Nahrung so wenig, wie das Gras der Milch ähnelt.

2) Wie der Affe in den psychologischen Experimenten von Köhler, der nicht an eine hoch hängende Banane heranreichte, und sich aus Gerümpel, aus chaotisch herumliegenden Kisten ein Gerüst bauen mußte, um zur Banane emporklettern zu können, so muß auch ich mir in aufeinanderfolgenden Zügen und Versuchen ein »informationelles Gerüst« aufbauen, an dem ich emporzuklettern habe, um zu meiner »Banane« zu gelangen.

3) Das dritte und letzte Gleichnis ist zwar drastisch und wirkt sehr primitiv, hat aber dennoch etwas Wahres an sich. Bekanntlich gibt es im Klosett einen Wasserbehälter, der sich zuerst füllen muß, und wird dann ein Knopf gedrückt, fließt das ganze Wassser in einem Zuge hinunter. Nachher ist der Behälter eine Weile leer und kein auch noch so ungeduldiges Drücken des Knopfes oder Hebels läßt den kleinen Niagara sofort von neuem fließen. Bei mir entspricht diesem Bild der Umstand, daß ich, wenn ich mit der immer weiteren Anreicherung meiner fiktiven Bibliothek nicht aufhören wollte, es zu einem »Sätti-

gungszustand» kommt, und nachher kann ich nichts mehr meinem Kopf – dem Informationsspeicher – abgewinnen. *Die vollkommene Leere* habe ich als Sammlung von 15 fiktiven Buchrezensionen fast in einem Zug verfaßt, und nachher »war schon der Behälter leer«. Ja, der Vergleich läßt sich an den Haaren noch ein Stück weiter ziehen. Wie auch beim zu frühen Betätigen des Knopfes nur »abortive Niagaras« hinunterfließen, so kann ich doch am Schluß eines solchen Buches wie *Die vollkommene Leere* noch etwas herauspressen, aber die Qualität des so gewonnenen Stoffes stellt mich nicht zufrieden und ich lege diese Reste ad acta.

Meine Arbeitsmethode ist aber noch dadurch kompliziert und angereichert, daß ich ja von Zeit zu Zeit quasi-wissenschaftliche Werke verfaßt habe, die keine gerüstartigen Hilfsmittel der Belletristik sein sollten, sondern durchaus ernst, als selbständige Bücher über die Theorie der Literatur (aber eine mit empirischen Mitteln aufgebaute, die den Humanisten fremd sind) oder als ein Werk wie *Phantastik und Futurologie,* oder als eine »skeptische Futurologie«, wie sie die *Summa technologiae* ist, oder als *Dialoge* (über die letzten Entwicklungschancen der Kybernetik, die latent in ihr stecken), oder als Essays verschiedener Thematik (»Biologie und Werte«, »Pathologie des Sozialismus« usw.) angelegt sind.[2]

Später hat sich herausgestellt, daß sich verschiedene Einfälle, die mich beim Verfassen derartiger »Wälzer« erleuchtet haben, die ich als Hypothesen, als Beispiele benutzte, also sehr viel von dem, was ich beim Schreiben auf dem gewählten intellektuellen Weg sozusagen angetroffen habe, auch belletristisch verwerten ließen: was zunächst auf eine völlig unbewußte Weise zustande kam, weil mir erst von dritter Seite gesagt wurde, d. h. meine Kritiker haben es einfach bemerkt und geglaubt, meine Absichten und mein mit Vorbedacht anhaltendes »Pendeln« zwischen dem seriösen Diskurs und der phantastischen Literatur dort erkannt zu haben, wo ich selber von einem solchen Hin- und Herspringen keine Ahnung hatte. Nachher aber, auf dieses Phänomen aufmerksam gemacht, habe ich manchmal eigene »Wälzer« eben unter dem »exploitativen«, »befruchtenden« Aspekt durchgeblättert.

Im Rückblick bemerke ich, daß ich mich in der Mittelperiode

meines schriftstellerischen Schaffens um das Bestehen irgendeiner Kontinuität zwischen den geschaffenen Welten und unserer Welt eigentlich kaum gekümmert habe. Es gibt zwischen der Welt von *Solaris,* von *Eden* oder auch *Transfer* keine auf Anhieb feststellbaren Übergänge, die diese »anderen zivilisatorischen Zustände« mit dem heutigen (fatalen) Stand der irdischen Dinge verbinden könnten. Mein späteres Schaffen jedoch hat deutliche Züge einer Hinwendung zu unserer Welt: d. h. es sind Versuche, eben eine solche Verbindung herzustellen. Ich nenne das manchmal meinen »Hang zum Realismus in der SF«. Wahrscheinlich – aber das ist auch nur eine Vermutung von mir und mit dem Rücken zur Wand wüßte ich sie nicht zu beweisen – entspringen derartige Versuche, die zum Teil einen klaren »Rückzugcharakter« haben (als Verzicht auf Utopie wie auch zugleich Dystopie, als Extreme, die mich entweder abstoßen oder kaltlassen: wie der Fall eines unheilbar Kranken den Arzt), dem Bewußtsein, daß ich ja bald sterben muß, und dem daraus folgenden Wunsch, meine unersättliche Neugier in bezug auf die ferne Zukunft des Menschen und des Alls zumindest mit Vermutungen zu stillen.

Um seinen Lebensabriß ersucht, hat Einstein einmal nicht seine Lebensumstände beschrieben, sondern seine liebsten, weil geistigen Kinder: seine Theorien. Ich bin zwar kein Einstein, ähnle ihm aber in diesem Punkte doch: denn ich habe für den gewichtigsten Teil meiner Biographie die geistigen Schwerarbeiten gehalten. Der unberührt gebliebene Rest hat rein anekdotischen Charakter.

Ich habe meine Frau im Jahre 1953 als junge Medizinstudentin geheiratet. Wir haben einen fünfzehnjährigen Sohn, der meine Romane durchaus gut mag, aber die moderne Musik, Pop, Rock 'n' Roll, die Beatles, sein Motorrad und Automotoren vielleicht gar noch ein klein wenig mehr.

Seit vielen Jahren bin ich nicht mehr Eigentümer meiner Bücher und meiner Arbeit, vielmehr ist das eine und das andere zum Eigentümer meiner Person geworden. Ich stehe meist vor fünf Uhr morgens auf, um zu schreiben: diese Worte tippe ich um sechs. Ich kann jetzt nicht mehr als fünf bis sechs Stunden pro Tag ohne Unterbrechung arbeiten: früher konnte ich so lange schreiben, bis mich die Kraft des Sitzfleisches, nicht die des Geistes, als erste verließ. Ich schreibe immer langsamer, was aber nur zu bedeuten hat, daß ich zwar sehr viel weiterschreibe (das merke ich am Tempo, mit dem ich verbrauchte Schreibmaschinenbänder wegwerfen muß), doch ist mein Selbstkritizismus (die Forderungen, die ich an mich stelle) immer weiter gewachsen: immer weniger von dem, was mir in den Kopf kommt, halte ich für gut genug, um es als einen verwertbaren Stoff, wenn auch nur per trial and error »auszuprobieren«. Die Stelle, die Art und Weise, wo und wie meine Einfälle geboren werden, kenne ich ebensowenig wie alle anderen Leute. Auch halte ich mich nicht für den besten Kenner meiner Texte, das heißt, der ihnen eigentümlichen Problematik. Ich habe viele Bücher verfaßt, von denen ich hier kein Wort gesagt habe: z. B. *Die Kyberiade,* die *Robotermärchen* oder die *Sterntagebücher,* die auf der genologischen Karte der Literatur in den Provinzen der Groteske, der Satire, der Ironie, der Humoristik vom Schlage eines Swiftschen und trockenen Voltaireschen boshaften Gefühls der Misanthropie einzuordnen sind: bekanntlich waren die großen Humoristen Leute, die das Verhalten der Menschheit zu Verzweiflung und Wut getrieben hat. Ich bin einer von ihnen.

Ich bin (wahrscheinlich) zugleich unzufrieden mit allem, was ich verfaßt habe, und auch stolz darauf: ich muß gar vom Hochmut gezeichnet sein. Ich fühle rein gar nichts davon. Ich kann das nur »behavioristisch« daran feststellen, daß ich alle meine Manuskripte zu vernichten pflege, alle mißlungenen Versuche, ungeachtet aller Bitten und Pläne, dieses kolossale Material irgendwelchen Institutionen zur Aufbewahrung übergeben zu wollen. Dazu habe ich mir ebenfalls eine anschauliche Erklärung ausgedacht. Die Pyramiden waren eines der Weltwunder so lange, bis man schließlich zur Erklärung gelangte, wie sie aufgetürmt wurden. Sehr lange, schiefe Ebenen, auf denen Scharen von Sklaven die gewaltigen Felsblöcke auf Holzwalzen hinaufrollten, wurden nachher abgetragen, und deswegen erheben sich die Pyramiden geheimnisvoll und einsam aus den flachen Sanddünen der Wüste. Ich versuche wohl ebenso, meine schiefen Ebenen, Gerüste und anderen Bauwerkzeuge abzutragen und verschwinden zu lassen, damit nur das stehenbleibt, wessen ich mich nicht zu schämen brauche.

Ich weiß nicht, ob ich hier die reine Wahrheit einbekannt habe: ich habe es jedoch versucht, so gut es eben ging.

Berlin, im Februar 1983

Anmerkungen

1 Seinerzeit hat Michel Butor den Gedanken ausgesprochen, ein großes Team von SF-Autoren sollte beim Bau einer fiktiven Welt zusammenarbeiten, um ihre Geschichte, auch dort die Geschichte der mit dem Erscheinen vernünftiger Wesen gekrönten natürlichen Evolution, ihre Kultur, ihre philosophischen Systeme usw. viribus unitis zu kreieren, weil ein solches Unternehmen von keinem Einzelgänger bewältigt werden könne (was auch das miserable Niveau der existierenden Science-fiction zur Folge haben sollte). Ich habe damals, als ich diese Worte von Butor las, sie nicht ernst genommen. Und doch habe ich viele Jahre nachher, obwohl allein, versucht, den Grundriß seines Gedankens zu verwirklichen, wie ich ihn hier geschildert habe. Aber auch bei Borges kann man in »Tlön, Uqbar, Orbis Tertius« von einer geheimen Gesellschaft lesen, die eine fiktive Welt in allen ihren Einzelheiten erschafft, in der Absicht, unsere Welt in diese fiktive umzugestalten.

2 Ich will noch das autobiographische Element meines diskursiven Schrifttums dieser Aufzählung hinzufügen. In zwei Worte gefaßt, bin ich ein enttäuschter Weltverbesserer. Meine ersten Romane waren naive Utopien, weil ich eine so friedliche Welt erwarten wollte, wie ich sie in ihnen beschrieben habe (und sie sind in dem Sinne schlecht, in dem eine vergebliche und irrtümliche Erwartung dumm ist). Meine Monographie der SF und Futurologie ist der Ausdruck meiner Enttäuschung über die belletristische und für eine Wissenschaft ausgegebene Literatur, weil beide nicht den Blick des Lesers in diejenige Richtung lenken, in der sich die Welt tatsächlich bewegt. Meine *Philosophie des Zufalls* ist ein mißlungener Versuch, eine empirisch begründete Theorie des literarischen Werkes zu formulieren, der aber insofern als Versuch gelungen ist, als ich mich mit diesem Buch selbst belehrt hatte, was für Faktoren den Aufstieg und den Untergang literarischer Werke bedingen. Meine *Summa technologiae* bezeugt jedoch, daß ich zwar ein enttäuschter, aber noch immer kein verzweifelter Weltverbesserer bin. Ich glaube nämlich *nicht*, daß die Menschheit ein »für immer hoffnungsloser und unheilbarer Fall« ist.

Eine Art Credo

Man kommt auf die Welt bester Laune, das Lächeln ist ja den Neugeborenen eingeboren; sie weinen nur, wenn ihnen ihr Genuß der Lebensfreude vergällt wird. Allmählich kommt man zu der Einsicht, daß die Welt nicht nach dem Lustprinzip eingerichtet ist. Es gibt mehr Landschaften, Revelationen, Menschen, Morgenröten, als daß man sie sich anders denn als rein zahlenmäßige Größe vorstellen könnte. Man wird auf den Zufall hingewiesen. Die Existenz ist eine ungeordnete Menge von Zufälligkeiten, in deren Strömung man lavieren muß, ob man sich des uns in jedem Augenblick verlorengehenden Übermaßes bewußt ist oder nicht; dabei vermindert sich der Vorrat an Hirnzellen – am Ausgangspunkt 12 Milliarden – täglich um 100 000 Neuronen, die absterben, ohne ersetzt zu werden. Ungefragt wird man in das Spiel hineingezogen: mit den sozialpolitischen Kräften, die seit Urzeiten ein Fiasko nach dem anderen produzieren, von Versuchen, die gute Meinung des Menschen über sich selbst und über die Welt zu bewahren, und die blinde Lotterie aus dem Dasein zu verbannen. Dieses Spiel ist mehrschichtig. Man ist genötigt, mit der Menschenumwelt zu spielen, und mit der Natur; und wenn auch die ungezähmte Natur mit Technologien aus der Gesellschaft verbannt wird, wird dieser künstliche Ersatz allmählich zum Schadenstifter, und selbst dann läßt sich die Natur nicht total verbannen, weil sie weiterhin in unseren Körpern steckt, nackt inmitten der maschinell sterilisierten Paysage. Wenn das Altern einsetzt, beginnt zugleich das Endspiel mit der Natur, d. h. mit dem eigenen Körper, der, einer lotterieartigen Statistik zufolge, entweder im Zellenbereich zu stottern beginnt oder auch nicht. Beginnt er zu stottern und entgleisen deswegen ein paar Zellen aus ihrer bisherigen Bahn, kommt es zur Wucherung, und man wird vom Krebs verzehrt. Beginnt er es nicht dank einem glücklichen Zufall, sterben die Zellen und Funktionen von sich selbst aus ab, bis man im ganzen und großen stirbt. Das ist keine voreingenommene Lebensdarstellung, sondern die reine, wissenschaftlich garantierte Wahrheit, in die Umgangssprache übersetzt. Man lebt also in mehreren Universen zugleich, man nimmt teil an mehreren unumkehrbaren Spielen, die, wie auch die Einzelheiten dieser Spiele aussehen, in eine endgültige Niederlage einmünden. Unter diesen Bedingungen soll man sich den ›richtigen‹ Kurs wählen. Am Steuer ist man zu einem kleinen Teil schon frei.

Diese objektiv geschilderte Lage ist unsinnig und grausam genug, daß man weit zu gehen gewillt wäre, um sie zu verschönen oder mindestens erträglicher zu machen. Die Transzendenz bildet als Vision und als hilfebringende Offenbarung eine der unglaubhaftesten und zugleich genialsten Erfindungen des Menschengeistes. Man könnte sogar der Meinung sein, die Einrichtungen der Kultur seien ein Repertoire von ernstgenommenen Phantastereien, die alle Mängel des Leibes, der Seele, der Gesellschaft, des Universums in anbetungswürdige Kostbarkeiten von höchstem Wert umgestalten sollen. Die Kultur ist eine unaufhörlich tröstende und die wahren Sachverhalte umbenennende Apparatur: sie benennt das Leiden, das Altern, das Zugrundegehen, das Mit-dem-Zufall-Spielen wie auch die Endkatastrophe selbst um; sie ist ein Umformer, der negative Werte in ihre positiven Gegensätze überführt, sie ist der ehrenhafte Samariter, der immer zum Lügen bereite Verteidiger, mutig genug, um eine von Anfang an verlorene Sache einen herrlichen Fall zu nennen. Man merkt das kaum, weil die Kultur diese Verteidigerrolle nicht makellos und nicht pausenlos vorspielt; als ob ihr das ewige (wenn auch gut gemeinte) Belügen von Wehrlosen manchmal unerträglich wäre, gibt sie dies und das zu (was den Tatsachen entspricht): nicht dumm dieses Vorgehen, weil dadurch auch die den Dreck verschönenden Lügen wahrscheinlicher werden.

Vor die Hauptprobleme gestellt, kann man nicht mehr frei wählen; man kann nicht den Gottesglauben der blinden Statistik frei vorziehen, weil die Erlangung oder der Verlust des Glaubens durch Vorgänge bedingt ist, die mit dem Willensakt und einer rationalen Entscheidung nichts zu tun haben.

Der Zufall wollte es, daß meine Genkonstellation mich mit Begabungen beschenkte, die einen im XX. Jahrhundert zum Schriftsteller befähigen. Und zwar mit Begabungen, die einen Grenzfall darstellen zwischen der der Kunst zugewandten und der wissenschaftlichen Laufbahn. Deshalb die Science-fiction, die aber in meinem Fall todernst gemeint ist, auch dann, wenn sie als Humoristik betrieben wird. Die Zusammensetzung meines Geistes war mir gegeben; auf die Zusammensetzung der Welt hatte ich auch keinen Einfluß. Dies sind zwei ›random variables‹, ursprünglich unabhängige Variabeln; es war mir möglich, beide in einem gewissen Grade zu korrelieren.

Ich verfüge über Vorstellungskraft und bin ein Sklave der Logik; es fällt mir schwer, mir etwas vorzustellen, was in keiner Beziehung zu wahren Sachverhalten steht. Ich kann niemals aufhören, logisch zu denken, und läge mir auch daran. Alles, was ich hier gesagt habe, beruht auf meiner Lebenserfahrung und der Lektüre von einigen Tausenden Büchern, die von den besten Köpfen stammen, die es hier je gegeben hat. Und wenn dies auch kein wissen a priori ist: ich bin mir keiner anderen Tatsache so völlig sicher, als derjenigen, daß ich die Klugen von den Dummen und die Blender von den Genialen recht schnell zu unterscheiden vermag, wenn mir ein paar Seiten, verfaßt von den Betreffenden, vorliegen. Dies ist mein Stützpunkt, der Ort, nach dem Archimedes suchte, um die Erdkugel zu bewegen. Das heißt auch, daß ich immer bereit bin, meine Urteile, Bewertungen, Ansichten total zu ändern, wenn entsprechendes Beweismaterial, das für das Gegenteil plädiert, vorliegt.

Ich habe es bisher nur nicht finden können.

Vorwort zur russischen Ausgabe von *Solaris*

Im Prinzip, glaube ich, sollte ein Schriftsteller keine Vorworte zu seinen eigenen Werken schreiben. Aber Prinzipien sind eben dazu da, sie hin und wieder zu verletzen. Im übrigen kann ich noch etwas zu meiner Rechtfertigung hinzufügen. Bei jedem, der *Solaris* liest, wird ein bestimmter Eindruck von diesem Werk entstehen. Aber vielleicht möchte der Leser wissen, wozu der Autor das Buch geschrieben hat, welcher Idee er folgte. Oft gelingt die künstlerische Realisierung der Idee nicht oder anders, als der Autor es wollte. Ich weiß nicht, wie überzeugend meine Worte sein werden. Ich weiß jedoch, was ich wollte, also was ich in diesem Roman auszudrücken versucht habe, mit anderen Worten: was mir in ihm am wichtigsten war.

Die Menschen brechen jetzt in den Weltraum auf. Wir wissen nicht, wann wir vernunftbegabten Lebewesen von anderen Planeten begegnen werden, aber irgendwann werden wir ihnen begegnen. Die umfangreiche phantastische Literatur, insbesondere die amerikanische, hat schon als voraussichtliche Möglichkeit eines Kontakts drei Stereotype entwickelt, die man wie folgt umreißen kann: »Entweder gemeinsam, oder wir sie, oder sie uns.« Das heißt, entweder begründen wir eine friedliche Zusammenarbeit mit den intelligenten Bewohnern des Kosmos, oder – was auch möglich ist – es kommt zu einem Konflikt, vielleicht zu einem interplanetaren Krieg, in dessen Folge entweder die Erdbewohner die anderen besiegen oder die anderen die Erdbewohner. Ich halte das für schematische, mechanistische Übertragung der irdischen Bedingungen – und ich füge hinzu: der uns, den Menschen der Erde, verständlichsten Bedingungen – auf die ganze Unendlichkeit des Weltalls.

Ich denke, daß der Weg zu den Sternen und ihren Bewohnern nicht nur lang und schwer sein wird, sondern auch angefüllt mit zahlreichen Erscheinungen, die keinerlei Analogie zu unserer irdischen Wirklichkeit haben. Der Kosmos ist keine »auf die Ausmaße der Galaxis vergrößerte Erde«. Das ist eine neue Qualität. Die Herstellung gegenseitigen Verständnisses setzt das Vorhandensein von Ähnlichkeit voraus. Wenn es aber keine Ähnlichkeit gibt? Der üblichen Anschauung zufolge kann der Unterschied zwischen der irdischen Zivilisation und den außerirdischen nur quantitativ sein (jene sind uns in Wissenschaft, Technik und dergleichen voraus, oder umgekehrt wir ihnen). Wenn aber jene Zivilisation einen anderen Weg als unsere beschritten hat?

Übrigens wollte ich dieses Problem noch umfassender behandeln. Das heißt, es kam mir nicht so sehr darauf an, eine konkrete Zivilisation zu zeigen, sondern vielmehr das Unbekannte als eine bestimmte materielle Erscheinung, die soweit organisiert ist und sich solcherart äußert, daß die Menschen verstehen, daß sie etwas Größeres als eine unbekannte Form der Materie vor sich haben. Daß sie vor etwas stehen, das unter gewissen Gesichtspunkten an Erscheinungen biologischer und vielleicht sogar psychischer Art erinnert, aber in keiner Weise unseren – den menschlichen – mit ihm verknüpften Erwartungen, Vermutungen, Hoffnungen ähnelt.

Diese Begegnung mit dem Unbekannten muß eine ganze Reihe von Problemen epistemologischer Natur, philosophischer, psychologischer und moralischer Natur aufwerfen. Die Lösung dieser Probleme durch Gewalt, zum Beispiel indem der unbekannte Planet bombardiert wird, bringt natürlich kein Ergebnis. Das ist einfach die Vernichtung der Erscheinung, nicht aber die Konzentration der Bemühungen, sie zu verstehen. Die Menschen, die auf dieses Unbekannte stoßen, werden versuchen müssen, es zu verstehen, zu begreifen. Vielleicht gelingt das nicht sofort, vielleicht sind viele Anstrengungen und Opfer nötig, vielleicht harren ihrer viele Mißverständnisse, sogar Niederlagen. Doch dies ist schon eine spezielle Frage.

Solaris sollte (ich benutze die Terminologie der exakten Wissenschaften) ein Modell dafür sein, wie die Menschheit auf ihrem Weg zu den Sternen unbekannten und unverständlichen Erscheinungen begegnet. Ich wollte mit diesem Roman sagen, daß uns im Kosmos gewiß Überraschungen erwarten, daß unmöglich alles vorauszusehen und beizeiten zu planen ist, daß man diesen »Sternenkuchen« nur probieren kann, indem man ein Stück abbeißt. Und es ist völlig unbekannt, was sich aus all dem ergeben wird.

Das heißt nicht, wie der mitdenkende Leser natürlich verstehen wird, daß ich überzeugt wäre, daß uns gerade solche Erscheinungen erwarten, wie sie in *Solaris* beschrieben sind. Ich erhebe keinen Anspruch auf die Rolle eines Propheten. Aber ich habe kein theoretisch-abstraktes Traktat geschrieben und mußte daher eine ganz konkrete Geschichte erzählen, um mit ihrer Hilfe, durch sie einen einfachen Gedanken auszudrücken: »Zwischen den Sternen erwartet uns das Unbekannte.«

Man kann natürlich fragen, warum ich diese Geschichte gerade so erzählt habe, warum die Welt von Solaris so und nicht anders ist. Aber das ist schon eine ganz andere Frage, nicht von epistemologischer, sondern von künstlerischer Art, und dieses Thema könnte ich lange erörtern. Übrigens weiß ich nicht, ob ich, selbst wenn ich sehr lange Erörterungen anstellen und ausgedehnte Erklärungen beginnen würde, verständlich machen könnte, warum mir diese phantastische Form als zur Verwirklichung meiner Idee am geeignetsten erschien.

Ich möchte die Gelegenheit nutzen und allen jenen Lesern meiner Bücher in der UdSSR herzlich danken, die mir oft schreiben. Ständig verfolgen mich Gewissensbisse, weil ich nur auf einen sehr geringen Teil dieser Briefe antworte. Hier ist leider nichts zu machen. Ich tröste mich nur damit, daß die sowjetischen Leser mich verstehen und rechtfertigen werden, wenn ich sage, daß ihre Briefe für mich eine ungewöhnlich wertvolle Hilfe bei der Arbeit sind. Ich übergehe sie nicht mit Schweigen, sondern versuche sie nach Kräften zu beantworten, indem ich neue Bücher schreibe.

Zur Entstehung meines Romans Wizja Lokalna
Lokaltermin

10. 08. 79
... Aber ich schreibe seit mehreren Tagen eine neue long short story. Nur gibt es da den Haken, daß es eines ganz glücklichen Zusammentreffens von Umständen bedürfte, damit auch Sie sie einmal lesen könnten, weil das etwas sehr schwer Übersetzbares werden soll.

Etwa siebenmal habe ich in den letzten Jahren schon an diesem Stoff zu arbeiten angefangen. Ausgangsbasis ist die 14. Reise meines Ijon Tichy. Dieser Text wird in der neuen Story, die den Arbeitstitel »Richtigstellung« hat, als Stein des Anstoßes benutzt; zwei enteropische Botschaften werfen meinem Tichy vor, er habe alles in seinem Bericht falsch dargestellt. Jetzt wird es ernst, weil ich gewisse Probleme sozusagen im Tiefgang, wenn auch in grotesker Form, ausbreiten will, etwa so wie in der 21. Reise. Das soll zugleich eine Allegorie auf die irdischen Umstände sein (Ost – West), und ein Versuch darzustellen, wie eine liberale Gesellschaft aussieht, die die »Synthethik« – synthetische Ethik – in der Umwelt »züchtet«, um die verfallenden sittlichen Normen als Prothese zu stützen. Also das Problem des Terrorismus, der Anarchie usf.; und über die Grenze ein wahnsinniger Staat komisch-makabren Elends; denn die sogenannten Kulupen (»Kurdle« in der polnischen Fassung) erweisen sich als von den dortigen Menschen besiedelte Pseudotiere; und in dem anderen Superstaat träumt die Jugend von dem wundervollen Leben in der natürlichen Umgebung, wenn man zum Bestandteil eines herrlich-gigantischen Kulupen wird. Tichy wird mehrmals entführt und reentführt und superentführt und von Gelehrten und Diplomaten, Politikern und Theologen über die beiden zivilisatorischen Wege belehrt, wobei ein höllisches Inferno in dem einen Staat zum Pendant von dem im anderen Staat wird, nur daß es einmal um den Überfluß geht, und das andere Mal eben um das gleichzusetzende Elend; leider läßt sich das kaum wiedergeben, an erster Stelle, weil es eben diese spezifisch von mir erfundenen

Begriffe gibt – Lexikone werden zitiert und verschiedene Handbücher; als Nebenproblem wird u. a. gezeigt, daß das Erkennen einer fremden Welt ein Prozeß ist, dem ebenso wenig ein Fazit – Ende – gesetzt werden kann, wie z. B. der Auslegung und Deutung unserer irdischen Geschichte – (jeder große Staat dort hat seine eigene Version der gegebenen Geschichte, und darüber hinaus gibt es noch Extraversionen für die Fremden, weil man sich halt gewisser historischer und zeitgenössischer Begebenheiten einfach schämt). Ich habe das nicht einfach von Anfang an geschrieben, sondern wie wenn man einen Stollen oder einen Tunnel bohrt – von verschiedenen Richtungen gleichzeitig. Es gibt dort »Originalausdrücke« und ihre Übersetzungen »ins Irdische« und Versuche, das Dortige in die menschliche Begriffswelt zu projizieren; und natürlich viel Unsinn, wie es sich in einer hochentwickelten Gesellschaft gehört. (Das Hauptdilemma in »Lusanien« – also so etwas wie Amerika in fünfhundert Jahren – ist die Widerstandsbewegung gegen die »veredelte Umwelt«, die alle bösen Taten absorbiert; man versucht, Leute zu ermorden, nicht, weil dem Mörder am Tod des Opfers gelegen ist, sondern weil man die einem zum Guten nötigende Umwelt übertrumpfen will – man kann unter diesen Umständen erst frei werden, wenn man die Perfektion der vernünftig gewordenen Umgebung überlistet. Da die Parole in diesem Staat »lebe und mache, was du willst« lautet, wohnt Freitodversuchen eine ganz besondere Versuchung inne; es geht in dieser Schicht der Story um eine Projektion, was geschehen würde, wenn es keine Krisen des Mangels gäbe, die den welfare state abbremsen, bevor er sein implizites Ideal, die Vorstellung vom endgültig beglückten Menschen, verwirklichen konnte. (Es gibt dort eine »Hedomatik«, d. h. die Administration beschäftigt sich mit dem Messen der maximalen Menge von Ekstase, die durch die Nervenbahnen eines Individuums im Verlaufe seines Lebens durchgeleitet werden kann; und da das Freudenangebot weit größer ist als die Leitungskapazität des einzelnen, werden neue Techniken eingesetzt, um diese zu vergrößern; doch die so maximal Beglückten benehmen sich Gefolterten recht ähnlich.)

24. 08. 79

... bei mir gibt es nur das zu berichten, daß ich weiterhin meine neue Ijon-Story schreibe, nur bemerke ich, wie falsch ich alle diejenigen unterrichtet habe, die von mir erfahren wollten, wie eine Geschichte entsteht: das weiß ich ja selber nicht, wie sich zeigt. Um das nur ein bißchen zuzuspitzen: In diesem Fall habe ich alten Kram, alte Fragmente aus alten Papieren herausgeholt, und anfänglich wollte ich das Zeug nur zusammenflicken. Allmählich aber habe ich bemerkt, daß das Geflickte mir immer weniger gefällt, und die Flicke werden also allmählich entfernt, und das Flickzeug wächst in die Länge und in die Breite, wobei ich merkwürdigerweise nicht an einer konkreten Stelle der Story arbeite, sondern gewissermaßen an mehreren Stellen zugleich, weil es viele verschiedene Gesichtspunkte gibt, unter denen das Ganze gestaltet werden muß. Die Ausgangsbasis bildet für diese Story die 14. Reise, und die war einfach halt komisches Zeug mit Kulupen usf.; aber das Stichwort »Enteropia« aus dem *Kosmischen Lexikon*, die Sepulken usf. – das alles war nur ein rein sprachliches Spiel, ohne jeden inneren Zusammenhang, nur so zum Spaß ausgedacht, was mir jetzt nicht mehr genügt. Es muß also eine biologische (Natur)-geschichte des Planeten geben, seine politische Geschichte, die der Zivilisation, der Machtkämpfe, der Philosophie, der Theologie, der Sitten, der Ethik, der Kultur also, und das darf weder *zu ernst* noch all*zu grotesk* werden, sondern *so* ausgewogen, wie es das Ernste und das Wahnwitzige in der »theologischen Roboterreise« (der 21.) war. Wenn das eine überwiegt, muß ich Gegenmaßnahmen erfinden, und wenn das allzu absurd und irreal wird, kommt es zum Gegenteil, und so mache ich das, und was es am Anfang gegeben hat, also die zu flickenden Fragmente, bekommt immer schwächere Bedeutung. Und da ich inmitten des Ganzen sitze und noch nicht weiß, was daraus endgültig werden soll, kann ich auch den Fall nicht ausschließen, daß alles bereits Geschriebene in den Papierkorb wandern wird. Denn der springende Punkt ist der, daß ich weder ein Zirkusspiel ohne jeden Tiefsinn noch eine ernste eindeutige Allegorie verfassen will, und deswegen befindet sich sozusagen das ganze von mir entworfene Gebäude irgendwo hoch in der Luft, und es kippt um, mal so, mal so, weil das Phantastische *keine* enganliegende Maske ist (als eine nur in den einzelnen Worten zustandegekommene Camouflage irgendwelcher irdischer (etwa politischer) Umstände), die das Reale verdeckt, sondern es hat mehrere verschiedene Designate auf einmal *und* darüber hinaus gewisse Probleme frontal zu attackieren, welchen ich völligen Ernst beimesse, als Problemen, die einmal in der realen Zukunft die Menschheit tatsächlich wird zu lösen haben – doch ich darf ja nicht in abstracto solche Probleme besprechen wie etwa in der *Summa*, nein, die müssen als eine Fabel, also als etwas dargestellt werden, was irgendwo *bereits geschehen* ist – nun also, das ist eben meine Arbeit, so sieht sie aus. Und an jedem Abend weiß ich nicht, was ich weiter machen soll, aber nach dem Aufstehen habe ich neue Einfälle und die werden ausprobiert, und so geht es immer weiter. –

9. 11. 80
Ich habe vor einigen Tagen eine ganz winzige satirische Erzählung verfaßt und sie gleich Thadewald ausgesandt. [Es handelt sich dabei um »Das Rätsel«, u. a. in *Die Ratte im Labyrinth*.] Jetzt habe ich mich schon nach einer gründlichen Vorbereitung mit einem neuen Stoff befaßt, hoffentlich wird daraus eine long short story oder ein kleiner Roman etwa dem Umfang nach dem *Futurologischen Kongreß* ähnlich. Nicht zu wenig, sondern umgekehrt, zu viel Rohmaterial habe ich mir bereits angesammelt, aber ich glaube diesen embarras de richesse bewältigen zu können. Das Leitmotiv oder eher die »Grundidee« ist durchaus ernst, obwohl es eine Tichy-Story sein soll; es geht um die verkannten Zusammenhänge zwischen der Biologie aller vernünftigen Wesen und ihrer Kultur. Aber das ist nur einer unter allen anderen Fäden.

24. 11. 80
. . . Rundherum um mich liegen aufgestapelte Papierberge, weil ich auf eine mir selbst unglaubliche Art schreibe – nicht linear, sondern an mehreren verschiedenen Fronten dieser Story zugleich! Irgendwie geht das schon, und ich habe sogar der neuen Krakauer Literarischen Monatsschrift, die es nicht gibt, die es aber 1981 geben soll (denn jetzt hat man nur zu *fordern*, und die Regierung gibt sofort nach) versprochen, ein Fragment dieser

neuen Story zu geben – eine kleine Abhandlung über die religiösen Glaubensvorstellungen auf einem Planeten (von Ens, Entis – lat. Entia, Entien auf Deutsch und die Bewohner heißen Entianer, les Entiens, the Entians). (Ich habe mich für solche Kulturwerte interessiert, die entstehen, wenn die gegebenen Subjekte keine äußeren Geschlechtsorgane haben und sich ohne Kopulation vermehren.)

13. 12. 80
. . . Ich habe schon fast hundert Seiten geschrieben, ohne Zweifel sieht die Story wie ein Kurzroman aus. Sie bezieht sich z. T. auf die 14. Reise mit den Kulupen (die polnisch *»Kurdle«* von *»Kurdel«* heißen, ein im Polnischen fiktives Wort). Tichy kommt auf Ferien in die Schweiz, ein Palast wird ihm von einem Schweizer Fan geschenkt, der sich als Millionär entpuppt, der sein Vermögen vor einem Gerichtsurteil retten wollte. Tichy ist genötigt, in der Schweiz einige Monate lang zu bleiben, er wird bekannt mit einem Professor aus dem »Institut der Historischen Maschinen«, die sich mit dem Simulieren der Geschichte ferner Zivilisationen im All befassen, da man wegen der Folgen der Allgemeinen Relativitätstheorie ja nicht wissen kann, was dort *jetzt* vorgeht, doch muß die auswärtige (irdische) darauf basieren, was (politisch) dort jetzt der Fall ist; die zielgerichteten Simulatoren sollen also den Ablauf der fremden Geschichte nachäffen. Die Resultate haben wenig mit Tichys 14. Reise gemeinsam (auf diesen Planeten bezogen). Tichy bekommt den Einlaßschein in die Archive des Außerirdischen Amtes (in Genf), und erst jetzt beginnen seine Studien: Historie, Kultur, Politik und Theologie der *Entianer*: dabei gibt es natürlich mehrere »Geschichten« des Planeten, von verschiedenen Historikern verfaßt (wie, sagen wir, hier: eine marxistische, eine verschiedene »kapitalistische« usf., nur gibt es dort *andere* Doktrinen); in der Bibliothek befinde ich mich noch jetzt . . .

23. 12. 80
Ich bin bis zur 120. Seite in meinem Tichy vorgedrungen, nicht schlecht, wenn man die Begleitumstände berücksichtigt. Zuerst habe ich mir einen Vorderzahn ausgebissen, ein neuer wurde auf einem Stift in die Wurzel eingedreht, und am nächsten Tag

mußte ich mir einen anderen Zahn aus dem Kiefer herausmeißeln lassen, weil es anders nicht ging, und seit fünf Tagen laufe ich vollgestopft mit schmerzstillenden Pillen herum, und morgens gibt es noch mehrstündige Stromabschaltungen ausgerechnet zu der Zeit, wo ich schreibe! Aber wie das eben nun einmal mit dem Schreiben ist, hat sich ein neues Kapitel eröffnet, von dem ich noch vor vier Tagen keine Ahnung hatte. Das erste Kapitel, das ist die Schweiz, das zweite – Institut der Historischen (= geschichtsschreibenden) Maschinen, das dritte – »Die Quellen«, also die ganze Bibliothek des Sternbildes Tauri im Ministerium für Außerirdische Angelegenheiten, und jetzt kommt die eigentliche Reise nach Enteropien, eine »richtigstellende« Expedition, mir aber dünkte, daß da etwas in der Komposition hinken wird, denn es hat so nette Leute, neue Bekannte Tichys, in Zürich gegeben, seinen Rechtsanwalt Sputnik Finkelstein zum Beispiel, und sie alle fallenlassen und verschwinden lassen, das war nicht in Ordnung; aber sie werden Tichy begleiten, zwar nicht lebendigen Leibes, aber in *Kassetten*, als Programme, mit welchen er seinen Bordcomputer füttert, und wenn dem schon *so* ist, hat er sich halt noch einige weitere Kassetten mitgenommen, also Herrn Karl Popper und Lord Bertrand Russell und William Shakespeare auch; und ich bin dabei, das Gespräch dieser Herrschaften jetzt zu schreiben; nur kann ich nichts dafür und auch nichts dagegen tun, daß z. B. Shakespeare in Jamben redet; das Buch wächst also von sich selbst weiter an, und es wird ja noch den Planeten geben. Also ein Roman ist daraus ohne Zweifel geworden, und ich habe (wie schon, glaube ich, berichtet) mit Wydawnictwo Literackie mich wegen des Vertrages verständigt; das Buch soll also 1982 erscheinen, wenn ich nur das Manuskript bis Ende Juli '81 vorlegen werde, was mir jetzt durchaus machbar erscheint, wenn es nur keine brüderliche Hilfe gibt von außen her und mich meine letzten Zähne in Ruhe lassen. Über den noch nicht niedergeschriebenen Teil kann ich nichts sagen, aber das bereits Gemachte ist nicht schlecht, aber Übersetzungsprobleme wird es *tolle* geben, denn es gibt dort Dokumente, ins »Irdische« übersetzt von Maschinen und Menschen; vom Shakespeare nicht zu reden . . .

9.01.81
...bis zur 170. gekommen (Seite, meine ich), stehe ich vor einem Scheideweg: zwar könnte ich den Roman auf einigen zehn Seiten beenden, doch glaube ich mich ins Unbekannte begeben zu müssen, weil sonst das Ganze allzu abrupt aufhören wird zu existieren...

20.01.81
...Ich habe einen Einfall zu einem Bändchen, das Rezensionen von Titeln enthalten soll, die es nicht gibt, die aber »geben sollte« – ein Buch, ein rein statistisches, das mit Tafeln und Ziffern zeigt, was in einigen Minuten simultan auf diesem Globus geschieht, die Qualen, die Agonien, die Geburten, die Morde, die Orgasmen usf.; man muß das nur *gut* machen. – Aber nicht jetzt, meine Probleme bei dem neuen Roman sind ähnlicher Art *jetzt* wie bei einer Komposition im musikalischen Sinn: ich muß einen Übergang vom Grotesk-Skurrilen zu Düster-Ernstem machen, dabei aber müssen gewisse Leitmotive, die im ersten Teil ironisch und komisch klangen, jetzt in diesem dunkleren Gewand erscheinen, denn sonst käme es zu einem Fiasko, zum plötzlichen Tonwechsel, was fatal wäre. – Dabei müssen aber die Form und der Inhalt zugleich miteinander gekoppelt, aneinander angepaßt werden. –

17.02.81
...Ich mußte leider meinen Roman, sein letztes Kapitel, ablegen, um die der neuen Krakauer literarischen Monatsschrift *Pismo* versprochenen Feuilletons zu verfassen. Aber es ist nicht viel geblieben, was ich im Roman noch abzuändern respektive fertigzuschreiben habe.

24.02.81
...In meinem Roman kam es zu unerwarteten Wendungen, da die Masse der Angaben – über eine andere Welt, Kultur, Religion, Philosophie usf. – als Resultierende neue Tatbestände geschaffen hat, die ich nun zu ordnen und in den Strom des Geschehens einzufügen habe. Auch habe ich jetzt das Ganze durchgelesen und das war schon wirklich nötig, weil ich mich ja gut orientieren muß in dieser »anderen Welt«... die

großgewachsen ist . . . Ich habe praktisch alles Sonstige zur Seite gelegt und dennoch kann ich das Ding nicht fertigschreiben, da es eine gewisse Selbständigkeit aufweist, die ich nicht amputieren respektive zügeln will, weil sich neue Horizonte eröffnet haben. Sonst passiert hier Gott sei Dank wenig – die Lage ist zur Zeit ruhiger geworden . . .

11. 03. 81
Mir bleiben noch einige Seiten, um den Roman abzuschließen. Das Ganze wird aber schon reingeschrieben . . .

19. 03. 81
Der Roman liegt fertig vor und die Hälfte wurde bereits reingeschrieben . . . Die Übersetzungsschwierigkeiten werden . . . enorm groß sein. Es ist durchaus möglich, daß ich dem Roman ein kleines »Polnisch-Polnisches Wörterbüchlein« anhängen werde, so viele Neologismen gibt es dort; in diesem Appendix könnte ich gleich auch durch den Mund von Ijon Tichy die Erklärung abgeben, warum diese mit Neologismen vollgestopfte Sprache eine Notwendigkeit ist und nicht nur ein abwegiges Spielen mit phantastischen Klängen . . . Ich kann mit Aufatmen auch mehrere Briefe beantworten, die ich beim Finish, d. h. beim heftigen Arbeiten am Schluß des Buches abgelegt habe. Das ist also wirklich so etwas wie ein Triptychon geworden, mit den Sterntagebüchern in der Mitte. Den einen Flügel bildet der *Futurologische Kongreß* (die irdische Zukunft, sagen wir), den anderen eine fremde Zukunft, die aber für uns ein Bezugsystem ist bzw. sein kann.

Science-fiction: ein hoffnungsloser Fall – mit Ausnahmen[1]

1. Als ich die Bücher Damon Knights *(In Search of Wonder)* und James Blishs *(The Issue at Hand)* las, kamen mir so manche Fragen in den Sinn, auf die man nirgends eine Antwort finden kann. Etwa: Man hört im Fandom, daß die SF mit den Jahren immer besser wird. Wenn dem so ist, warum bleibt dann die durchschnittliche Produktion, dieser Löwenanteil aller Neuerscheinungen, so miserabel? Oder: Es mangelt uns nicht an Definitionen des Genres. Vergeblich aber würde man nach einer Erklärung dafür suchen, warum es keine theoretische, verallgemeinernde Kritik dieser Gattung gibt und warum die schwachen Ansätze einer solchen Kritik nur in ›Fanzines‹ aufzufinden sind, also in Amateurzeitschriften von winziger Auflage und von winzigen (wenn nicht keinem) Einfluß auf die Autoren und die Verlagspolitik. Und weiter: Blish und Knight sind sich darüber einig, daß die SF-Leserschaft unfähig ist, einen hochwertigen Roman von einem mittelmäßigen zu unterscheiden. Wenn diese Meinung richtig ist, welche Leser haben ein solches Publikum der Literaturgattung zugeteilt, welche die – noch dazu phantastisch verstärkten – Spitzenleistungen menschlichen Tuns abbilden will? Die Frage aller Fragen lautet: Und wenn auch die SF als ›pulp‹ im Rinnstein geboren ist und vom Kitsch sich jahrelang ernährte, warum vermag sie nicht, sich von ihm endgültig loszureißen? Dieser Essay versucht, auf diese Fragen zu antworten. Er ist somit ›Prolegomenon zur Ökologie der SF‹ oder ›Eine Einführung in ein soziokulturell abgekapseltes Schaffensgebiet‹ oder aber eine ›Angewandte Pragmatik des Daseinskampfes im unteren Reiche der Literatur‹. Diese pompösen Namen werden unten ihre Rechtfertigung finden. Bei der Abfassung haben mir die Bücher von Blish und Knight sehr geholfen, sie wurden aber nicht als bloße Rezensionssammlungen betrachtet, sondern eher als ethnologische Protokolle mehrerer Forschungsreisen in das exotische SF-Land, d. h. als Rohmaterial, das der soziologisch ausgerichteten Analyse unterworfen werden sollte. Die von den Autoren

festgestellten Tatsachen waren mir öfters wichtiger als ihre Meinungen; was heißen soll, daß ich mir dieses Material nicht ganz so zurechtgelegt habe, wie es dem Geist der Quellen entsprach.

2. Ich nenne die SF ein ›kollektives Phänomen‹ von soziokulturellem Charakter, aus folgenden Bestandteilen:

a) Die Leserschaft – zerfallend in die stumme und passive ›silent majority‹ der SF-Konsumenten und in die aktiven Amateurgruppen, welche das eigentliche ›Fandom‹ bilden;

b) Die SF-Produzenten, also die Autoren (die zum Teil auch Rezensenten sind) und die Verleger von Magazinen und Büchern.

Die SF ist ›ein ganz besonderer Fall‹, weil sie zwei grundverschiedenen und nirgends außerhalb von ihr sich überlappenden Sphären der Kultur angehören soll. Diese Sphären werden wir ›das untere Reich‹ – oder das Reich der Trivialliteratur – und ›das obere Reich‹ – oder das der ›mainstream‹-Literatur – nennen. Zum unteren Reich gehören der Kriminalroman, der Wildwestroman, der pseudohistorische Roman, der Sportroman und erotisch-sentimentale Geschichten über bestimmte Milieus (der Ärzte und Krankenschwestern, der Millionäre und schöner, begehrenswerter Mädchen usw.). Ich möchte dem Leser die genaue Beschreibung dessen ersparen, was ich unter ›mainstream‹ verstehe, es genügt vielleicht, einige Namen von Autoren zu nennen, die diesen Olymp bewohnen: Moravia, Koestler, Joyce, Butor, Sartre, Grass, Mailer, Borges, Calvino, Malamud, Sarrault, Pinget, Greene usf. Man kann nicht allgemeingültig behaupten, diese Autoren stiegen in ihrem Schaffen niemals zum unteren Stockwerke hinunter, denn wir kennen Kriminalromane von Graham Greene oder ›phantastische‹ Romane von einem Orwell oder Werfel und Moravias ›Phantastik‹ – insbesondere wurden einige Texte Calvinos sogar für ›SF‹ gehalten. Den Unterschied zwischen einem Autor als einem Bürger des ›oberen‹ oder des ›unteren‹ Reiches darf man also nicht darin sehen, daß der erste keine Phantastik (oder mit der SF verwandte Literatur) schreibt und der zweite es tut: der Unterschied ist weder an der *genologischen Immanenz* noch an der *künstlerischen Qualität* der *isolierten* Werke überprüfbar.

Das Bürgerrecht – d. h. die Zugehörigkeit zum ›oberen‹ oder zum ›unteren‹ Reich – wird nicht nur und nicht so vom Produkt bedingt, das ein Literat liefert. Es handelt sich um weit verwickeltere Beziehungen von soziokulturellem Charakter. Diese werden wir später besprechen, hier werden wir lediglich eine pragmatische Regel vorschlagen, die mit 98% Treffsicherheit im voraus die Entscheidung zuläßt, ob ein Schriftsteller in seiner Laufbahn als ein Bewohner des ›oberen‹ oder des ›unteren‹ Stockwerkes anzusehen ist. Diese Regel ist einfach und läßt sich so ausdrücken: wenn jemand im Mainstream Bücher zu schreiben anfängt und dem Publikum und den Kritikern zumindest dem Namen nach bekannt wird (so daß man, wenn man seinen Namen hört, weiß, daß es sich um einen Literaten und nicht um einen Leichtathleten oder Schauspieler handelt), werden seine SF- und/oder Fantasy-Versuche, auch wenn sie sich wiederholen, als ›Ausflüge‹ oder ›Seitensprünge‹ betrachtet. Der Mann bewohnt das obere Stockwerk, wie es z. B. bei Graham Greene der Fall ist, und seine Kriminalromane sind *nur* der Ausdruck seiner privaten Laune oder Taktik. Zu H. G. Wells' Zeiten gab es nicht diesen strengen Zustand der ›Grenzüberwachung‹ zwischen beiden ›Literaturreichen‹. Sie gingen vielmehr allmählich und kontinuierlich ineinander über. Damals war Wells einfach als englischer Schriftsteller bekannt, und die, die seine Prosa schätzten, kannten öfters beide Flügel – den realistischen und den phantastischen. Erst später ist der eiserne Vorhang zwischen beiden Literaturarten niedergegangen, so daß dem typischen SF-Fan wohl des öfteren die SF Wells' bekannt ist, er aber davon, daß Wells auch ›normale‹ realistische Prosa geschrieben hat (und diese wird heute von den highbrow-Kennern besonders, ja höher als seine SF bewertet), überhaupt keine Ahnung hat. Der Vorhang, diese Betondecke (wenn wir das Modell eines zweistöckigen Gebäudes beibehalten wollen), ist allmählich entstanden, und als undurchlässige Barriere erst in den zwanziger Jahren hermetisch geschlossen worden, was daran erkennbar ist, daß Čapeks Werke noch der Literatur des oberen Reiches zugezählt wurden, dagegen diejenigen des etwa zehn Jahre später schaffenden Stapledon nicht mehr als solche anerkannt wurden. Somit verdanken einzelne Autoren ihre Klassifizierung nicht ausschließlich dem eigenen Verdienste, sondern sie sind, in ihrem gesamten Schaffen, den höheren taxonomischen Regeln mit Notwendigkeit untergeordnet, die sich historisch entwickeln und *keine Ausnahmen* kennen. Wenn es aber *doch* zu einer klassifikatorischen Ausnahme kommt, wird das Urteil ausgesprochen, der gegebene (literarische) Fall sei eigentlich *keine* SF, sondern eine ganz ›normale Literatur‹, vom Verfasser *mit Absicht als SF getarnt.* Ganz ähnlich ist es schon in der Literaturgeschichte: denn, geht man ohne alle ›mildernden Umstände‹ daran, sind manche Romane Dostojewskis Kriminalromane, wurden jedoch niemals als solche angesehen. Die kriminelle Intrige diente, so sagen die Kenner, diesem Autor nur als Vehikel und Mittel, und seine Ziele lagen außerhalb des Kriminalromans. Es ist damit etwa wie mit den Ergebnissen einer Polizeirazzia im Bordell: die anonymen, gewöhnlichen Gäste werden einfach als Kunden der Prostituierten betrachtet, ein Prinz aber oder ein Politiker kann seine Anwesenheit dort mit dem Vorwand verteidigen, er sei in diese untersten Stockwerke des gesellschaftlichen Lebens hinabgestiegen, weil er nach Exotik lechze, weil ihn die Laune überkommen hätte, einen solchen Ausflug zu machen. Solche Gestalten befanden sich, mit einem Worte, im Seuchenlande als *extravagante Eindringlinge* oder sogar als *wissensdurstige Forscher.*

3. Der Status der Trivialliteratur ist an mehreren typischen Merkmalen zu erkennen: Erstens dienen ihre Werke nur zur einmaligen Lektüre, wie etwa auch die billigsten Massenwaren nur zum einmaligen Gebrauche bestimmt sind; was man daran erkennen kann, daß sie in ihrer Mehrzahl ganz ähnlich wie Massenprodukte veralten. Würden die Krimis nur ihrem Werte gemäß einer Auslese unterliegen, würde es sich erübrigen, immer und immer wieder neue Krimis auf den Markt zu bringen, weil man in der gewaltigen Masse der bereits vorhandenen so viele gute finden könnte, daß kein Mensch imstande wäre, diese Auswahl im Laufe seines ganzen Lebens zu verschlingen. Die Verleger bringen jedoch immer wieder ›frische‹ Krimis auf den Markt, obwohl es eine große Anzahl in Vergessenheit geratene von unzweifelhaft besserer Qualität gibt. Es ist damit ganz wie mit den Kühlschränken oder Kraftwagen:

bekanntlich müssen die neuen Modelle keineswegs technisch besser sein als die vorjährigen. Aber die Produktionsmaschinerie muß, um in Gang zu bleiben, einfach immer neue und neue Modelle auf den Markt werfen. Die Werbung übt einen Druck auf den Verbraucher aus, um den Anschein zu erwecken, daß nur den diesjährigen Modellen ein echter Spitzenwert eigne. Somit wird das Dogma der andauernden Modelländerung zu einer Gesetzmäßigkeit des Marktes, obwohl jeder Spezialist klar zwischen der fiktiven Veraltung von Produkten und der Veraltung von authentisch-technischem Charakter unterscheiden kann. Wirkliche technische Verbesserungen des Produktes gibt es tatsächlich von Zeit zu Zeit, weit öfters jedoch gibt es nur den Wandel im Diktat der Mode, im Diktat, welches den Produzenten dient, damit sie ihren Markt immer als eine ungesättigte Gewinnquelle mit neuer Ware füllen können. Aus der Verflechtung von wirklichem Fortschritt und ökonomischen Gesetzen entsteht also das Gesamtbild, welches dem auf dem Gebiete der Trivialliteratur äußerst ähnelt. Im Prinzip könnten ja Verlage wie Ace Books ausschließlich SF aus der ersten Hälfte des Jahrhunderts auf den Markt bringen, in immer neuen Auflagen, weil die Masse der Werke bereits so angewachsen ist, daß kein Mensch auch nur die besseren Bücher lesen könnte, selbst wenn er sich ausschließlich dieser Lektüre widmen wollte. Der Druck neuer, zu 98% jämmerlicher Produkte, der von rein ökonomischen Überlegungen verursacht wird, stürzt jedoch viele ältere Titel in Vergessenheit, die einen stummen Tod nur deshalb erleiden, weil es auf dem angeschwollenen Markt für sie keinen Platz mehr gibt. Die Verleger sind also kein Filter, das eine positive Auslese verwirklicht, weil ihnen das Neueste zugleich als das Beste erscheint, oder aber sie wollen die Käufer wenigstens davon überzeugen, was zur wohlbekannten totalen Inflation in der Verlagswerbung führt: denn *jeder* neue Titel wird als der beste in der gesamten SF gepriesen, und jeder SF-Autor wird zum größten SF-Meister abgestempelt, wenn er einen oder zwei Titel veröffentlicht hat. Man bemerkt also auf dem SF-Büchermarkte, wie auf dem gesamten Markte der Trivialliteratur, die Allmacht der ökonomischen Gesetze, die sogar dieses gemeinsame Merkmal mit dem Warenmarkt besitzen, daß ihr Bestehen mit den typischen Inflationsphänomenen verbunden ist. (Wenn *alle* Bücher und Autoren für ›die besten‹ ausgegeben werden, ist eine Abwertung, eine Inflation *aller* bewertenden Benennungen unvermeidbar.) Im Vergleich mit diesem Treiben, mit dieser Eskalation der Reklame, ist das parallel zu beobachtende Verhalten von Herausgebern der Mainstream-Literatur ganz schüchtern und schweigsam – vergleiche man doch z. B., was auf den Umschlägen der SF-Bücher zu lesen ist, mit dem, was die seriösen Verleger auf die Umschläge der Romane eines Saul Bellow oder William Faulkner setzen. Diese Bemerkung scheint banal zu sein: ist es aber nicht. Denn wo Kaffee-Extrakt oder Zigaretten jeder Marke als die besten der Welt gepriesen werden (von den zweitbesten wird man nie hören), werden die Fresken eines Michelangelo und Tolstois *Krieg und Frieden* nicht mit demselben Kräfteaufwand dem Publikum als bestmögliche Kunstware angeboten. Das Treiben der Verleger von Trivialliteratur läßt uns erkennen, daß die Trivialliteratur ausschließlich den ökonomischen Gesetzen unterworfen ist und in ihrem Kreislauf keine anderen Gesetzmäßigkeiten kennt.

Zweitens ist die Tatsache zu bemerken, daß der Leser der Trivialliteratur sich ganz so benimmt wie der Konsument von Massenwaren. Es kommt ja dem Produzenten von Besen, von Autos oder von Toilettenpapier nicht in den Sinn, sich darüber zu beklagen, daß ihn keine mit tiefsten seelischen Ergüssen beladene Korrespondenz mit den Verbrauchern seines Produktes verbindet. Es kommt nur vor, daß diese Verbraucher dem Produzenten zornige Briefe schreiben, um ihm den mangelhaften Charakter der gekauften Ware vorzuwerfen. Das ist ähnlich dem, was James Blish in seinem *The Issue at Hand* schrieb. Dieser Autor von über 5 Millionen Exemplaren SF-Büchern hat im Verlaufe seines ganzen Schaffens von seiner Leserschaft einige Dutzend Briefe bekommen; diese Briefe waren ausnahmslos Zornesausbrüche von Leuten, welche Blishs Belletristik in ihren Meinungen peinlich berührt hat. Die Qualität der Ware war es, an der sie Anstoß nahmen.

Drittens kennt der Markt der Trivialliteratur nur einen einzigen Index der Warenqualität: sie wird am Verkaufserfolg der Bücher gemessen. Als ein junger ›zorniger‹ Kritiker in der

Science Fiction Review Asimovs *Nightfall and other Stories* als alten Hut abgefertigt hat, berief sich Asimov darauf, daß sich seine Bücher heute wie vor Jahren vortrefflich verkaufen und daß keines von ihnen zu herabgesetzten Preisen verramscht würde. Somit vertauschte er den literarischen Rang mit der Relation von Angebot und Nachfrage, als ob ihm nicht bewußt wäre, daß es Werke von Weltruhm gibt, die niemals Massenauflagen erlebt haben. Wird mit diesem Maße gemessen, muß Dostojewski im Vergleich mit Agatha Christie disqualifiziert werden. Es gibt viele ›Fans‹ der SF, die in ihrem Leben keinen einzigen Roman von Stapledon oder von Wells gelesen haben; und was die ›silent majority‹ der Leserschaft betrifft, kann man ruhigen Gemütes behaupten, daß sie Stapledon nicht einmal dem Namen nach kennt. Blish und Knight stimmen darin überein, daß das Publikum einen guten Roman von einem erbärmlichen nicht zu unterscheiden vermag: das stimmt, mit dem Vorbehalt allerdings, daß es sich um die Leserschaft des ›unteren‹ Reiches handelt. Sollte diese Verallgemeinerung für alle Leser aller Zeiten gültig sein, dann müßten wir das Phänomen, welches zur kulturellen Auslese in der Literaturgeschichte führt, für ein Wunder halten. Denn, wenn alle oder fast alle Leser passive und dumme Wesen sind, *wer* eigentlich war imstande, einen Cervantes oder einen Homer gerecht zu beurteilen?

Viertens gibt es krasse und peinliche Unterschiede im Raume aller Beziehungen, die die Autoren im ›oberen‹ und im ›unteren‹ Literaturreiche mit den Verlegern verbinden. Im oberen Reich bestimmt den Titel, den Umfang, die Gestalt, den Stil des Werkes hauptsächlich und allein der Verfasser, was vom Buchstaben der Verträge eindeutig festgelegt wird. Im unteren Reich dagegen sind es die Verleger, welche sich diese Rechte aneignen: in den gedruckten Formularen eines großen SF-Verlagshauses wie Ace Books z. B. kann man in aufeinanderfolgenden Paragraphen lesen, daß es der Verlag ist, welcher den Titel, den Umfang, ja den Text des Buches nach seinem Ermessen ohne ausdrückliche Genehmigung des Autors, d. h. wie es ihm gefällt, abändern darf. Es gibt natürlich ein Eingreifen von seiten der Verlagsredakteure auch im oberen Literaturreiche, diese Handlungen gestalten sich aber in der Praxis ganz anders: sie gehen in der Regel dem Vertragsabschluß voraus, d. h. zuerst werden einem Autor die vom Verlage geplanten Änderungen vorgeschlagen, und erst, wenn er ihnen zugestimmt hat, kommt es zum Vertrage, wobei im Vertrag mit keiner Silbe gesagt wird, daß das ursprüngliche Manuskript umgearbeitet wurde. Dieser Unterschied ergibt sich daraus, daß im oberen Reich die literarischen Texte in ihrer Integrität als unberührbar, unantastbar gelten, weil sie fast heilige ›Kunstgegenstände‹ sind; wohlbemerkt, es ist eine alte Sitte, im Geiste der historischen Tradition der westlichen Kultur, und die Praxis der Herausgabe ist auch im oberen Reich nicht immer so fromm und schön, wie angegeben wird: diese Differenz beider Reiche ist jedoch von großem Gewicht. Denn ›oben‹ ist man immer bemüht, zumindest den Anschein der bewahrten Tugend am Leben zu erhalten, wie in den oberen Gesellschaftskreisen auch die in der krassesten Promiskuität sich ergehenden Damen sich nicht als Huren bezeichnen lassen; dagegen nähren die ›Damen‹ der Unterwelt keine solchen Ansprüche, und es ist kein peinlich bewachtes Geheimnis, daß man ihre Gunst zu einem entsprechenden Tarif kaufen kann. Die Autoren der SF sind diesen Damen leider ähnlich, und sie spüren sogar das Schändliche der Transaktionen nicht, in deren Verlauf sie ohnmächtig ihre Werke den Verlegern überlassen müssen, damit diese die Texte nach ihrem Belieben umarbeiten. So bekommen wir von James Blish[2] zu hören sein *A Case of Conscience* besitze den uns bekannten Umfang *nur deshalb*, weil sein damaliges Verlagshaus aufgrund gewisser technischer Umstände kein umfangreicheres Buch produzieren konnte! Man stelle sich bitte vor, daß wir den Bekenntnissen eines Hermann Hesse entnehmen müßten, sein *Steppenwolf* habe den uns bekannten Umfang aus demselben Grunde . . . Einen einzigen Schrei der Entrüstung würde eine solche Enthüllung in allen literarischen Kreisen hervorrufen; doch Blishs Worte berühren weder ihn noch einen beliebigen anderen Autor oder Kritiker, weil im ›unteren‹ Reich diese Sklavenposition für etwas Normales gehalten wird. Die Verlage sind also in ihrem guten Recht, wenn sie die Titel, den Umfang, die Stilistik der SF-Werke abändern, wobei diese Eingriffe von ökonomischen Erwägungen bestimmt sind: sie handeln wie Leute, die eine

Ware an den Mann bringen müssen, und sie sind der festen Überzeugung, daß sie ganz ähnlich Hand in Hand mit dem Buchverfassser zusammenarbeiten, wie etwa die Projektanten und Werbefachleute in den Ford-Werken. Kein Mensch nimmt ja Anstoß daran, daß dem Projektanten des neuen Ford-Modells das Recht nicht zusteht, sich auch den Namen für dieses Modell auszudenken.

4. Für sich allein betrachtet, sind mehrere der oben beschriebenen Merkmale und Züge der Trivialliteratur recht belanglos. Addiert aber bilden sie eine streng gefügte Struktur der Umwelt, in welcher die SF das Licht erblickt und ihr Dasein fristet. Sie sind Indizien, die darauf hinweisen, wie unterschiedlich sich der ›Status‹ eines literarischen Werkes gestaltet, je nachdem, ob es im oberen oder im unteren Reich auf die Welt kommt.

Somit gehören die Werke der SF dem unteren Reich an – der Trivialliteratur. Somit ist das Problem durch die soziokulturelle Analyse endgültig geklärt. Somit ist kein Wort mehr über sie zu sagen; die Verhandlung kann mit einem Aufatmen abgeschlossen werden.

Das ist aber nicht der Fall. Denn es gibt zweifellos einen Unterschied zwischen der SF und allen benachbarten, manchmal streng mit ihr verwandten, anderen Typen der Trivialliteratur. Sie ist eine Hure, aber eine recht verschämte, ja mehr: sie ist eine Hure mit engelhaft anmutenden Zügen. Sie prostituiert sich, aber wie die Sonja Marmeladowa von Dostojewski: mit Unbehagen, mit Widerwillen, entgegen ihren eigenen Träumen und Hoffnungen. Sie ist dadurch oft recht verlogen, das ist schon wahr . . . Sie will für jemand anders gehalten werden, als sie wirklich ist. Sie lebt in unaufhörlicher Selbsttäuschung. Sie versucht, sich immer von neuem zu verkleiden. Ob sie einen Schatten Recht darauf hat?

Viele prominente SF-Autoren sind bemüht, den Anschein zu erwecken, daß sie ›etwas Besseres‹ sind als ihre Kollegen – die Verfasser der Trivialliteratur vom Krimi- oder Wildwest-Charakter. Diese Ansprüche werden oft ganz unverblümt geäußert. Ja mehr: in den Vorworten zu Büchern können wir eine peinlich berührende Selbstprahlerei finden. Heinlein hat z. B. mehrmals mit Nachdruck erklärt, die SF (d. h. seine SF) sei nicht nur der Mainstream-Literatur ebenbürtig, sondern sie sei sogar etwas weit Perfekteres, weil es schwieriger sei, SF zu schreiben. In der üblichen Trivialliteratur sind solche Ansprüche nicht zu finden. Das bedeutet keinesfalls, daß es keine Bewertungsskala im Reiche der Kriminalromane gibt. Man unterscheidet ja auch dort zwischen den langweiligen, miserablen Krimis und den spannenden, originellen, atemberaubenden – man darf ja von einem ›erstklassigen Krimi‹ reden! Dabei kommt aber niemandem in den Sinn, einen solchen Volltreffer als ebenbürtig den Chef d'œuvres des Mainstreams zu betrachten. In seiner Klasse, im ›unteren‹ Reich, kann es sich um einen echten Diamanten handeln. Wenn aber von einem Werke die Gattungsgrenze tatsächlich überschritten wird, hört es auf, ein Kriminalroman genannt zu werden. Wie eben ein Roman von Dostojewski.

Die besten SF-Romane möchten sich in das obere Reich drücken – was ihnen in 99,9% aller Fälle nicht gelingt. Die besten Autoren sind in ihrer Verhaltensweise schizophren: sie wollen – und zugleich wollen sie *nicht* – dem SF-Reich angehören. Es liegt ihnen viel an den Preisen, über welche das SF-Ghetto verfügt. Zugleich aber wollen sie ihre Werke bei den Verlegern erscheinen sehen, die keine ›Nur-SF-Verlage‹ sind. (Damit man den Umschlägen ihrer Bücher nicht anmerkt, daß es doch SF-Literatur ist.) Einerseits fühlen sie sich an das ›Fandom‹ gebunden, schreiben für die ›Fanzines‹, beantworten deren Fragen, nehmen teil an SF-Zusammenkünften, andererseits versuchen sie, in der Öffentlichkeit zu unterstreichen, daß sie *eigentlich* keine SF betreiben, daß sie *weit bessere und problembeladene Bücher* schreiben würden, wenn es nur nicht diesen Druck seitens der Verleger und der SF-Magazine gäbe, daß sie an den Umzug in die Mainstream-Literatur denken (Aldiss, Ballard und mehrere andere). Ob sie, objektiv gesehen, Gründe haben, sich der Frustration im SF-Ghetto zu ergeben, um sich unterdrückt zu fühlen? Die Krimis sind ein anderer, ein klarer Fall. Ein solches Buch berichtet ja über Mordfälle, Detektive, Leichen und Gerichtsverhandlungen. Die Wildwest-Stories – über tüchtige Cowboys und heimtückische Indianer. Ein SF-Werk dagegen gehört programmgemäß zur Spitze der Weltliteratur! Es berichtet ja vom Schicksal der ganzen Menschheit, vom Sinn des Lebens im Weltall, vom

Wachstum und Verfall tausendjähriger Zivilisationen, es überstürzt uns mit Beantwortungen der Schlüsselfragen jedes vernünftigen Daseins ...

Nur daß es diese seine selbstgewählten Aufgaben zu 99% blöd, kitschig, mit Klischees ausführt. Es verspricht immer unendlich viel und hält das Wort fast nie.

Eben deshalb ist die SF ein so merkwürdiges Phänomen. Sie stammt aus dem Bordell und möchte in die Paläste einbrechen. Sie wird, seit ihrer Geburt, von engstirnigen Sklavenhaltern ernährt und erzogen (Th. Mann hat an einem Roman 14 Jahre arbeiten können; J. Brunner beklagt sich, daß es eine Zeit gab, da er acht Romane jährlich schreiben mußte, um anständig leben zu können). Aus Schamhaftigkeit versucht sie, diese Lage zu verheimlichen. (Man bekommt von den SF-Autoren öfters zu hören, wie vollkommen frei sie in ihrem Schaffen sind ...)

Sie ist den harten ökonomischen Gesetzen vom Typ ›Angebot–Nachfrage‹ unterworfen. Sie hat sich dem ›Verleger-Milieu‹ so vollkommen angepaßt, daß es Rezepte gibt, wie ein SF-Text zu schreiben ist, der einen konkreten Verleger ansprechen und seine Anerkennung finden wird (the late John W. Campbell Jr. war ein autoritärer Mann, der nur einen ganz streng bestimmten Typ von SF veröffentlichen wollte, und es gab Verfasser, die seine Erwartungen genau vorauszuahnen wußten). In der *Science Fiction Review* Geis' hat Perry A. Chapdelaine ausführlich berichtet, wie er von bekannten SF-Autoren sorgfältig beraten wurde, als er seinen Erstlingsroman vollendete – es wurden dabei die Qualitäten ins Auge gefaßt, die die Verkaufschancen maximalisierten; von ›immanenter Güte‹ des literarischen Textes wurde weit weniger gesprochen. Dasselbe trifft manchmal zu im oberen Reich – aber dann nur für die Anfänger. Doch die SF-Autoren bleiben in den Augen ihrer Verleger Minderjährige – ihr Leben lang. Das sind Umstände, unter welchen Frustration sich entfaltet, und kompensatorisches Verhalten gedeihen muß. Tatsächlich ist solches im SF-Ghetto reichlich zu finden. Die Gesamtheit der so zustande kommenden kompensatorischen Phänomene hat einen klaren Mimikry-Charakter.

a) Es fehlt im SF-Ghetto nicht an Surrogaten und Ersatz für

die Institutionen, die parallel – im oberen Reich – existieren. Dort gibt es den Nobelpreis und andere weltberühmte literarische Auszeichnungen. Im SF-Ghetto gibt es den ›Hugo‹ und den ›Nebula Award‹, und die amerikanische SF wird (wurde bis zur letzten Zeit) für die ›Welt-SF‹ ausgegeben (wovon die Titel der Anthologien künden: ›Die besten SF-stories aus der ganzen Welt‹ z. B.).

b) Es gibt im ›oberen Reich‹ akademische und andere high brow-literarische Zeitschriften, mit theoretischen und hermeneutischen Aufsätzen. Die SF hat ihre ›high brow fanzines‹ *(Riverside Quarterly, SF Commentary* in Australien, *Quarber Merkur)*. Es handelt sich um parallele, doch nicht um analoge Erscheinungen. Die ›high brow periodicals‹ des oberen Reiches verfügen über reelle Autorität im kulturellen Leben. Die berühmtesten Kritiker und Theoretiker sind im Mainstream allen Fachleuten und fast allen intelligenten Lesern mindestens dem Namen nach bekannt (so ein Sartre z. B. oder Leslie Fiedler in den USA). Dagegen sind die Namen der besten SF-Kenner keiner Seele außerhalb des ›inneren Fandoms‹ bekannt, und zugleich weiß die ›silent majority‹ der SF-Leserschaft nichts vom Bestehen der ›high brow fanzines‹; und wenn sie auch davon wüßte, kümmerten sie die Bewertungen dieser Kenner gar nicht, d. h. sie wird bei der Auswahl der zu kaufenden SF-Neuheiten nicht von den Fanzines beeinträchtigt. Die *Struktur* des Informationsflusses ist nämlich im oberen und im unteren Reich eine ganz verschiedene. Im oberen Reich bilden die ›high brow periodicals‹ gewissermaßen die Spitze der Pyramide, deren Basis die Massenkultur darstellt; die populären Rezensenten der Tageszeitungen müssen nicht mit den Urteilen der eingeweihten High-brow-Kenner übereinstimmen, doch wenn sich einer von ihnen einem Sartre widersetzt, weiß er sehr genau, daß er dann gegen eine weltberühmte Autorität ankämpft. Nichts dergleichen in der SF, deren *Pyramide* ihre Spitze im Fan-Untergrund tief verborgen hat: die besten ›Fanzines‹ haben winzige Auflagen und können auf keine finanzielle Hilfe der gesellschaftlich-kulturellen Institutionen rechnen (es gibt seltene Ausnahmen, so hat *New Worlds* materielle Unterstützung von britischen Kulturstellen bekommen, was aber in den USA nicht mehr der Fall ist).

c) Den Sitzungen eines PEN-Clubs und anderen ähnlichen Veranstaltungen sollen die ›SF-Conventions‹ entsprechen. Auch das ist aber nur ein Mimikry-Verhalten, weil die PEN-Sitzungen nicht im geringsten den Charakter von bunten ›Parties‹ haben, der den ›Conventions‹ typisch anhaftet. Die theoretischen Erwägungen bilden bei den Conventions eine kleine Zutat, wohingegen sie den Hauptinhalt der PEN-Sitzungen und ähnlicher Zusammenkünfte von Berufsschriftstellern darstellen.

Man muß dabei unterstreichen, daß die im oberen Reich wirkenden esoterischen High-brow-Zeitschriften keine unmittelbare Gewalt auf die Politik der Verlagshäuser haben. Sie besitzen nur eine rein moralisch, traditionsgemäß fundierte Autorität. Sie versuchen nicht, mit den typischen Phänomenen der heutigen Massenkultur den frontalen Kampf zu wagen, sie verschweigen z. B. in der Norm alle Phänomene vom Charakter der Eintags-Bestseller, und nur auf lange Sicht wird ihre Tätigkeit sichtbar, weil es die Gesamtheit der so strukturierten Institutionen ist, welche den langsamen Prozeß der Auslese vorantreibt. Wenn man diese Institutionen des oberen Reiches mit einem passenden Namen versehen wollte, so handelt es sich bei ihnen um das (manchmal recht ohnmächtige!) Gewissen und Gedächtnis der Weltkultur, um deren höchste Instanz, die ein unparteilicher Zeuge und Richter zugleich ist; sie verliert öfters einzelne Gefechte, doch sie gewinnt die großen, Epochen andauernden Kriege – etwa wie es Großbritannien zu tun pflegte ... Sie kann einem verkannten, großen Dichter den heutigen Ruhm nicht garantieren, sie ist aber die Erinnerung, die verhilft, der nächsten Generation manchmal, den fast verlorenen Schatz wieder auszugraben. Mit einem Worte: diese Instanzen fügen sich keinen ökonomischen Marktregeln, und dadurch verteidigen sie auch das kulturelle Erbe gegen den chaotischen Ansturm der Massenkultur. Nichts dergleichen ist im unteren Reich zu bemerken.

Es gibt in der SF keine unabhängigen Zeitschriften, die kritisch die gesamte Produktion überwachen. Die Aussagen der besten und bekanntesten SF-Autoren werden unterdrückt, wenn sie den Interessen von Verlagen zuwiderzulaufen scheinen, worüber z. B. Knight berichtet. Die ›high brow fanzines‹

sind ausschließlich dem engsten Kreis von Eingeweihten bekannt, und ihr Einfluß auf die Verlagspolitik ist gleich Null. Diese Amateurschriften veröffentlichen manchmal Analysen und Betrachtungen, die dem Besten ebenbürtig sind, was in der ›oberen‹ literarischen Presse erscheint. Das ändert aber nichts an der Tatsache, daß auf die Stimme dieser Kritiker nicht gehört wird. Dies bezeugt, daß es nicht die immanenten Werte einer Aussage sind, welche deren Aktionsradius bestimmen, sondern dieser Radius wird von der breiteren Gesamtstruktur des informativen Netzes bedingt, an welches das Mittel (im ›media‹-Sinne) angeschlossen ist, welches diese Aussage veröffentlicht hat.[3] Es ist eine typische SF-Sitte, daß an Stelle von unabhängig entstehenden Kritiken solche Kommentare und Bemerkungen die Aufgabe der Bewertung von Werken übernehmen, die entweder von den Autoren oder von den Anthologien-Redakteuren stammen. Dieser Zustand dient nur dazu, die Grenze zwischen Apologetik (einer Werbung) und einer objektiven Kritik zu vernebeln.

Zusammengenommen ähneln die Institutionen der SF (Cons, Fanzines, Preise) dem äußeren Aussehen nach denen des oberen Reiches, nicht aber in bezug auf die wertfördernden und die Auslese bewirkenden Funktionen. Im oberen Reich entfernen sich mit der Zeit die schlechtesten und die besten literarischen Werke immer weiter voneinander; in der SF dagegen wirken die aus ökonomischen Marktgesetzen, aus Mangel an souveräner Kritik und aus Mangel an *kulturellem Mäzenatentum* resultierenden Kräfte in entgegengesetzter Richtung: sie nähern das Schundprodukt dem wertvollen Werk an, sie erschweren jegliches Experimentieren im Schaffen, sie ersticken im Keime jede unabhängig entstehende, postulierende, prognoszierende (kritische) Betrachtung, und sie verhelfen dazu, die den Verlagen zum Absatze ihrer Produktion dienende Werbung als die angeblich echte Kritik zu tarnen. Es bildet sich aus der Kette der in der SF spezialisierten Verlagshäuser – und der ›silent majority‹ von stummen und passiven Lesern – die Umwelt, an welche sich auch die begabtesten SF-Autoren allmählich adaptieren müssen. Diese Autoren werden früh in die Spielregeln eingeweiht, und müssen diese entweder befolgen oder ein unsinniges Risiko auf sich nehmen. Gesetzt den Fall, daß ein geistreicher, ja, sagen wir, ein genialer Verfasser das SF-Feld betritt, wird sich dieser Mann schnell und hart die simple Wahrheit zu eigen machen müssen, daß er niemals seinen außerordentlichen Leistungen entsprechend geschätzt und anerkannt werden kann. Die ›silent majority‹ der Leserschaft wird seine Bücher *im besten Falle* in derselben Weise schlucken, wie sie den Blödsinn der Massenproduktion zu absorbieren gewohnt ist; die Verleger werden den Mann, da sie ja nur auf das ökonomische Barometer des Marktes achten, in derselben Weise behandeln wie seine Kollegen – ihre Untertanen, das heißt Autoren, die im voraus gewillt sind, sich die Titel, den Umfang, den Bau ihrer Werke dem Herrenwunsch gemäß folgsam abändern zu lassen, er wird dem peinlichen Schauspiele hilflos zusehen müssen, wie seine Bücher im Meer des Schundes untertauchen, da sie mit diesem Ozean der SF-Stempel unwiderruflich verbindet. Sturgeon hat gewiß recht, wenn er behauptet, daß es auf jedem Gebiet 99% Schund gibt, nur sind im ›oberen‹ Reich der Kultur unaufhörlich Kräfte der positiven Auslese am Werke, im ›unteren‹ Reich dagegen wird das Beste dem Blödesten unter dem Druck der objektiven Bedingungen angenähert und versinkt in ihm allmählich. Somit sind alle SF-Institutionen nur dem äußeren Scheine nach denen des oberen Reiches ebenbürtig. Tatsächlich haben wir eine oberflächliche Mimikry vor uns, das Olympische der Literatur wird in der SF nachgeäfft und simuliert, weil nicht in voller Leistungsfähigkeit wiederholt. Keine berühmten Autoren des oberen Reiches befassen sich mit der Disqualifizierung von Schundliteratur oder mit der Abwehr von Graphomanen-Attacken; die Knights und die Blishs haben eine Weile lang versucht, dies zu tun, aber ihre Kampfeslust mußte am Ende einer gemilderten, mehr passiven Attitüde Platz machen. Zum Teil sind sie sich der eigenen Niederlage bewußt. Sie fühlen, wie sehr die für die SF typischen Manieren ein einziges Nachäffen der erwachsenen Literatur darstellen und wie grotesk dieses ganze Treiben einem Beobachter von außen erscheinen muß. Das Unauthentische, weil nicht völlig Ernstzunehmende des Fandoms, mit seinen Briefen, mit seinen ›Parties‹ und seinem ›warmen Gedankenaustausch‹ sind nur lahmer Ersatz für die Autoren, nur ein Asyl, in welchem sie ihre Rolle der großen

Schriftsteller spielen können, indem sie in Fanzines von 200 Exemplaren Auflage Bekenntnisse über die Geheimnisse ihrer schöpferischen Arbeit ablegen und ihre tiefen psychologischen Geheimnisse beichten. Alle derartigen Phänomene könnte man für belanglos halten und ihnen keine Aufmerksamkeit schenken, weil ja letzten Endes die Formen, in denen die Literaten ihre Minderwertigkeitskomplexe, ihre Frustrationsgefühle und ihren ›Willen zur Macht‹ abreagieren, nicht unbedingt den Bestandteil der Literatur darstellen müssen, wie sie im oberen Reiche gedeiht. Im unteren Reiche sind dies jedoch Symptome der chronischen Erkrankung, welche das Wachstum des SF-Genres peinlich hemmt. Somit ist die Vorbedingung jeder Besserung der herrschenden Zustände eine recht unbarmherzig ausgesprochene Diagnose. Man könnte sie mit Hunderten von Beispielen bekräftigen. Im Aufsatze eines zeitgenössischen SF-Kritikers werden öfters Namen von Autoren wie *Farmer, Joyce, Sturgeon, Borges, Kafka* in einem Zuge ausgesprochen. Nie aber wird dieses Bemühen um ›Gleichberechtigung‹ von seiten der Mainstream-Kritik mit adäquater Münze zurückbezahlt. Man kann heute in den SF-Anthologien neben SF-Autoren auch die Novellen von Grass, Calvino, Ionesco, Michaux finden. Die Bewohner des oberen Reiches werden also nach unten eingeladen und folgen auch solchen Einladungen, doch darf auf eine Gegenleistung nicht gerechnet werden. Die Bewohner des oberen Reiches benehmen sich gegenüber denen des unteren, wie sich der Adel dem Pöbel gegenüber benimmt. Eine Dame darf eine Spelunke besuchen, aber die ständig dort residierenden ›Damen‹ werden in ein anständiges Haus nicht eingelassen.

5. Wir werden jetzt zeigen, wie das Werk eines begabten SF-Verfassers in der SF-Umwelt gedeiht und empfangen wird. (Das Los der Unbegabten ist uns unwichtig – da es sich aber im unteren Reiche recht spezifisch gestaltet, wird auch darüber, wenn auch nur marginal, berichtet.)

Die das gesamte SF-Milieu füllende Substanz, von welcher sich das Schaffen der Autoren nährt, bildet der Kitsch. Er ist die späte, entartete Form von Mythen. Er hat von ihnen seine starre Struktur geerbt, denn was im Ödipus-Mythos etwa die prästabilisierte Schicksalsstruktur darstellt, ist im Kitsch ihr Klischee. Superman ist ein verhunzter Herakles, der Roboter – ein Golem, wie der Kitsch selbst die vereinfachte, abgeplattete, prostituierte, aber ursprünglich im gegebenen Kulturkreise *zentrale* Wertekonstellation darstellt. In unserer Kultur ist *Kitsch* das, was *ehemals* das Heilige und/oder Begehrte, das Scheu- und/oder Grauenerregende war, und *jetzt* fix und fertig zum sofortigen Gebrauche zubereitet ist. Kitsch ist ein ehemaliger Tempel, der so lange und so gründlich von Ungläubigen entweiht wurde, bis selbst die Erinnerung an seine ehemalige Unantastbarkeit verlorenging. Wenn die bisher unantastbaren Idole dank der mechanischen Vervielfältigung den Status von Massenwaren bekommen und als Objekte eines bequemen Genusses allen zugänglich werden, beobachten wir die degradierende Transsubstantiation des ursprünglich-Erhabenen in den Kitsch. Dabei wird das ehrwürdige Paradigma einer Umarbeitung unterworfen, welche es leicht verzehrbar und so einfach machen soll, wie nur möglich. Dabei – was recht wichtig ist – stellt sich der Kitsch seinen Konsumenten nie als solcher vor; er will sich ernstgenommen sehen und ist dem Glauben an die eigene Vollwertigkeit treu. Sogar der psychische Prozeß, der, als ein zu überwindendes Hindernis, ursprünglich die Masse der Nichteingeweihten vom Objekt der Anbetung ferngehalten hat, selbst dieser Prozeß wird jetzt als ein »Appetizer« mit der Ware verpackt. Was einfach heißt, daß der Kitsch, da er jeder Schwierigkeit bei seiner Konsumtion bar sein soll, ein für den Konsumenten *bereits vorgekautes* Produkt darstellt. In der Literatur entsteht der Kitsch dadurch, daß jede Komplexität, Vielseitigkeit, Vieldeutigkeit, die authentischen Werken eigen sind, aus dem Endprodukt eliminiert wird. Es ist jedoch vortrefflich, insbesondere für das Wohlbehagen der Betroffenen (Verfasser wie auch Kunden), wenn dieses Endprodukt den Schein erweckt, es sei weiterhin ein Kunstgegenstand ohne jede Einschränkung. Der Kitsch setzt sich aus Ersatz zusammen: des Heldentums, der Not, des Leidens, der Liebe usw. In der Science-fiction besteht er aus dem *Ersatz* der Wissenschaft und dem Ersatz der literarischen Qualität. Wenn man bedenkt, was die SF programmgemäß zu offenbaren hat, und wenn man in Hunderten von *inneren* Rezensionen liest, daß die besprochenen Autoren ein Übermaß an Unkenntnis der Grammatik, der Syntax, der Stilistik ihrer Muttersprache aufweisen, traut man den eigenen Augen nicht: es ist, wie wenn man in einem Team von Sportlern, das sich auf Weltmeisterschaften vorbereitet, plötzlich zu hören bekäme, daß seine Mitglieder das *Gehen* und *Stehen* noch nicht gemeistert hätten.

In einer stabilisierten Kultur ist die Wirkungssphäre des Kitsches streng begrenzt. In der Massenkultur weist er ein Überspringen in benachbarte Gebiete auf, einen aggressiv-expansiven Druck, der ihn dem überwuchernden Gewebe angleicht, welches den noch intakten Körper verzehrt. Die Abwehr seiner Angriffe ist moralisch schwer zu rechtfertigen, da sich dann immer das Dilemma ergibt, ob das kleinere Übel die kitschige Verstümmelung des Kunstproduktes ist, oder dessen totale Abwesenheit im Kreislaufe der Massenkultur, wenn sie das Vollwertige nicht zu assimilieren vermag. Die SF ist ein klinisch reiner Fall des vom Kitsch besetzten Gebietes, weil in ihr das kulturell-geschichtlich Höchste, Schwierigste und Wichtigste zu billigsten Ausverkaufspreisen, in primitivster Form, am laufenden Band massenhaft produziert, dem breiten Publikum angeboten wird. Indem sie keine Verschwiegenheit und Scheu dem dem Menschenverstand Unfaßbaren gegenüber kennt, indem sie Universum auf Universum türmt, ohne mit der Wimper zu zucken, indem sie Physik mit Metaphysik und abgedroschenen Abfall mißverstandener philosophischer Systeme unaufhörlich vermischt, ist sie die wahre Verkörperung des Kitsches in seiner Frechheit, voll totaler Ignoranz, die selbst das Bestehen eines besseren, ihr unzugänglichen Wissens hartnäckig, ja triumphal leugnet.

Was die Philosophen nicht einmal auszusprechen wagen, worüber die weltberühmten Gelehrten kaum etwas aussagen können, das ist an jedem Zeitungsstand für 60 bis 75 Cent zum sofortigen Konsum zu kaufen. SF ist ein erfreulicher Ersatz für das Studium dicker Handbücher der großen Denker, Kosmologen, Astrophysiker und Philosophen, ja, sie weiß darüber zu berichten, was die Wissenschaftler wissen, die erst in zehntausend Jahren geboren werden. Ich verspotte jetzt dieses Aufgebot nicht; ich wiederhole nur, was man in der SF-Werbung lesen kann. Wenn jemand dabei jemanden verspottet, ist das dem

Ernst solcher Aussagen nicht anzumerken, es sei denn, man setzt voraus, daß da *kein einziges Wort ehrlich gemeint ist,* wie es in der Werbung üblich ist, die nur von den bestmöglichen und bisher nie dagewesenen Produkten zu reden pflegt. Wenn aber das alles nicht wörtlich genommen werden soll, was für einen wahren Gehalt verbergen diese Chiffren? Eines der wahnwitzigsten Geheimnisse der SF (welches aber nicht einmal streng gehütet wird) ist die Tatsache, daß so um 98–99% ihrer Autoren die gelehrten Schriften und Handbücher, die es *heute* gibt und die diese Herren mit ihrem Wissen über das Jahr 6000 zu überbieten bereit sind, selbst dem Titel und dem Namen der Verfasser nach nicht kennen. Wenn ein Autor die Physik im Rahmen des Schulunterrichtes beherrscht, weil er ein Lehrer ist, wird er deshalb von Knight in vollem Ernst hochgepriesen und als Musterbeispiel den Autoren vorgestellt, die augenscheinlich nach drei Klassen wegen allgemeiner Gehirnschwäche den Schulunterricht abbrechen mußten. Das Publikum scheint von solchen interessanten Tatsachen nichts wissen zu wollen, wahrscheinlich, weil es solche Nachrichten verstimmen könnten. Es ist nämlich äußerst angenehm, in der Überzeugung bestärkt zu werden, daß man für den billigsten Preis an Geld und Denken in die gewaltigsten Geheimnisse des Alls und des Seins eingeweiht werden könne.

6. Die Ausnahme von der Regel, von welcher der Titel dieses Essays spricht, bildet das Werk von Ph. K. Dick. Aus Mangel an einer den Kitsch bekämpfenden und die Werte fördernden Auslese wird Dicks Werk dem van Vogts gelegentlich gleichgesetzt. Die Romane beider Autoren haben die Merkmale gemeinsam, daß sie 1. aus kitschigen Bestandteilen zusammengesetzt sind und 2. in ihrem Aufbau voller Widersprüche stecken. Diese Widersprüche sind *äußerer Natur* – wenn die im Werke dargestellte Welt kontraempirisch ist, d. h. sich im Widerspruch zu dem wissenschaftlichen Wissen befindet – und *innerer Natur* – wenn die Romanhandlung in ihrem Verlaufe zu einem sich selbst verneinenden Gefüge wird.

Eine solche Diagnose ist nicht mit einer automatisch folgenden Verurteilung gleichbedeutend. Die der Literatur eigenen Urteilsinstanzen sind zwar undemokratisch, aber doch gerecht.

Im Verlaufe jeder kritischen Verhandlung muß festgestellt werden, welchem *Ziele* die Aufopferung von Werten im gegebenen Falle gedient hat. Denn ein zustande gekommener *lokaler* Unsinn ist im Werke eine *lokale* Wertevernichtung (ein Sinn ist immer höher zu bewerten als ein Unsinn), aber dieser lokale Eingriff kann einem Zustandekommen von ganzheitlichem (höherem) Sinne dienen. Das hängt mit der allgemeinen Relativität aller Werte zusammen: Sogar ein Mord kann in einem Kulturkreis gerechtfertigt werden, wenn er als ein Glied einer Kette von Zusammenhängen betrachtet wird, in welcher laut herrschendem Glauben der *kleinere* Wert – ein Menschenleben – dem Größeren – der Gottheit – geopfert wird.

Prima facie sind beide Fälle relevanter Unterschiede bar. Beide Autoren mißachten das empirische Wissen, die Logik und die Kausalität, also Kategorien, auf denen unsere Erkenntnis ruht. Sie scheinen diese basalen Werte dem momentanen Knalleffekt aufzuopfern, sie vernichten also die größeren Werte, um einen winzigen zu schaffen – was *immer* kulturell tabuiert ist.

Unsere Autoren sind aber, wenn nicht nur gedankenlos gelesen, Schriftsteller von recht unterschiedlichem Rang. Wie Knight und Blish bewiesen haben, dient die phantasmagorische Akrobatik von van Vogt keinem ganzheitlichen Sinn. Er löst die von ihm aufgestellten Rätsel nicht; er zieht aus dem früher Dargestellten keine Schlüsse, er skizziert nur flüchtige Einfälle, um auf ihnen immer weitere chaotisch aufzutürmen. Er hypnotisiert damit den wachsamen Leser nicht, er schläfert ihn nur ein; dieser Schlaf entstammt der wachsenden Langeweile, nicht dem fesselnden Magnetismus. Das einzige Problem, welches die van Vogtsche Prosa darstellt, ist ihr Markterfolg, welcher einen intelligenten Leser wie Knight zugleich irritiert und beleidigt. Wie kann sich ein Werk einer so großen Popularität erfreuen, dessen Blödheit von Knight so eindeutig bewiesen wurde? Da gibt es aber kein tiefes Geheimnis zu klären. Der kitschige Unsinn wird mit Erfolg am Leben erhalten, weil es eine große Nachfrage nach ihm gibt. Die Fans van Vogts kümmern sich einen Pfifferling um die unwiderlegbare Knightsche Beweisführung. Höchstwahrscheinlich wissen sie von ihr nichts und wollen auch nichts von ihr wissen. Sie bekommen von van Vogt das ganze Weltall mit seinen Bewohnern, Kriegen, Imperien vortrefflich zubereitet, weil sofort in totaler Gedankenlosigkeit lösbar, und vor dem besseren Wissen, daß ihnen stupide Lügen verabreicht werden, verschließen sie die Augen. Mehr läßt sich dazu wirklich nicht sagen.

Ph. Dick scheint ähnlich wie van Vogt zu schreiben, wenn er auch nicht in derselben Weise wie van Vogt außer der Physik noch die Grammatik und die Syntax vergewaltigt. Auch Dick arbeitet im Kitsch. Seine Romane sind jedoch ordentlicher aufgebaut. Er pflegt die Handlung mit einer klar und präzise verfaßten Lage zu eröffnen, und erst in ihrem weiteren Verlauf beginnt ein den Leser stutzig machender Zerfall die anfängliche Ordnung zu unterwühlen, so daß das Romanende zu einem einzigen Knäuel von Phantasmen wird. Traum- und Wachzustand verwachsen ineinander, die Realität wird ununterscheidbar von der Halluzination, das unfaßbare Zentrum der Dickschen Welt löst sich in eine Reihe von zuckenden Spottgeburten auf, so daß jeder Roman seiner ›Hauptrichtung‹ (denn Dick hat auch ganz belanglose, zweitrangige Bücher verfaßt) am Ende gerade die Ordnung zerschmettert, die er am Anfang aufgebaut hat. Die Welten des Dick, gleichviel ob sie ihr Bersten einer Droge, einer Technologie oder einer ›Krankheit‹ (›Tobsucht‹) der Raum-Zeit-Mannigfaltigkeit verdanken, vermehren in beschleunigtem Tempo ihre ›Pseudowirklichkeiten‹, so daß (z. B. in *The Three Stigmata of Palmer Eldritch, LSD-Astronauten*, Insel Verlag 1971) die anfänglich gegeneinander noch abtrennbaren Niveaus der Halluzination und der Realität zu einem raumzeitlichen Labyrinth werden. Dabei bewegt sich Dick fortwährend im typischen Kitsch der SF, in diesem Arsenal von Halbmenschen-Halbrobotern, der etatsmäßigen Propheten (›precogs‹), der ›Psi‹- und ›ESP‹-Felder, der das Gehirn abändernden Eingriffe und Hunderter ähnlich skurriler Produkte wie Phänomene. Der Kitsch ist also überall anwesend in seinen Büchern, doch von Zeit zu Zeit – d. h. in einigen Romanen – gelingt Dick ein erstaunlicher Meistertrick. Er hat – ich bin überzeugt davon, daß er diese Entdeckung unbewußt und unabsichtlich machte –, er hat eine äußerst raffinierte Taktik erfunden: er bedient sich der Kitschelemente, d. h. derjenigen ausgearteten Moleküle, die einst sakral-metaphysischen Wert besaßen – in einer Weise, die zur allmählichen *Wiederauferstehung* des lange toten Metaphysisch-Geheimnisvollen führt. Er läßt sozusagen den Kitsch gegen den Kitsch ankämpfen, er leugnet ihn nicht, er wirft ihn nicht weg, sondern er baut aus ihm eine Jakobsleiter in den entsetzlichen Himmel hinauf, welcher im Verlaufe dieser Operation zwar aufhört, der ›orthodoxe‹ Himmel zu sein, und auch keine ›orthodoxe‹ Hölle wird, aber die sich auftürmenden, sich gegenseitig verneinenden Existenzsphären zwingen die seit Äonen begrabene Macht zur Auferstehung. Mit einem Wort, es gelingt Dick, das Innere einer Jahrmarktbude in das Innere eines Tempels zu verwandeln – wodurch sein Leser eine Katharsis erleben kann. Es ist äußerst schwierig, die Mittel analytisch zu erfassen, die ihm dies ermöglichen. Es ist dagegen einfach, zu sagen, daß diese Katharsis die Aufopferung von Werten rechtfertigt, welche den Leser anfangs schockiert. Ich kann diesen Essay nicht der Dickschen ›Transsubstantiations-Methode‹ widmen, somit nur einige Bemerkungen über seine Tour d'adresse. Dem SF-Kitsch haftet das implizite Versprechen einer Allmacht an. Diese Allmacht ist bipolarer Natur – als eine Allmacht des Bösen (des Anti-Utopischen) und es Guten (des Utopischen). Im Verlaufe ihrer Entwicklung hat die SF auf die ›positive Allmacht‹ verzichtet und besetzt seit langer Zeit den entgegengesetzten Pol – des ›maximalen Jammers‹. Diesen Pol machte sie allmählich zu ihrem *Spielplatze*. Denn der Weltuntergang, das atomare Jüngste Gericht, die technologisch provozierten Seuchen, das Erfrieren, Austrocknen, Kristallisieren, Verbrennen, Versinken, das ›Robotisieren‹ der Welt usw. usf. haben in der heutigen SF gar nichts mehr zu bedeuten. Sie haben gar nichts zu bedeuten, weil sie der typischen Inflation unterworfen wurden, die eschatologisches Grauen in ein angenehmes Gruseln übergeführt hat. Die SF-Bibliothek der agonalen Krämpfe der Menschheit, wie sie jeder anständige Fan besitzt, ist der Büchersammlung des Schachliebhabers ebenbürtig, weil das Ende der Welt dieselbe formale Eleganz aufweisen soll wie ein gut durchdachtes Gambit. Ich sehe in der handwerkerlichen Gleichgültigkeit, mit der solche Romane produziert werden, ein recht trauriges Phänomen. Es gibt Spezialisten, welche die Menschheit bereits auf dreißig grundverschiedene Arten geschlachtet haben und nach neuen Methoden der Ermordung ebenso fleißig wie ruhigen Gemüts suchen. Strukturell hat sich dadurch diese (Weltuntergangs-)SF dem Kriminalroman gleichgesetzt, und kulturell betreibt sie einen das Grauen liquidierenden Nihilismus – dem Gesetz der diminishing returns[4] entsprechend. Ein vom Kitsch heimgesuchter Raum ist wie das Vakuum, in dem Blei und Federn gleich schnell herabfallen. Es ist tatsächlich ein großes Wagnis, in einem solchen Raume die toten metaphysischen Werte zur Auferstehung zu zwingen. Es kann nicht behauptet werden, daß Dick alle auf ihn lauernden Fallen umgangen hat. Er bucht auf seinem Konto mehr Niederlagen als Siege, aber die letzteren sind es, die den Rang eines Schriftstellers bestimmen. Seine Erfolge verdankt Dick einem rein intuitiven Verfahren. Wo für die durchschnittlichen SF-Autoren den Höllengrund ihrer Existenz, ihren flammenden Boden *soziale* Einrichtungen bilden, in erster Linie Polizeityranneien mit der aus Orwellscher Schule stammenden Gehirnwäsche usw., hat Dick *ontologische* Kategorien eingeführt. Die primären ontologischen Elemente – Raum und Zeit – sind Dicks Folterwerkzeuge, deren er sich mit Gewandtheit bedient. In seinen Romanen stellt er prima facie total unsinnige (weil widerspruchsvolle) Hypothesen auf – über eine Welt, die *zugleich* deterministisch *und* indeterministisch ist, über eine Welt, in welcher Vergangenheit, Gegenwart und Zukunft sich gegenseitig ›auffressen‹, über eine Welt, in der man zugleich tot und lebendig sein kann usw. In der ersten Welt aber erweisen sich sogar die Hellseher als ohnmächtig, ihrem eigenen, von ihnen vorausgeahntem grausamen Ende zu entrinnen: ihre wundervolle Gabe vergrößert nur ihre Qual. In der zweiten Welt wird die Zeit zur würgenden Laokoonschlange für ihre Bewohner. Die dritte Welt verkörpert den Spruch von Tschuang Tsy, der, aufgewacht, die berühmte Frage stellte, ob er Tschuang Tsy sei, der soeben träumte, ein Schmetterling zu sein, oder aber ein Schmetterling, der jetzt träumt, Tschuang Tsy zu sein. Die technologische Verwirklichung des so ausgedrückten ontologischen Problems, welches seit Urzeiten die Philosophen beschäftigt hat – und als Streit zwischen Subjektivisten und Objektivisten bekannt ist –, darf als ein ernst zu nehmendes Problem der (recht fernen) Zukunft angesehen werden, und nicht nur als eine rein spekulative Frage. Die populäre Meinung, der zufolge technologisches Tun niemals direkt in philosophische Problematik übergehen kann, ist eine Illusion, verursacht durch die relativ kurze Dauer des technischen Zeitalters. Ich habe im Jahre 1963 in meiner *Summa technologiae* dieses Problem diskursiv erörtert (im Kapitel »Phantomatik«). Eine der möglichen Lösungen zur Herstellung einer synthetischen Realität ist die ›Einkapselung‹ des Bewußtseins dadurch, daß das Gehirn des Betroffenen an eine computerähnliche Apparatur in derselben Weise angeschlossen wird, d. h. mit Rückkopplung, wie es in der Norm vermittels der Sinne und Nervenwege an die reale Umwelt angeschlossen ist. Die interessanteste Frage lautet, ob ein so ›phantomatisch eingekerkerter‹ Mensch den wahren Zustand der Dinge zu erraten imstande ist, d. h. ob er die von der Maschine simulierte Umwelt von der realen zu unterscheiden vermag – mittels beliebig durchgeführter Experimente. Vom logischen und empirischen Standpunkt aus scheint eine richtige Diagnosestellung unmöglich zu sein, wenn nur das Programm der Maschine genügend entwickelt ist. In einer Zivilisation, in welcher es diese ›phantomatische‹ Technik gibt, kann es ein ›mindnapping‹ geben, aber auch viele Arten einer legalen Benutzung solcher Methoden, die das wache Erleben von allen Geschehnissen ermöglichen, die sich programmieren lassen – und da es hier keine prinzipiellen Hindernisse gibt, kann für den ›Phantomisierten‹ sogar das Kontrempirische verwirklicht werden (er kann subjektiv beliebige Körpermetamorphosen erleben usw.). Bei Dick finden wir in *Ubik* die belletristische Variante eines ähnlichen Projekts. Bei ihm geht es um eine biotechnische Methode, die dadurch kompliziert wird, daß sie es erlaubt, Sterbende in einem spezifischen Zustand ›zwischen Tod und Leben‹ (halflife) zu erhalten. Dick entwickelt ein recht grausames Spiel, in welchem bis zum Ende unklar bleibt, wer von den Helden im ›halflife‹ liegt und wer die gewöhnliche Realität bewohnt; zickzackartig läuft die Handlung ab, mit nacheinanderfolgenden Ausschlägen der Diagnosen, dazu gibt es noch makabre Effekte der ›Weltauflösung‹ und des sprungartigen Rückganges der Zeit. Ähnliches findet man schon in der SF, nicht aber die meisterhafte, packende Spielführung; insbesondere ist das Verhalten aller Betroffenen psychologisch makellos dargestellt. Die Schwelle, die den Abenteuerroman von der ›Literatur ohne zusätzliche Bezeichnungen‹ trennt, wird in *Ubik* überschritten, was ich unten etwas genauer zu beweisen suchen werde. Jetzt möchte ich zu der Betrachtung der ›message‹ übergehen, die uns, eindeutig im Gehalt, verschiedentlich in der belletristischen Handlung, mehrere der Dickschen Romane übermitteln. Er scheint eine Gleichung beweisen zu wollen von der Form: ›Wir sind – wir sind verloren‹ – oder ›verdammt‹, wobei diese Gleichung für alle Welten gültig sein soll, *auch für die unmöglichen*. Seine Romane sind Folgen ontologisch-pessimistischen Spekulierens darüber, wie sich das Menschenlos verändern würde, wenn es totale Umstürze in den basalen Kategorien der Existenz gäbe (etwa, wie gesagt wurde, im Raum-Zeit-System, in dem Verhältnis zwischen dem Traum und dem Wachzustand usf.). Das Resultat ist insofern dasselbe, als diese von Biotechniken oder von Drogen (im *Palmer Eldritch*) verursachten Umwandlungen das Fatale der irdischen Existenz nur verschlimmern können. Je gewaltiger eine technologisch-zivilisatorische Neuerung, desto erschreckender – laut Dick – die Konsequenzen. In seinem ersten ›größeren‹ Roman *Solar Lottery* hat Dick noch nicht versucht, die Fundamente der Existenz *total* zu zerschmettern, und hat nur ›schüchtern‹ eine neue soziale Technik ausprobiert, die alle Menschen dem Machtproblem gegenüber gleichberechtigt machen sollte, da man bei ihm die Machtübernahme einer allumfassenden Lotterie verdankt – das Resultat ist, wie zu erwarten war, eine neue Art des Elends und der Ungleichheit. Somit hat die Dicksche Aufopferung von Logik und Kausalität ihren guten Grund; er zeigt nämlich, daß auch den Kausalität und Logik verletzenden Daseinsvarianten die *Invariante* der Qual und des Verderbens innewohnt. Man kann Dick auch einen perversen Apologeten des ›Fortschritts‹ nennen, weil er *unbegrenzten Optimismus* im Bereich des instrumentell Verwirklichbaren mit *bodenlosem Pessimismus* im Bereich der menschlichen Konsequenzen solchen ›zivilisatorischen Fortschritts‹ verbindet. Seine Romane sind phantastische Belletristik, aber die ihnen zugrunde liegende Weltanschauung ist keine Phantasie. Dick scheint eine Epoche vorauszusehen, in welcher abstrakte und hohe Dilemmas der Universitätsphilosophie auf die Straße hinabsteigen werden, um jeden Passanten zu zwingen, für sich das antinomische Problem Objektivität-Subjektivität zu lösen, da es für ihn lebenswichtig sein wird. Mit seinen ›precogs‹, ›cold-packs‹, ›Penfields‹ usw. sagt er uns: »Und wenn ihr das Unmögliche zuwege bringen könntet, wird das eure Misere um kein Jota mildern.«

Die Helden Dicks sind in einen Kampf nicht nur um das Leben, sondern um die Rettung basaler Kategorien des Seins verwickelt. Sie sind im voraus zum Scheitern verurteilt. Manche zeigen eine Passivität von der Art Hiobs, der ruhig dem Kommenden entgegensah, da ihm schon alles zugestoßen war, was einem Menschen zustoßen kann. Andere sind gewaltige, an die Macht strebende Ringer, noch andere – kleine und auch kleinliche Leute, Beamte, Angestellte. Alle seine irreführenden Welten bemannt Dick mit zeitgenössischen Amerikanern. Vielleicht deshalb wirken sie so lebendig und authentisch – weil eine Rückkopplung entsteht zwischen ihnen und der sie umgebenden Welt: die Authentizität dieser Menschen beglaubigt den phantastischen Hintergrund, und umgekehrt läßt dieser Hintergrund die normalen Menschen besonders auffällig und lebenstreu erscheinen. Die Helden Dicks werden im Verlaufe der sich apokalyptisch steigernden Handlung nicht größer, sie scheinen nur dadurch größer – oder auch menschlicher – zu werden, daß die Welt um sie herum immer unmenschlicher (d. h. unfaßbarer für den Menschenverstand) wird. Es gibt Momente, in denen sie tragisch wirken. Tragödie im griechischen Sinne ist unabwendbare Niederlage mit mehreren offenstehenden Taktiken des Unterganges. Manche unter ihnen, wenn ausgewählt, lassen symbolisch einen imponderabilen Wert erretten. Für den Helden Dicks ist die Liebe zu einer Frau oder ein ähnliches menschliches Gefühl solch ein rettungswürdiger Wert, der bis zum Ende beschützt werden soll, auch wenn die Welt in Trümmer geht. Sie sind die letzten Inseln geistiger Gesundheit in einer wahnsinnig gewordenen Welt, die sie mittels zweckentfremdeter und dadurch zu Folterwerkzeugen gewordener Gegenstände angreift, die der Sphäre der trivialsten Konsumgüter entstammen und sich wie besessen verhalten (ein Tonbandgerät, eine Sprühdose), was den resultierenden

Effekt steigert. Die Helden werden in Verhandlungen mit Ungeheuern verwickelt, die aber keine *BEMs* (bugy eyed monster – der verkörperte Kitsch) sind, weil ihnen ein Zug grotesk-dramatischer *Würde* anhaftet – der mißstaltenen und dadurch gequälten Kreatur. Am Beispiele solcher Ungeheuer (eines davon ist Palmer Eldritch) ersieht man, wie Dick den Kitsch besiegt: er belebt das makabre und primitive Muster, indem er ihm eine Spur zerbrechlicher Menschlichkeit anheftet, oft in Form einer Verstümmelung. In *Ubik* erinnert die zuckende Welt an den wildgewordenen, zur andauernden ›zeitlichen‹ Explosion und Implosion angespornten, sich selbst zerfressenden Willen Schopenhauers. Nebenbei gesagt, gemessen an Dicks schwarzem Pessimismus, erscheint Schopenhauers Weltanschauung als helle Freude am Leben; denn Dick zufolge ist unsere Welt *die beste unter den schlechten, und andere gibt es überhaupt nicht.* Dick zufolge sind wir überall verdammt, sogar dort, wohin wir *nicht* gelangen können. Er hat einmal gesagt, daß er sich nicht für einen bodenlosen Pessimisten hält. Vielleicht, obwohl sich der ohnmächtigen Lage der Vernunft im All bewußt, zieht er aus ihr den nihilistischen Schluß deshalb nicht, weil er der Menschenqual keinen ausschließlich negativen Wert zuschreibt, was aber schon mein privates Spekulieren ist.[5]

Die Dickschen Planeten, Galaxien, Menschen, Kinder, Ungeheuer, Lifts und Eisschränke sind alle Zeichen einer Sprache, die, mische sie jeder, wie er wolle, immer zu derselben Form eines Menetekels erstarren. Ich will damit nicht sagen, daß seine Romane – sogar die besten, wie *Ubik* – makellose Meisterwerke sind. Die Oberfläche seiner Bücher erscheint mir manchmal recht grob, roh, was mit der Allgegenwart des Kitsches zusammenhängt. Was er in einem Kapitel zu sagen hat, ist mir lieber als das, was eine Seite zeigt, und deshalb zwingt mich sein Werk zur schnellen Lektüre, denn wenn man Einzelheiten ins Auge faßt, bemerkt man so manche Ungereimtheit, wie wenn man sich das Bild eines Impressionisten aus zu kleiner Entfernung besehen würde. Dick ist außerstande, den Kitsch endgültig zu zähmen, vielmehr entfaltet er öfters ein Pandämonium und läßt es ›aus sich‹ sich austoben und auskochen. Seine Metaphysik gleitet mehrmals aus in die Richtung billiger Zirkustricks. Seine Prosa ist von unkontrollierten Auswüchsen bedroht, hauptsächlich, wenn sie in lange Ketten von phantasmischen Mißgeburten überläuft, jeder Aussagefunktion bar. Er neigt auch dazu, so weit in die von ihm ausgesponnenen Monstrositäten einzudringen, daß daraus eine Inversion der Effekte resultiert: was Grauen erwecken sollte, erscheint nur lächerlich, ja sogar dumm.

Wir brechen damit die *immanente* Besprechung des Dickschen Werkes ab, um zu seinem soziologischen Aspekt überzugehen. Die SF-Umwelt war unfähig, zwischen zwei grundverschiedenen Typen von Werken zu unterscheiden, die in ihr das Tageslicht erblickten. Diese Umwelt war außerstande, das künstlerisch zum Sinn Geballte eines Dick von dem unsinnig Zerfallenden eines van Vogt deutlich zu scheiden. In einem höheren Sinne gehört ein Titel wie *The World of A* Dick, und nicht van Vogt, obwohl es der zweite war, der dieses Buch verfaßte: aber nur bei Dick könnte man von einer ›nichtaristotelischen‹ Lyrik reden, wohingegen diese Benennung dem van Vogtschen Roman ohne jede Berechtigung aufgeflickt ist. Die SF-Umwelt ist in ihrem Wirken keinesfalls chaotisch: ihren Gesetzmäßigkeiten gehorchend, hebt sie das Blöde empor und setzt das Wertvolle herab, bis sich beide ›auf halbem Wege‹ treffen – auf dem Niveau der nichtssagenden Geringfügigkeit. Denn Dick wurde nicht seinen Verdiensten entsprechend in der SF gewürdigt. Man hat den Unterhaltungswert seiner Romane erkannt, und einer der besten SF-Kritiker, die es gibt, Damon Knight, hat auch über die Zerrbilder der uns umgebenden Realität gesprochen (in ›In Search of Wonder‹), als er *Solar Lottery* und einige weitere Romane Dicks rezensierte. Das aber war schon alles, was dieser Autor zu hören bekam. Niemand hat bemerkt, daß sein ›wildes Wachstum‹ auffallende inhaltliche und formelle Ähnlichkeit mit dem aufweist, was im ›oberen Reiche‹ vorgeht. Ihren Problemen nach gehören die Romane Dicks der Richtung der Literatur an, die das Niemandsland zwischen dem Sein und dem Nichts erforscht; in zweifachem Sinne. Erstens kann man die Dickschen Romane der Prosa zuzählen, welche heute die sogenannte ›Literatur des Fakultativen‹ oder ›der Möglichkeiten‹ bildet. Diese experimentelle Prosa versucht die liegengebliebenen, latenten, unberührten d. h. nicht verwirklichten Potenzen des menschlichen Daseins zu ergründen – hauptsächlich psychologisch. Man wird die Quellgebiete dieser Prosa unter anderem bei Musil in seinem *Mann ohne Eigenschaften* finden: die ›Eigenschaften‹ werden dem Einzelnen von der äußeren, zufallsartig sich manifestierenden Welt angeheftet, wodurch er seelisch eben ›ohne Eigenschaften‹ bleibt; eine andere Taktik wurde von Robbe-Grillet, z. B. in seinem *Le Voyeur*, versucht; diese Prosa, die sich das Motto ›quod autem potest esse totaliter aliter‹ anzueignen scheint (und die in Polen J. Andrzejewski mit seiner *Miazga* repräsentiert – welches Werk zum Teil in der Möglichkeitsform der Zukunft verfaßt wurde, also das beschreibt, was fakultativ geschehen *konnte,* und nicht das, was unbedingt geschehen ist), hat ihre Parallele im Schaffen Dicks. Er ist vom typischen SF-Muster der ›parallelen Welten‹ (Weltlinien) ausgegangen, doch wo dieses Motiv von denjenigen SF-Autoren, die in ihrer Behandlungsweise an eine Straßenwalze erinnern, zum unausstehlichen Kitsch abgeplattet wurde, hat Dick strukturell die solcher Inspiration entstammende Problematik auf das entsprechende Komplexitätsniveau zu heben gewußt. Er ist somit ein origineller Repräsentant der ›Literatur des Fakultativen‹ in der SF – ein breites Thema, welches ich hier aber nicht besprechen kann.

Zweitens kann man im Zusammenhang mit Dick an Autoren wie Beckett denken, wegen der ›ungesunden Neugier‹, die sie beide für den Tod oder, besser gesagt, für diejenige Lebensrichtung, die sich dem Ende approximativ nähert, zeigen. Beckett ›begnügt‹ sich mit den natürlichen Prozessen, die den Menschen ›von innen her‹ langsam und kontinuierlich abtöten (das Altern, die Verkrüppelung usw.). Dick gibt sich breiteren Spekulationen hin, dem Genre gemäß, in dem er arbeitet. Über seine ›Theorie‹ des ›halflife‹ ließe sich recht viel Interessantes sagen (nicht als eine sinnvolle empirische Hypothese, sondern als eine Abart des phantastisch-ontologischen Spekulierens), aber, wiederum, ich kann mich jetzt nicht in die Exegese des desakralisierten Eschatologischen einlassen (siehe aber Anhang).

Wir haben diese beiden Parallelen gezogen, um nachzuweisen, wie ein zum Ghetto geschlossenes Gebiet der Schöpfung am Zustande der eigenen Isolierung leidet. Denn solche parallelen Entwicklungsabläufe sind keine zufälligen Koinzidenzen. Es ist der Geist der Zeit, der sich in ihnen spiegelt, doch die SF kennt nur die kurz andauernden Moden.

Die Eigentümlichkeit des Dickschen Werkes wirft ein grelles Licht auf die Beziehungen, die im SF-Milieu herrschen. Alle Werke der SF *müssen* beim Leser den Eindruck *leichter* Verdaulichkeit erwecken, wie es bei Unterhaltungsliteratur immer der Fall ist; die SF-Werke, vor denen zweihundert Nobelpreisträger der Physik in die Knie fallen, sind für den Markt der SF wertlos, wenn die notwendige Prämisse einer solchen Anbetung ein Mindestmaß von Kenntnissen ist. Somit ist es am besten, wenn die SF-Bücher überhaupt *keinen* tieferen Sinn – ob im Physikalischen oder im Metaphysischen – beherbergen. Wenn aber vom Autor irgendein Sinn in das Werk eingeschmuggelt wurde, darf er den schwerfälligen und bequemen Leser *nicht stören*, sonst wird dieser unschätzbare Mann die Lektüre mit Kopfschmerzen abbrechen.[6] Der tiefere Sinn ist also nur dann zugelassen, wenn er ›unschädlich‹ ist, d. h. wenn man ihn beim Lesen total vernachlässigen kann. Dieses Problem läßt sich an Hand folgender Anekdote erklären. Wenn im Hafen auf den Masten eines Schiffes bunte Fähnlein erscheinen, wird ein Kind am Ufer an ein Belustigungsspiel denken und vielleicht seine helle Freude an dieser Schau haben, obwohl ein Erwachsener die Fähnlein zugleich als Signalsprache erkennen wird und erfährt, daß da über eine Seuche berichtet wird, die an Bord ausgebrochen ist. Die SF-Leserschaft ist dem Kinde, nicht dem Erwachsenen der Anekdote gleichzusetzen.

Die kitschige Oberfläche hilft den Dickschen Romanen, im SF-Milieu zu überleben. Ich behaupte nicht, daß Dick ein Machiavelli der SF ist, der ›unter‹ dem SF-Kitsch absichtlich eine perfide ausgedachte Tarnung ausübt, um so seine Leser zu hintergehen (weil er ihnen *Gold* unter dem Vorwand überreicht, *blechernen Schmuck* anzubieten).

Ich glaube vielmehr, daß er intuitiv arbeitet, ohne selbst zu wissen, was für ein Versteckspiel er mit seinen Lesern treibt. Man beachte den Unterschied zwischen einem Künstler und einem Handwerker: der Künstler wächst in seiner Umwelt auf und schöpft aus ihr die Elemente, die ihm als *Ausdrucksmittel* dienen – der Spannungsunterschiede, denen seine Persönlichkeit unterliegt. Der Handwerker dagegen ist ein Produzent von Gegenständen, für die es Nachfrage gibt, und die anzufertigen er gelernt hat – nach den Mustern, die sich der größten Popularität erfreuen. Die SF ist zu 98% ein Gewerbe, und ihre Autoren sind Tagelöhner, die der Nachfrage gehorchen müssen. Fast jeder Künstler kann zum Handwerker werden, wenn er seine innere Stimme erstickt – oder wenn er überhaupt keine solche Stimme hat. Ph. K. Dick war lange Zeit hindurch *nur* ein Handwerker, und dazu ein gewandter, da er die Ware anzufertigen wußte, die sofortigen Absatz fand. Allmählich aber begann er – ich muß weiterhin in Metaphern reden – auf diese innere Stimme zu hören, und obwohl er immer der Elemente sich bediente, die ihm von der SF bereitgelegt wurden, begann er aus ihnen eigene Muster zusammenzusetzen. Das ist aber keine unbedingt ›richtige‹ Auslegung. Sie entsteht, wie es immer der Fall ist, als eine Art Kreuzung zwischen dem, was sich im gelesenen Werke befindet, und dem, was ich als Leser mit diesem Material anzufangen weiß. Keinem Zweifel unterliegt die Tatsache, daß Dick mit Kitschelementen eine Metaphysik auszudrücken versucht, die von äußerst ›schwarzem‹ Charakter ist und die den Zustand seines Gemütes – der Welt gegenüber – authentisch spiegelt. Eine logisch hundertprozentig sichere, eindeutige Rekonstruktion der tiefen semantischen Strukturen eines komplexen Werkes ist unmöglich, weil es keine diskursiven Satzfolgen gibt, auf welche ein Kunstwerk ›ohne Rest‹ reduziert werden kann. Dem muß auch so sein, denn wäre es anders, wäre zugleich dieses Werk total überflüssig, denn wozu das verwickelte und dunkle Reden über ein Thema, wenn diesem Thema eine klare und simple Rede gerecht wird? Was man kurz und deutlich sagen kann, braucht man ja nicht weitschweifig und undeutlich auszudrücken. Jedes authentische Kunstwerk besitzt eben deshalb seine Tiefen, und die Möglichkeit, daß ein solches Kunstwerk vergehenden Generationen von Lesern immer eine Aussage über das Sein bedeutet, obwohl in der Gesellschaft, in der Kultur, im Leben unaufhörliche Veränderungen stattfinden, bezeugt, daß das Nichtvergängliche eines Meisterwerkes in seiner semantischen Plastizität begraben ist. Aus den grellen Kitschklischees, hinter denen bei jedem SF-Handwerker eine entsetzliche Leere gähnt, hat Dick eine Signalapparatur zusammengefügt, also eine Sprache, wie jemand, der sich aus den zerstreuten bunten Fähnlein nach eigenem Ermessen eine Signalsprache zurechtlegt. Die SF-Kritik konnte Dick beim Zusammentragen der bunten Fähnchen helfen, nicht aber beim Zurechtlegen sinnvoller Ganzheiten aus diesem Rohstoff – weil sie in ihrer Praxis das Bestehen der semantischen Tiefe leugnet. Die hellhörigsten unter den SF-Lesern fühlen, daß Dick ›ein anderer‹ ist, nur sind sie außerstande, diesen Eindruck deutlich zu artikulieren.

Dick hat sich dem SF-Milieu angepaßt – was sowohl positive wie negative Folgen hatte. Er hat die Methode erfunden, wie mit den Mitteln des Kitsches das auszudrücken ist, was allen Kitsch transzendiert. Er konnte sich aber den ansteckenden Einflüssen dieses recht giftigen Rohstoffes nicht bis zum Ende widersetzen. Am eklatantesten hat es ihm an durchdringender, ausführlicher und sachlicher Kritik gefehlt. Die kritischen Bücher von Blish und Knight sind eine Ausnahme von der Regel; das 1970 erschienene Buch Lundwalls aber ist schon keine Kritik oder Monographie, sondern eher ein Reiseführer durch die SF-Provinzen. Aber die unschuldige Sünde von Blish und Knight liegt darin, daß sie einfach die laufende SF-Produktion besprochen haben, also *allen Autoren* ihre Aufmerksamkeit schenkten. Die negativen, ja zerschmetternden Kritiken des Schundes, wie sie Knight geschrieben hat, sind aber, in ihrer Länge und Ausführlichkeit, völlig überflüssig, weil den Tölpeln unter den Autoren sowieso nicht zu helfen ist, und das Publikum schert sich, wie gesagt, einen Pfifferling um solche Disqualifizierungen.

In der Literatur gibt es keine Gleichberechtigung; die Tagelöhner sind mit einem Satze, wenn nicht mit einem verächtlichen Schweigen abzufertigen, und den vielversprechenden Autoren gebührt ein Maximum an Geduld und Aufmerksamkeit. Aber in der SF herrschen nun einmal andere Sitten. Ich bin kein Schwärmer; ich glaube nicht, daß einige scharfsinnige Kritiken aus dem SF-Autor Dick einen Thomas Mann der SF machen würden. Und doch ist es zu bedauern, daß es keine kritische Auslese im *Inneren* seines Werkes gab (obwohl sich dieser Zustand mit dem Fehlen einer Auslese im gesamten SF-Felde reimt). Das oben gepriesene Werk Dicks hat leider auch seine Kehrseite. Man pflegt ein solches Werk uneben zu nennen. Es ist nicht uneben – es zerfällt peinlicherweise in zwei grundverschiedene Teile, die in *Palmer Eldritch* und im *Ubik* (zum Teil auch in *Solar Lottery*) auffindbaren Widersprüche sind vorübergehender Natur, d. h. diese angeblichen Widersprüche konstituieren die ganzheitlichen Ansprüche, den semantischen Wert des Romans (wie ich es, wenn auch in Kürze, zu schildern versucht habe). Somit sind die lokal feststellbaren Widersprüche bedeutungsvolle Signale, welche die Aufmerksamkeit des Lesers auf die dem Roman zugrunde liegende Problematik lenken. Der Roman *The Galactic Pot-Healer* ist nur belanglos. Es steht jedem Verfasser frei, Texte von unterschiedlichem Kaliber zu produzieren; es ist nirgends gesagt, daß eine große ›epische Kanone‹ sich nie einen reinen Unterhaltungsroman gestatten darf. *Our Friends from Frolix 8* aber und *Do Androids Dream of Electric Sheep?* sind nicht mehr belanglose Literatur, sondern ein Betrug am Leser. Besonders im letztgenannten Roman zeigt sich das traurige Bild, wie ein begabter Autor sein Talent verschwendet, indem er brillante Einfälle und Ideen dazu benutzt, um ein Spiel zwischen Räuber und Gendarmen am Leben zu erhalten. Das ist weit schlimmer, als wenn aus wertlosen Elementen ein wertloses Ganzes zusammengefügt wird. Der Einfall mit den Penfield-Apparaten, mit denen man die eigene Gemütsstimmung beliebig verändern kann, ist brillant, spielt aber im Roman keine Rolle. Um den logischen Knäuel zu entwirren, aus dem *Do Androids Dream of Electric Sheep?* besteht, bedürfte es einer ganzen Studie, die mit dem peinlichen Gefühl zu schreiben wäre, daß sie völlig überflüssig ist. Aber wir dürfen das Gesagte nicht als unbewiesene Behauptung aussprechen. Die erste Prämisse der Handlung, ein Polizist darf jeden auf der Stelle töten, wenn die ›androidale‹ Natur des Betreffenden festgestellt wird, weil es auf der Erde nur Androiden gibt, die ihre Herren ermordet haben, diese Prämisse ist angesichts des später Gesagten nicht stichhaltig. Wir erfahren, daß es Androiden gibt, der eigenen Natur nicht bewußt, da ihnen das gefälschte Bewußtsein, sie seien normale Menschen, imprägniert wurde. Das Polizeisystem ist von Androiden unterwühlt, die, als Menschen getarnt, Polizisten liquidieren, um dann falsch auszusagen, der Liquidierte wurde als Android entlarvt. Zugleich aber zeigt sich, daß es Polizisten gibt von der obengenannten ›androidalen Sorte‹ d. h. mit falschem (künstlich präpariertem) Bewußtsein, sie seien Menschen. Wenn sich jemand aber selbst nicht bewußt ist, ob er eine ›androidale Impersonation‹ oder einen normalen Polizisten darstellt, was für einen Sinn hat dann eigentlich diese ›Infiltration‹? Wenn ein Android das synthetisch ›vermenschlichte‹ Bewußtsein mit gefälschtem Gedächtnis besitzt, wofür soll er eigentlich zur Verantwortung gezogen werden? Wie kann man sich für etwas verantworten, wovon man keine blasse Ahnung hat? Sollte etwa mit diesem Geschehen eine Diskriminierung – von der Art der Judenverfolgung im Rahmen einer ›Endlösung‹ – modelliert werden? Dann aber sind 1. die Androiden unschuldige Opfer, und man darf sie nicht als heimtückische Kreaturen darstellen, was der Roman hie und da tut; 2. die Verfolgten – z. B. die einer Rassenverfolgung Unterworfenen – sind sich zwar ihrer Unschuld bewußt, zugleich aber ihrer Identität, was bei den Androiden nicht der Fall ist. Somit ist auch diese Parallele nicht stichhaltig. Es bleibt unklar, ob man jeden Androiden auf der Stelle tötet für das, was er einmal tat (er soll seinen Herrn ermordet haben), oder dafür, was er ist. Die Behauptung, jeder Androide müsse ein Mörder sein, weil es keine herrenlosen Androiden gibt, ist ja nicht stichhaltig. Wieso kann es keine Menschen, Androidenbesitzer geben, die im Bette eines natürlichen Todes gestorben sind? Nun zur Unterscheidung zwischen den Menschen und den Androiden. Wir bekommen zu hören, daß es fast unmöglich ist, einen Androiden mit 100% Sicherheit von einem Menschen zu unterscheiden. Man benötigt dazu einen psychologischen Test und mißt die Reaktion des Verdächtigen mit einem psychogalvanischen Apparat. Der Test ist unsinnig, und überdies bekommen wir anderswo zu hören, daß die Androiden nur einige Jahre lang leben, da sich die Zellen ihrer Gewebe nicht vermehren können. Ist es somit nicht ein Kinderspiel, die Differenzierung mittels einer etwa drei Minuten dauernden histologischen Untersuchung des mikroskopischen Zellgewebepräparates durchzuführen?

Auf alle diese Fragen gibt es eine klare Antwort. Die den Leser schockierenden Situationen sollen um jeden Preis multipliziert werden. Die Perspektive einer Gerichtsverhandlung zur Identifizierung eines Verdächtigen ist weit weniger schockierend als die Lage, in welcher zwei Hand in Hand arbeitende Polizeibeamte sich gegenseitig umbringen können, sollte einer von ihnen plötzlich als ›Android‹ entlarvt werden. Das wird aber noch reizender,wenn subjektiv keiner von ihnen eine Ahnung hat, wer er wahrhaftig ist, Mensch oder Android. Denn dann sind beide subjektiv unschuldig, sie könnten beide Androiden sein, oder nur einer, oder keiner – was ja die Spannung erhöht, obwohl zugleich auch der Unsinn zunimmt. Um in seiner Anwendung zu schockieren, muß sich der Differenzierungstest schnell und sicher durchführen lassen, dann aber geht die Spannung verloren, die sich nicht mit der Ungewißheit verbindet, ob der Verdächtige ein Android ist, sondern mit der Ungewißheit, ob nicht der Test selbst versagen kann, wodurch jemand ›fälschlicherweise‹ auf der Stelle umgebracht wird. Da der Verfasser auf keine der sich logisch ausschließenden Alternativen verzichten wollte, muß der Test zugleich zuverlässig und unzuverlässig sein, die Androiden sollen mit boshaftem Vorbedacht und zugleich in voller subjektiver Unschuld handeln, man ist sich, als Android, der eigenen Natur zugleich bewußt und unbewußt; ein Mädchen, das mit dem Polizisten schläft, soll zwar mit dem Tode bestraft werden, weil es den Androiden verboten ist, mit Menschen zu schlafen, zugleich aber weiß das Mädchen nicht, daß sie ein Android ist usw. ad libitum. Das anfänglich signalisierte und sich zu entfalten beginnende Problem des menschlichen Konfliktes mit vom Menschen vergeistigter, homunkulischer Kreation wird zerfetzt, das Spiel von Räubern und Gendarmen aber wird glücklich weitergeführt. Dieser vom Verfasser des *Ubik* dargebotene Unsinn ist eine Beleidigung des Lesers, die sich aber in der hochkonzentrierten Gedankenlosigkeit des SF-Milieus ohne jede Spur verflüchtigt. Man kann aber nicht umhin: der Verfasser *Ubiks* wußte recht gut, was da gedroschen wird. Wurde er am Schauplatze dieses Betruges von der Kritik auf frischer Tat ertappt und zur Verantwortung gezogen? Ich scherze nicht: denn derjenige, der den *Ubik* schreiben konnte, *muß* den betrügerischen Charakter solcher Arbeit begreifen. Die Kritik nahm aber nur daran Anstoß, daß der Roman irgendwie fade ist, d. h. nicht so ›spannend‹ wie das Beste von Dick; eine solche Brühe von nichtssagenden Bemerkungen wird nämlich in der SF für Kritik ausgegeben.[7]

Es gibt keine Rechtfertigung dieser primitiven Spielerei, es gibt nur eine das Werk transzendierende Erklärung allgemeinen Charakters.

Ross Ashby hat bewiesen, daß die Intelligenz eine Eigenschaft ist, die nicht unbedingt in allen möglichen Umweltvarianten das Überleben fördert. Es gibt auch Umwelten, in denen dem Erhaltungstrieb die Dummheit besser dient. Er hat von Ratten gesprochen; wir möchten seine Behauptung auf den Teil der Literatur erstrecken, der SF heißt. Denn was macht es schon aus in der SF, daß *Ubik* ein Goldstück ist und *Do Androids Dream of Electric Sheep?* eine gefälschte Münze? Was sich ein durchschnittlicher SF-Leser bei der Lektüre beider Romane denkt, weiß ich nicht. Wenn man aber sein Denken dem gemäß reproduzieren wollte, wie er sich als Kunde der Büchereien benimmt, muß man zu dem Schluß gelangen, daß er ein äußerst kurzes Gedächtnis hat: er kann höchstens das in Erinnerung behalten, was sich auf eine Druckseite erstreckt. Oder er denkt überhaupt nicht, welche Alternative aber auf mich so erschreckend wirkt, daß ich sie lieber fallenlasse.

Es bleibt jedoch das Problem bestehen, daß alle SF-Bücher einander ähneln – wenn nicht dem Gehalte nach, so ihrer Aufnahme nach. Jedem originellen Werk folgen unzählige Nachahmungen, so daß die Originale von Bergen von Schund verschüttet werden und wie Türme von Kathedralen sind, um welche der Abfall so lange entleert wurde, bis nur ihre Spitzen als kleine Gipfel aus dem bis in den Himmel reichenden Unrat hervorragen. Aus diesem Kontext folgt die Frage, wieviel begabte Anfänger nicht genug Kraft hatten, um sich ihre schriftstellerische Individualität – es sei denn, kompromißartig, wie Dick – zu erhalten, allen gleichmacherischen Trends der SF zum Trotz. Wahrscheinlich haben sich mehrere Hochbegabte unter dem Anpassungsdruck der Trivialliteratur bekehrt und liefern heute die Ware, welche die anspruchsvolle Leserschaft von der SF fernhält. Dadurch entsteht die der SF eigene *negative Autoren- und Leserauslese:* denn sogar die Schriftsteller, die Gutes leisten könnten, produzieren das Banale; dieses

Banale stößt die intelligenteren Leser von der SF ab; da sie dadurch im Fandom eine kleine Minderheit bilden, beherrscht die ›silent majority‹ den Markt, und die nach oben gerichtete Evolution kann nicht zustande kommen. Somit gibt es in der SF einen *Circulus vitiosus* von Ursachen und Wirkungen, die, miteinander gekoppelt, den existierenden Zustand weiterbestehen lassen. Die intelligentesten und anspruchsvollsten unter den Lesern, die eine kleine Minderheit bilden, sehnen sich fortwährend nach einer ›besseren‹ SF und empfinden gegenüber der Produktion ein Unbehagen, welches sich in ihren Leserbriefen und Fanzine-Aufsätzen manifestiert; sie wirken auf die ›normalen‹ Leser, d. h. auf die ›silent majority‹ und ihre in den Fanzines das Wort führende Repräsentanten als verkrampfte, skurrile, ja boshaft gesinnte Wesen, etwa wie – ich habe mich einmal so in einem Privatbriefe geäußert – Missionare in einem Bordell, d. h. Leute im Gefühle einer Pflichterfüllung, aber zugleich im Bewußtsein, daß ihre ›Bekehrungsanstrengungen‹ ohnmächtig sind, weil sie nicht am Platze erscheinen. Die zu den größten Aufopferungen bereiten Missionare können ebensowenig ein Bordell in einen Tempel umwandeln, wie die ›genialen Leser‹ die SF zu einer vollberechtigten Bürgerin des oberen Literaturreiches machen können.

Schließen wir das Gesagte mit dieser letzten Bemerkung ab: Die Mißgestaltung des Dickschen Werkes ist der Preis, den er für seine SF-›Staatsangehörigkeit‹ zu bezahlen hatte. Dick verdankt sein wildwucherndes Wachstum mit den ihm eigentümlichen intermittierenden Fällen diesem Lebenskreis, der, wie ein stumpfer Erzieher, seine begabtesten Zöglinge von sturen Strebern nicht zu unterscheiden vermag. Ein solcher Lebenskreis ist wie ein solcher Erzieher bemüht, alle ihm Unterstellten in gleicher Weise zu behandeln, eine Lage, die in der Schule ungehörig, in der Literatur aber verhängnisvoll ist.

Nachwort

Die das SF-Feld beherrschenden Gesetzmäßigkeiten sind ein dynamisches Gefüge im Fließgleichgewicht. In die Sprache des Futurologen übersetzt: es sind langfristige, komplexe Trends. Es gibt keine Hoffnung auf Umkehrung dieser Trends. Es gibt dagegen ganz reale Möglichkeiten, daß diese Trends mit der

Zeit auch in das obere Literaturreich hinüberwuchern werden, angesichts der Informationsexplosion, die im Gange ist. Die Voraussetzung jeder wertefilternden Auslese ist eine hinreichende Kapazität des Filters. Schon heute aber wird diese Kapazität der Kritiker als eines ›wertefilternden Systems‹ von der Fülle der Bücher auf dem Markt übertroffen. Man ist sich dieser Lage im allgemeinen nicht bewußt. Sie hat zur Folge, daß die Laufbahn jedes literarischen Werkes immer weniger an eine gesteuerte Trajektorie erinnert, die sich der Bewegung eines Brownschen Teilchens angleicht, d. h. aus der Ordnung wird Chaos. Dieses Chaos ist vom Standpunkt des ›kritischen Filters‹ nicht leicht zu bemerken, weil die Auslese weiterhin stattfindet. Nur verdankt sie ihr Zustandekommen nicht mehr der Filtrierung der gesamten Masse aller auf den Markt kommenden Werke, sondern den Zufallsbegegnungen von prominenten Büchern und kompetenten Kritikern. Da jedoch die Zahl der den Markt überflutenden Bücher andauernd anwächst, werden die Bücher mit der Zeit zu einer Art Schirm – d. h. sie schirmen die Kritiker ab, sie vereiteln eine allumfassende Selektion, wovon die Kritiker lange Zeit nichts wissen können: weil sie die ›besten Titel‹ andauernd aus dem Markte herausfischen. Nur, daß sie die Bücher nicht bemerken, die, obwohl ebenso gut wie die herausgefischten, oder sogar besser, ihnen unbekannt geblieben sind. Die Auslese hört auf, die ganze Menge des Büchermaterials zu umfassen. Dadurch verwandelt sich der kulturelle Raum in eine blinde Lotterie. Ansätze einer solchen Lotterie wies er schon immer auf. Die Komponente von Lotterieprozessen in der Werteselektion war aber marginal. Mit der Zeit wird man bemerken, wie die wahren Werte, wenn im Überfluß vorhanden, sich als vernichtende Sintflut auswirken können. Wenn im Übermaß vorhanden, beginnen sich die Werte selbst zu vernichten, weil sie alle auf ihre Selektion gerichteten Filter blockieren. Somit kann das Los der Literatur als Ganzes dem der Trivialliteratur deprimierend sich angleichen. Vielleicht wird die Kultur in der Informationssintflut ertrinken.

Anmerkungen

1 Dieser Essay ist ein umgearbeitetes Kapitel (›Soziologie der SF‹) aus meiner *Fantastik und Futurologie*. Der ursprüngliche Text wurde an manchen Stellen polemisch zugespitzt, und die Besprechung des Dickschen Werkes, an welcher es im Buche mangelt, wurde ihm nachträglich zugefügt. Ich gestehe, daß mir ein grober Fehler unterlaufen ist, als ich diese Monographie verfaßte: Da ich damals nur Dicks short stories und *Do Androids Dream of Electric Sheep?* kannte, glaubte ich, mich den in den Fanzines veröffentlichten Besprechungen anderer Romane Dicks anvertrauen zu können, mit dem Resultat, daß ich ihn wie einen ›besseren van Vogt‹ betrachtet habe, der er nicht ist. Dieser Irrtum entspringt dem Zustande, der in der SF-Kritik herrscht. Jedes fünfte oder achte Buch wird als das ›beste SF-Werk der ganzen Welt‹ gepriesen, sein Urheber wird als ›der größte SF-Autor, den es je gegeben hat‹ vorgestellt, die Unterschiede zwischen himmelweit voneinander stehenden Texten werden verkleinert, ja annulliert, so daß am Ende ein *Ubik* als ein etwas besserer Roman als *Do Androids Dream of Electric Sheep?* angesehen werden kann. Das Gesagte ist natürlich keine Rechtfertigung meines Fehlers, da es ungehörig ist, beliebige Kritiken als Ersatz der Lektüre der betreffenden Bücher anzusehen. Das Gesagte ist jedoch die Beschreibung von Zusammenhängen, die an meinem Irrtum Schuld tragen, da es physisch unmöglich ist, *alle* SF-Titel zu lesen, so daß eine Auswahl stattfinden muß; wie man sieht, darf man sich aber bei dieser Auswahl nicht auf die SF-Kritik verlassen.

2 Es ist recht schwierig, eine einmal entstandene Tradition abzuschütteln, ob im guten oder bösen Sinne. James Blish beklagt sich in *The Issue at Hand*, daß die englische SF-Kritik die amerikanische übertrifft, und diese Differenz des Niveaus wird auch auf anderer Ebene sichtbar – nach Blish behandeln die englischen Verlage den SF-Autor mit einer Rücksicht, die in den USA kaum zu finden ist. Seine Worte stammen aus den fünfziger Jahren; insoweit ich den heutigen Sachverhalt kenne, hat sich der aufgezeigte Unterschied insofern verkleinert, als es zu einer unbeträchtlichen Verbesserung der amerikanischen SF-Kritik gekommen ist, und die englischen Verlage sind um einen Fingerbreit weniger rücksichtsvoll geworden. Die besagten Unterschiede können aber nicht verwundern. Die amerikanische SF entsprang den Pulp-Magazinen; die englische hat zu ihrem Vater keinen Hugo Gernsback, von dem außerhalb der USA-SF keine Seele weiß, sondern den H. G. Wells. Was man sich auch dabei denken könnte: die amerikanische SF hat sich aus dem Rinnstein der Literatur emporgearbeitet (wenn sie auch nicht himmelhoch aufzufliegen vermochte); die englische hat sich zum Teil aus merkantilen Gründen amerikanisiert, und zum Teil ist sie in die Wellsschen Spuren getreten, was jedoch nicht als Lob ausgelegt werden soll. Denn der ›klassische‹ Nachfolger des Wells, John Wyndham, arbeitete wie ein Schacher, der das Werk seines Meisters und Lehrers mit dem zu ergänzen sucht, was in seinen Augen eine auszufüllende Lücke darstellt. Da aber derjenige, der heute wie van Gogh malt, kein van Gogh mehr sein kann, hat Wyndham dem Wellsschen Werke nichts prinzipiell Neues hinzugefügt. Er arbeitete nach dem bekannten Eskalationsprinzip (in *War of the Worlds* wird die Erde z. B. nur von den Marsianern angegriffen; in Wyndhams *The Day of the Triffids* genügt es dem Autor nicht, die ganze

Menschheit erblinden zu lassen – er unterschiebt ihr überdies giftige Pflanzen; da aber solche Pflanzen nicht genügend gefährlich erscheinen, wurde ihnen als Zutat noch die Gabe der aktiven Bewegung zuteil). Immerhin gab es zwei verschiedene SF-Traditionen, die englische, mit den besseren Sitten und Gebräuchen, die im ›oberen Reich‹ herrschen, und die amerikanische, die von Anfang an in den Slums des ›unteren Literaturreichs‹, dieses Sklavenmarktes, wirkte, in denen es kein Übermaß an höfischen Manieren gab. Auch war die englische SF, was ihre Sprache betrifft, immer weit kultivierter.

3 Das bedeutet nicht, daß der Wirkungsradius einer Aussage in direkter Proportion zur Reichweite eines Mediums steht, in unserem Falle – daß dieser Radius desto größer wird, je höher sich die Auflage der die Aussage verbreitenden Zeitschrift gestaltet. Ihrer Auflage nach sind viele High-brow-Zeitschriften nicht besser gestellt als die größeren Fanzines, und literaturtheoretische Schriften von Universitätsfakultäten haben manchmal ganz winzige Auflage, etwa 300 oder 400 Exemplare. Das Gesagte bedeutet, daß der Grad an Aufmerksamkeit, welche die Öffentlichkeit einer ›message‹, einem normativen Urteil zuteil werden läßt, von ganz anderen Faktoren als nur denjenigen der Auflagenhöhe bestimmt wird. So wird z. B. verschiedenen ›Untergrundschriften‹ in manchen Ländern ein außerordentlich hoher Grad an öffentlicher Aufmerksamkeit geschenkt, obwohl diese Flugblätter von schäbigem Aussehen sind und nur in winzigen Auflagen verbreitet werden. Die Autorität, das Gewicht einer solchen Aussage gehört eben zu den Imponderabilien der Kultur; das Publikum muß sich *im voraus* bewußt sein, daß da jemand Wichtiger etwas Wichtiges auszusagen hat; eine solche Autorität, eine solche Anziehungskraft besitzen eben die ›immanent Weisen‹ oder sogar ›direkt Genialen‹ von sich aus nicht unbedingt. Die Kanäle, die zur Verbreitung der Information dienen, werden also nicht nur von technischen und materiellen Mitteln gebildet (von allen Exemplaren einer Zeitschrift z. B.), sondern diese Exemplare gehen ihren Weg und erzielen einen maximalen Effekt nur, wenn sie in ein breiteres, ihre Message verstärkendes Gefüge einmünden: wie es eben der Fall ist mit den ›high brow periodicals‹, weil sie die olympische Spitze der Kulturpyramide einnehmen. Es handelt sich um ein äußerst wichtiges Phänomen, welches fast immer vernachlässigt wird. Man glaubt in vielen Fandom-Kreisen, daß man das Publikum, die ›silent majority‹, aus seinem Schlummer aufwecken könnte, wenn man nur imstande wäre, dieses Publikum unaufhörlich mit schön gestalteten Publikationen in Massenauflage zu bombardieren. Höchstwahrscheinlich würde das Publikum diese schönen Schriften in den nächsten Papierkorb werfen, weil diesem Unternehmen weiterhin keine Autorität zukommen würde. Diese ist nicht leicht zu erringen.

4 Dieser Standpunkt kann von seiten mancher Fans die Frage herausfordern, warum es eigentlich nicht gestattet sein soll, aus dem Thema des Menschheitsunterganges ein intellektuelles Spiel zu machen, und warum auf dem SF-Gebiet das verboten sein soll, was auf dem Gebiete der Kriminalliteratur voll berechtigt ist. Meine Antwort lautet: Gewiß gibt es nichts im Himmel und auf der Erde, das uns solches verbietet, wie es auch nichts im Sinne eines ›absoluten‹ Verbotes gibt, was uns davon abhalten würde, mit Leichen oder mit dem Genital des eigenen Vaters zu spielen, oder auch sich im gesamten Liebesleben nur auf dessen sexuelle Sphäre zu beschränken, im Einklang mit

der Devise, man solle so schnell so viele Frauen beschlafen, als es rekordmäßig nur möglich ist. Das alles kann man selbstverständlich tun, nur wird ein solches Programm eben nicht als etwas Werteförderndes gepriesen, wenn man auch nicht leugnen kann, daß es gewisse ›neue Freiheiten‹ verspricht, indem es bisher intakt gebliebene Tabus endgültig annulliert. Wie man es englisch sagt, you cannot have it both ways, man kann nicht zugleich ein Leben, ein Thema, ein Gefühl achten und prostituieren; das heißt: man kann höchstens die durch das eigene Handeln bewirkte Lage in ihrem wirklichen Aussehen und in ihrer wahren Bedeutung mit (bewußter oder unbewußter) Absicht verfälschen, aber eine solche Vogel-Strauß-Politik birgt in sich gutbekannte Gefahren. Gemäß der gesamten geschichtlichen Tradition unserer Kultur besitzt die Wahrheit einen autonomen Wert, ob sie beglückend oder deprimierend wirkt. Wenn Kriminalromane die Realität nach ihren eigenen Schemata verfälschen, ist das insofern unwichtig, als niemand in den Krimis nach den höchsten Offenbarungen und Einweihungen in die Abgründe der Menschennatur sucht; wenn sich die SF der Kriminalliteratur angleicht, darf sie nicht mehr Anspruch darauf erheben, für etwas Besseres als die Krimis gehalten zu werden. Der ihr eigentümliche Zustand andauernden Oszillierens zwischen dem ›oberen‹ und dem ›unteren‹ Literaturreiche ist das Symptom der sich immer wiederholenden Versuche ›to have it both ways‹. Was aber ohne Selbstbetrug nicht möglich ist.

5 Das Gesagte bezieht sich nur auf die mir bekannten Romane Dicks: *Solar Lottery, The Three Stigmata of Palmer Eldritch, Our Friends from Frolix 8, Now Wait for Last Year, Do Androids Dream of Electric Sheep?* und *Galactic Pot-Healer*. Sonst habe ich mehrere short stories von Dick – hauptsächlich in den SF-Magazinen – gelesen.

6 Jede Gesellschaft ist nach dem ihr eigenen Muster stratifiziert. In jeder Gesellschaft gibt es lokal auftretende Kräfte der Auslese, die auf Individuen anziehend und abstoßend wirken. Unter anderem entstehen in solchen Massenprozessen die Leserkreise der verschiedensten Abarten der Literatur. Wollte man das Intelligenzniveau und den Bildungsgrad von durchschnittlichen SF-Lesern in den USA und in der Sowjetunion vergleichen, käme man zu dem Schluß, die Russen seien bessere Literaturkenner und intellektuell höher entwickelt als die Amerikaner. Das ist aber ein Trugschluß; es handelt sich um eine falsche Feststellung, denn die Ausleseprozesse der SF-Leserschaft gingen in Rußland und in den USA verschiedene Wege, entsprechend der verschiedenen Tradition beider Länder, die es im Verhältnis zur literarischen Phantastik gab – und auch zum breiteren Problem der Pflichten und der Rolle (Status, im psychosoziologischen Sinne), welche die Literatur als Ganzes in der Gesellschaft zu spielen hat. Ganz gewiß gibt es in den USA prozentmäßig eine ähnliche Schar von hellen Köpfen wie in Rußland, aber die klugen Leser in den USA nähern sich der SF weit seltener, als dies in Rußland der Fall ist.

7 Der Mangel an theoretischen SF-Abhandlungen war die Ursache meiner Laufbahn als Robinson Crusoe, denn wie dieser Unglückliche auf seiner menschenleeren Insel, mußte ich mir in langen Jahren, schwitzend, unter primitivsten Bedingungen, das nötige (intellektuelle) Werkzeug auf eigene Faust anfertigen. Meine Taktik dem Kitsch gegenüber war, ihn zu verspotten, d. h. ihn (seine Muster) so lange aufzublasen, bis seine Unsinnigkeit, gewaltig verstärkt, lächerlich wird. Das ist aber die simpelste Taktik. Ich dachte mir,

sonst kann man nur den Kitsch meiden und aus dem Werke alle seine Spuren entfernen. Dick hat mich eines Besseren belehrt, und deshalb ist sein Werk – als Wegweiser – so wichtig. Mit der von mir benutzten Taktik kann man nur humoristische (oder groteske) Texte verfassen; das ist schlimmer, als wenn man ernst bleibt. Schlimmer, weil die Humoristik die reiche Vieldeutigkeit, die der ernsten Erzählweise eigen ist, in kleinerem Grade aufweist. Die Verspottung eines Paradigmas muß vom Leser als solche erkannt werden, sonst kommt es zum Aneinandervorbeireden, wie immer wenn jemand die Pointe eines Witzes nicht begreift; man kann einfach nicht zugleich einen Witz mißverstehen und ihn dennoch genießen. Dadurch ist humoristische Prosa im Empfange *stabiler* als eine komplexe und ernst zu nehmende. Zufolge der Dickschen Methode der ›Transsubstantiation des Kitsches‹ gibt es eine dritte ‹ eben *diese* – Taktik des Schaffens. Ein Roman von Dick muß nicht, und wird auch öfters nicht, in der ihm eigenen maximalen Spannweite der Bedeutungen empfangen werden – *weil* der Kitsch in ihm nicht verspottet wird, *weil* man dadurch an seinen Elementen – die isoliert von gegenseitigen Beziehungen betrachtet werden – Freude haben kann. Das ist besser für das Werk – denn es kann ›auf verschiedene Weise‹ in der Leserumwelt überleben – entweder richtig oder auch unrichtig verstanden. Und zugleich kann man einen Humoristen auf den ersten Blick erkennen; nicht so jedoch einen Mann, der sich der Dickschen Taktik bedient. Es ist ja weit schwieriger, den ganzheitlichen Komplexitätsgrad des Werkes zu erfassen, und auf keine andere Weise kann man zu der Feststellung gelangen, daß hier eine ›Kitsch-Transsubstantiation‹ vorliegt. Nur das völlige Fehlen einer SF-Theorie läßt begreifen, wieso die New Wave der SF sich nicht Dick zum Leitstern genommen hat. Die New Wavers wissen, daß man nach etwas Neuem suchen soll, haben aber keine Ahnung, wonach zu suchen wäre. Ich weiß nicht, ob es überhaupt eine verschwommenere Definition von etwas gibt als der New Wave, die einmal von Spinrad, einmal vom Werk eines Delany, einmal von Moorcock repräsentiert werden soll. Bisher ist es der New Wave nicht übel gelungen, ihre SF recht langweilig werden zu lassen, doch bleibt dieses Merkmal das einzige, womit sie sich dem Zustande der modernen Prosa des oberen Reiches annähert. Die verdrängten, aber mächtigen Minderwertigkeitskomplexe sind andauernd am Werk, was daran zu erkennen ist, das alle ›Experimenteure‹ in der Stille ihrer Herzen zu glauben scheinen, die Heilmittel und Muster, die der Erlösung der SF dienen könnten, befänden sich *nur* im oberen Reiche. Dieser Meinung entsprang Farmers *Riders of the Purple Wage* (keine schlechte Prosa, aber von ausgesprochen sekundärem Charakter, oder sollte man lieber tertiärem sagen, denn der *Ulysses* von Joyce, das Farmersche Muster, ist selbst nach dem Muster der *Odyssee* geschrieben worden...) und *Stand on Zanzibar* wurde, wie ja alle wissen, von Brunner nach dem *Manhattan Transfer* von Dos Passos verfertigt. Die New Waver greifen zum Expressionismus, Surrealismus und komplettieren so die Sammlung alter Hüte, da es sich ja um ein ›Rennen nach hinten‹ handelt – insofern, daß man schon ins XIX. Jahrhundert hinübergreift. Aber eine blinde Suche kann nur blinde Resultate ergeben, d.h. einfach Blindgänger. Wie gesagt, glaubte ich, daß man den Kitsch entweder karikieren und verspotten oder wegwerfen kann: Dick hat den dritten Weg zu bahnen gewußt – eine nicht nur für ihn wichtige Entdeckung, die unbemerkt geblieben ist. Das

Neue in Ursula K. Le Guins *The Left Hand of Darkness* wurde sofort bemerkt, weil es in der Handlung lokalisiert ist; die weit mehr ›volatile‹, da nicht lokalisierbare, und nur mit den größten Schwierigkeiten beschreibbare Erfindung Dicks wurde, eben aus diesem Grunde, verkannt. Denn es genügt nicht, meine Herren Kritiker, sich an einem Werk zu ergötzen, und die Kritik ist kein Schrei der Entzückung: man muß nicht nur zu beweisen wissen, daß man entzückt wurde, sondern auch erklären, woran man sich entzückt und ergötzt hat.

Nachwort
zu *Auf dem Silbermond* von Jerzy Zuławski

Zum ersten Mal las ich *Auf dem Silbermond* kurze Zeit nach der *Trilogie* von Sienkiewicz. Damals konnte ich lesen, wie ich es – so fürchte ich – nie mehr können werde. Ich verschlang die Bücher gierig und rücksichtslos im Kampf mit der häuslichen Ordnung, die mir die Lektüre zu portionieren trachtete, konnte ich mich doch unmöglich von ihr losreißen, und während ich über die Seiten dahinjagte, prüfte ich von Zeit zu Zeit durch ängstliches Betasten, ob wohl noch viel bis zum Ende übrig war. Die Flammen, die im Kopf des Zwölfjährigen entfacht wurden, verlöschten gewöhnlich sehr bald, aber diese Mondgeschichte hinterließ für lange Jahre in mir ihre glühenden Spuren. Es zog mich zu ihr hin, zu ihren »guten Stellen«, ich las sie immer wieder von neuem, konnte mich von dem prachtvollen Grauen des Mondes nicht trennen, ich umkreiste die geliebten Seiten, aus denen ein Hauch des geheimnisvollen eisigen Halbdunkels abgrundtiefer Felsklüfte mir entgegenschlug, kehrte immer wieder zu den Trümmern der rätselhaften Stadt in der Wüste zurück, zu der erschütternden Katastrophe des zweiten irdischen Geschosses, wühlte im Text, wie ein Forscher, wie ein Schatzsucher, der gierig die Goldkörnchen aus dem Sand herauswäscht – zu beneiden ist der Autor, der solche Leser findet!

Vom Verfasser wußte ich natürlich nichts, er ging mich gar nichts an, ich brauchte ihn nicht. Damals war das Buch schon mehr als dreißig Jahre alt, heute zählt es fast achtzig. Ein schönes Alter.[1]

Mit einer gewissen Besorgnis machte ich mich an die neuerliche Lektüre. Ich hatte schon mehr als eine Romangottheit von dem Piedestal gestoßen, das ich ihr ehedem errichtet hatte. In solchen Enttäuschungen ist so viel Groll gegen den Autor, gegen das Buch, über das man hinausgewachsen ist, in dem der Mensch, was seine Person betrifft, keinen Platz mehr findet. Diese Enttäuschungen haben einen Beigeschmack von Scham und Verrat. Gewiß, es bieten sich Bücher an, die einen entschädigen; einst vage, tot, verschlossen und verriegelt, finden sie ihren Weg zum reifen Leser, stellen Probleme und Szenen dar, für die man früher blind war. Und doch ist das Kostbarste wohl die Begegnung mit einem Buch, das – in der Kindheit lebendig – bis heute weiter lebt, so lebt, daß man in ihm bekannte Szenen, assoziiert mit bekannten, früheren Gemütsbewegungen, entdeckt, und sich weder der einen noch der anderen zu schämen braucht.

Zu diesen Büchern gehört Żuławskis Werk. Nicht alles darin hat der Prüfung durch die Zeit – diesem strengsten Kriterium des literarischen Werts – standgehalten. Ich kann nicht sagen, ob Żuławski gerade diesen Roman als den besten seines gesamten Werks schätzte, ich würde eher meinen, daß dem nicht so war und daß er andere Werte in ihm erblickte, als wir heute darin sehen. Seine Vitalität hat sich das Buch in all den Jahren auf mannigfaltige Art errungen, oft unabhängig von den Absichten, die dem Verfasser vorschwebten, ja selbst diesen zum Trotz. Das ist nur scheinbar paradox.

Wenn ich mich nicht irre – und als Musterbeispiel trauriger Ignoranz auf dem Gebiet der Literaturgeschichte bin ich ausschließlich auf meine Mutmaßung angewiesen –, wollte Żuławski in diesem Werk ein Modell seiner Geschichtsphilosophie konstruieren. Das Buch wuchs sich auf drei Bände aus, und die Mondgesellschaft, die im letzten Teil des Bandes *Auf dem Silbermond* entsteht, tritt im nächsten Band, *Der Sieger,* voll in Erscheinung. Żuławski wollte die Genese des religiösen Mythos darstellen. Das eigentliche Ereignis, der heroische »Exodus« von der Erde auf den Mond, erstarrt, unter Verlust des menschlichen, realen Angesichts, zum Kultobjekt, zu liturgischen Symbolen, Zeichen und Ritualen. Dieser Prozeß beginnt auf den letzten Seiten dieses Bandes, wo der Held sich in den »Alten Mann« verwandelt, mit der sich ihm zugesellten Seherin Ada; diese sich abzeichnende Analogie zu biblischen Motiven wird im zweiten Band – *Der Sieger* – fort- und zu Ende geführt, als stelle er einen zweiten Akt dar, eine Fortsetzung der Umrankung der Wirklichkeit mit Mythen, in einer Gestalt, die sich am deutlichsten mit den christlichen Konzeptionen vom Heiland, vom Messias assoziiert.

Aber dieser soziologische Homunkulus wurde allzu offensichtlich in den Retorten der Moderne zusammengebraut. Die Ereignisse verlaufen in Richtungen, die zu sehr auf die Absicht des Autors hinweisen, allzu deutlich spürt man seine gestaltende Rolle, knapp unter der Oberfläche der menschlichen Schicksale; diese bemühte Eindeutigkeit, diese Beschleunigung und Einengung, hat neben anderen Mängeln des künstlerischen Bildes von der Mondgesellschaft zur Folge, daß die nächsten zwei Bände der Trilogie Żuławskis heute eigentlich schon leblos wirken, und sie werfen auch einen unguten Schatten auf die letzten Seiten des ersten Bandes. In einer schon allzu jungpolnischen[2] Manier wird hier der degenerierende lunare Sproß der Menschheit dargestellt. In diesem Urteil stimme ich mit der Meinung des Jungen vor zwanzig Jahren überein; das sagt natürlich nichts über meinen damaligen literarischen Geschmack aus – der war mir vollkommen fremd –, es beweist nur, daß schon damals das Buch nicht diesem Teil seinen großen Zauber verdankte.

Am besten hat der erste Teil überlebt, der eigentlich nur die Einführung zu der ihm folgenden soziologischen Epopöe bildet. Die Soziologie hat die Prüfung durch die Zeit nicht überstanden, wohl aber hat ihr die Geschichte der Pionierreise von der Landestelle im Zentrum der Mondscheibe bis zum Pol standgehalten. Eine ganze riesige Welt aus Vakuum und Stein, aus Schwarz und Weiß zu bauen und durch diese leblose Wildnis Menschen zu führen, die in einem eisernen Fahrzeug eingeschlossen sind, ihre Anstrengungen, ihren Kampf so zu zeigen, daß sich der Leser wirklich auf den Mond versetzt fühlt und es ihm nicht einmal in den Sinn kommt, welche Gefahren der Eintönigkeit, der Dürftigkeit einer derart geplanten Aktion drohen – das war ein sehr riskantes Unterfangen. Die schöpferische Phantasie auf solide astronomische Daten (dem Buch war eine genaue Landkarte beigefügt) gestützt, die Ereignisse mit realistischer Gewissenhaftigkeit und logischer Exaktheit weitergeführt zu haben – darin liegen die Quellen des schriftstellerischen Erfolges.

Wie schon gesagt, hat sich der Schwerpunkt des Buches aus dem der Geschichte der neuen Gesellschaft gewidmeten Teil auf den einleitenden Teil verlegt. Die Atmosphäre dieses Teils wird nicht nur von der Wildheit und Leblosigkeit der außerirdischen Umwelt, sondern auch von der Tragik gestaltet, deren Ursachen im Charakter der Expedition selbst begründet sind. Es ist ein Unterfangen von Desperados, ein Sprung ins Vakuum ohne Möglichkeit der Rückkehr auf die Erde – ein Ergebnis der Tatsache, daß diese Expedition technisch und wissenschaftlich verfrüht war. Dieses Problem verbindet sich für mich mit einem anderen, scheinbar völlig anderen: mit der Frage, an wen das Buch sich wendet. Ganz gewiß hat Zuławski es nicht als Jugendlektüre gedacht; es sollte ein Roman für den erwachsenen Leser sein, der am ehesten die ganze Metapher, ihre sehr irdische Bedeutung zu verstehen vermochte. Indessen fand der Roman seine glühendsten Anhänger und treuesten Leser unter der Jugend. Diese wie ein Mißverständnis anmutende Verlegung des Abnehmerkreises erscheint mir ziemlich typisch, weil ich sie selbst, bei meinen eigenen Büchern, erfahren habe.

Wenn der Beruf eines Schriftstellers nicht nur vielen Leuten, sondern manchmal auch ihm selbst nicht genügend ernst erscheint, sei es, weil der gesellschaftliche Nutzen aus seiner Arbeit schwer greifbar und weniger konkret zu sein scheint als die Produkte der Tätigkeit eines Technikers oder Arztes, so unterliegt am eklatantesten solchen Zweifeln der Autor von phantastischen oder zumindest als phantastisch bezeichneten Werken. Die Gesellschaft, also die Menschen, die sich jeden Morgen in Ämter, Fabriken, Büros begeben, können doch solche erfundenen, so unwahrscheinliche Geschichten nicht ganz ernst nehmen, wie etwa diese Geschichte von der Reise auf den Mond, noch dazu eine Reise, deren Teilnehmer zum Sterben verurteilt sind. (Wenn Zuławski dem Realismus bis zum Schluß nur hätte treu bleiben wollen – denn er wußte sehr wohl, daß es auf der zweiten, unsichtbaren Halbkugel des Mondes keineswegs ein Gelobtes Land gibt, sondern bloß dieselbe luftleere steinerne Wüste, die wir durch Teleskope beobachten können. Ich persönlich würde beim Schreiben eine solche Möglichkeit wählen.)

Zwar gab es unmittelbar nach den Jahren, in denen Zuławski schrieb, eine Expedition, die aus solcher Desperado-Haltung zustande kam, keine Expedition zum Mond, deshalb aber nicht weniger tragisch. Ich spreche von André, der sich an der Jahrhundertwende zusammen mit einigen Gefährten mit einem

Luftballon zum Pol aufmachte und im ewigen Eis zugrunde ging; Überreste des Korbes und auch die Tagebücher Andrés wurden nach vielen Jahren gefunden. Dieser Versuch war vom Anfang an zur Katastrophe verurteilt, und ich wäre der erste, der den Gedanken an ein solches Unternehmen verurteilen würde, sollte ihn heute jemand äußern – und doch steckte in diesem Wahnsinn Methode, steckte darin der Mut einer solchen Bejahung der Menschheit und eine so endgültige Herausforderung der unseren Bemühungen gleichgültig gegenüberstehenden Welt, daß sie jeden nicht restlos in den kleinlichen Notwendigkeiten des Alltagslebens eingesperrten Geist zum Miterleben zwingt, selbst wenn er nicht begreift, daß mit solchen unvernünftigen, verdammenswerten Expeditionen und Unternehmen gewöhnlich der mühselige, im Zickzack verlaufende Prozeß beginnt, mit dem die Menschheit einen neuen Raum der Lebenserfahrung betritt.

Die ersten Reisen um die Welt, die ersten Expeditionen ins Innere unbekannter Kontinente, die ersten Übersee-Expeditionen, die ersten Versuche, der Epidemien Herr zu werden, waren Mißerfolge, Niederlagen, Katastrophen, und führten zum Tod der Pioniere, deren Opfer nicht sofortigen Nutzen brachten. Die Jugend hat besonders viel Verständnis für solche Wahnsinnstaten; selbstverständlich kann, wie jede menschliche Neigung, auch ein solcher Wunsch nach Heldentum bedrohlich mißbraucht werden (so geschehen zum Beispiel in den vom Faschismus beherrschten Ländern), aber diese Heldenverehrung ist wohl eine der schönsten Tugenden der Jugend – und gerade ihr verdankt der Roman Żuławskis sein langes Leben.

Man sollte vielleicht hinzufügen, daß die Ideen eines einsamen Heldentums in unseren Zeiten des kollektiven Handelns veralten und verschwinden, aber solche Überlegungen würden uns allzuweit von dieser Mondgeschichte wegführen. Selbst in ihrem besten Teil ist sie nicht makellos. Die Sprache, prägnant und gewandt in der Beschreibung der Mondlandschaften (weniger der psychischen Zustände), mag den Leser, der an die lakonische Zurückhaltung der modernen Prosa gewöhnt ist, durch ihre Barockschnörkel, ihre Anhäufung von Epitheta, stören. Das Auge stößt sich manchmal an solchen Anrufungen wie: »O Erde! O verlorene Erde!« – die einen nicht vergessen lassen, daß der Roman im Einflußbereich des Jungen Polen geschrieben wurde; auch psychologisch Unwahrscheinliches kommt vor, Überzeichnungen, die bloßen rhetorischen Charakter haben, aber peinlich berühren (z. B. in der Szene, wo beim Anblick der aufgehenden Sonne die Helden wie Kinder weinen – nicht so verhielten sich, das wissen wir aus den Tagebüchern, Männer vom Schlag eines André!). Die Darstellung der Gestalten ist konventionell, von ihrer irdischen Vergangenheit wissen wir nur das, was wir heute »Personalien« nennen würden. Diese Buchführung der Mängel ist jedoch unwesentlich. Der Roman Zuławskis lebt, wird gelesen und wird noch lange gelesen werden, bei all seinen Schwächen, was nur die alte Wahrheit bestätigt, daß es die Spitzenleistungen, nicht die Fehler sind, die dem Schriftsteller Rang und seinen Werken Unzerstörbarkeit verleihen.

Anmerkungen

1 Geschrieben 1956.
2 Literarisch-künstlerische Bewegung an der Wende zum 20. Jahrhundert, verbunden mit den Tendenzen der westeuropäischen Moderne.

Nachwort zu *Picknick am Wegesrand* von Arkadi und Boris Strugatzki

Es gibt Themen, die nicht in vollem Umfang auszuschöpfen sind. Ein solches Thema ist für die Theologen Gott. Wie kann man erschöpfend von etwas berichten, was seiner Definition nach unerschöpflich ist, wie etwas beschreiben, wenn die Beschreibung eine Demarkation voraussetzt, dieses Wesen aber prinzipiell sämtliche unendlichen Eigenschaften hat, Eigenschaften, die nirgendwo ein Ende haben? Man hat in diesem Fall unterschiedliche Strategien benutzt: eine Vervielfachung von Allgemeinbegriffen, doch entsteht dann kein dichtes Bild; Vergleiche, doch werden dann die göttlichen Attribute zwangsläufig auf das Niveau allzu konkreter Kategorien herabgezogen; eine Annäherung an den Gegenstand auf dem Wege einer Spirale, bei der also definitive Festlegungen durch Approximationen ersetzt werden, was ebenfalls unzureichend ist.

Als optimale Strategie erwies sich in der Theologie die Strategie, das Geheimnis Gottes zu wahren. Würde man sie jedoch konsequent beibehalten, so müßte man eigentlich schweigen, und eine schweigende Theologie hört auf, Theologie zu sein; daher wandte sie denn auch (in späteren Versionen wie etwa der christlichen) die Strategie an, mit offenkundigen Widersprüchen zu operieren. Gott als der Allwissende wußte, daß der von ihm geschaffene Mensch zu Fall kommen würde. Dennoch erschuf er ihn frei. Wenn Gott von vornherein bekannt war, daß der Mensch unausweichlich fallen würde, war der Mensch folglich nicht frei, was er jedoch gerade nach Aussage der Theologen war. In dieser Weise konstituieren apodiktisch aufgestellte Widersprüche jenes Geheimnis, vor dem die Vernunft verstummen muß.

Ein unerschöpfliches Thema für die phantastische Literatur sind vernunftbegabte, dabei aber nicht menschliche Wesen. Wie kann ein menschlicher Autor ein mit Sicherheit vernunftbegabtes Wesen darstellen, das mit ebenso kategorischer Gewißheit kein Mensch ist? Die schlichte Behauptung genügt da nicht, denn die Literatur muß mit Tatsachen operieren. Auch hier drängen sich unterschiedliche Strategien auf. Diejenige, die sich in der Theologie als die beste erwies, nämlich das Geheimnis zu wahren, läßt sich nicht in genau der gleichen Weise anwenden, weil die ›Anderen‹ keine Gottheiten sind, sondern materielle Wesen wie wir; der Autor, der sie mit Hilfe von vielfachen offenen Widersprüchen beschreibt, fordert also vom Leser, an etwas Absurdes zu glauben; aber schließlich liegt es nicht in der Macht des Schriftstellers, irgendwelche Dogmen aufzustellen.

Der einfachsten Strategie zufolge können vernunftbegabte Wesen sich in körperlicher Hinsicht voneinander unterscheiden, und nur auf diesem Gebiet kommt ihre eigentümliche Variabilität zum Tragen, doch in geistiger Hinsicht sind sie mit dem Menschen identisch oder ihm ähnlich, denn es kann nur eine Vernunft geben. Diese Auffassung realisierte vor nahezu hundert Jahren Wells in seinem *Krieg der Welten*. Seine Marsleute sind Wesen von entsetzlichem Aussehen, einem Aussehen, das jedoch einst das Aussehen der Menschen sein wird. Ihre Körper wurden soweit reduziert, daß sie fast nur noch aus Köpfen bestehen, entsprechend der Vermutung, daß auch beim Menschen künftig der Eingeweideteil des Organismus zugunsten der Hirnschale zurückgehen wird. Über die Kultur der Marsleute sagt der Roman nichts aus, so als ob auch sie verkümmert wäre und nichts anderes enthielte als technische Fähigkeiten und die Gleichsetzung von Gewalt mit der kosmischen Staatsraison. Bei Wells vereinfacht die Zukunft also sowohl die Physiologie als auch die Kultur. An den Menschen interessiert den Marsbewohner nichts anderes als ihr Blut. Sie ernähren sich davon wie Vampire. Die technische Rüstung der Marsleute weckt noch immer unsere Anerkennung, doch die Armut ihrer Kultur stellt die größte Schwäche des Werkes dar. Reden wir nicht von dem Abscheu erregenden Äußeren – es kann immer auf das Lebensmilieu zurückgeführt werden –; ist nicht aber das Verhalten der Marsleute doch eine unabsichtliche Karikatur eines extremen Rationalismus? Wells' Marsleute sind bei ihrem Angriff freilich durch ihre Situation als Bewohner eines in Wüsten untergehenden Planeten gerechtfertigt, denen die fruchtbare Erde als ein zu erobernder Lebensraum vorschwebt. Doch dieser innerhalb des Sonnensystems begründbare Sonderfall wurde, gedankenlos übernommen, zum Muster der gesamten *Science-fiction.* Die Nachfolger übernahmen mechanisch die Schwäche des Meisters. Die auf Wells folgende Phantastik krankte an chronischer Monstrosität der stellaren Eindringlinge, obwohl sie die Gründe, welche diese bei Wells rechtfertigen, hinter sich ließ. Weil aber die Autoren um jeden Preis den Begründer der Gattung überbieten wollten, überschritten sie in der Darstellung der Grauenhaftigkeit der ›Anderen‹ rasch die Grenzen der Wahrscheinlichkeit. Indem sie diese mit einer immer größeren Macht ausstatteten, füllten sie den ganzen Kosmos mit Zivilisationen, deren Expansionsgelüste völlig irrational sind. Je größer die Macht, die den ›Anderen‹ zugeschrieben wird, um so irrationaler ist ihr Überfall auf die Erde. Die *Science-fiction* wurde in dieser Phase zu einer Phantastik der Unterstellung und des paranoiden Wahns, denn sie behauptete, die kosmischen Mächte wetzten sich die Zähne nach der Menschheit, so als ob die Erde mit ihren Schätzen nicht nur für die Bevölkerung eines kleinen Wüstenplaneten von der Art des Mars, sondern für jede erdenkliche Zivilisation in der Galaxis von unschätzbarem Wert wäre. Dabei ist die Vorstellung, eine solche Macht, die über Armeen von Sternfahrzeugen verfügt, könne auf unseren Besitz erpicht sein, ebenso naiv wie die Vorstellung, eine irdische Großmacht würde ihre Armee mobilisieren, um ein Lebensmittelgeschäft an sich zu reißen. Die Gestehungskosten der Invasion werden immer höher sein als der Wert der Beute. Invasionshandlungen können folglich nicht durch ein materielles Interesse hervorgerufen sein. Die ›Anderen‹ attackieren die Erde, weil es ihnen so gefällt. Sie zerstören, weil sie zerstören wollen, sie knechten die Menschheit, weil tyrannische Herrschaft ihnen Vergnügen bereitet. So tauschte die *Science-fiction* den Wellsschen interplanetaren Darwinismus gegen einen Sadismus aus, der zur kosmischen Konstante zivilisatorischer Beziehungen wurde. Die Arbeit der Hypothesen bildenden Phantasie wurde ersetzt durch die Projektionsarbeit im Sinne der Tiefenpsychologie; die Autoren projizierten ihre Ängste und selbstbezogenen Wahnvorstellungen ins Weltall. So errichteten sie einen paranoiden Kosmos, in dem alles, was einen Hauch von Leben besitzt, sich zur Eroberung der Erde anschickt, einen Kosmos, der eine den Menschen gestellte Falle ist, dessen Entwicklung darauf hinausläuft, das Prinzip ›die Zivilisation ist der Zivilisation ein Wolf‹ zu verwirklichen. Später wurde dieser Räuberhöhlen-Kosmos vielfach in ein Zeichen umgewandelt. Die allgemeine Unfreundlichkeit wurde mechanisch ausgerechnet in Freundlichkeit transformiert. Die ›Anderen‹ greifen an, aber nur, um uns unseres freien Willens zu berauben und die Menschheit, über die sie die Schutzherrschaft errichtet haben, vor ihrer Selbstzerstörung zu bewahren (besonders populär wurde dieses Motiv in den Jahren des kalten Krieges); oder sie greifen auch nicht sofort an, sondern zögern noch und ermöglichen dadurch der Menschheit, sich zu einigen: Angesichts der stellaren Bedrohung siegt die Solidarität. Daraus ergaben sich weitere Kombinationen des Invasionsspiels, doch keine der erdachten Varianten hält einer gedanklichen Überprüfung stand, weil sie nicht auf so elementare Fragen zu antworten vermag, auf die der Roman von Wells wenn auch auf seine Weise, so doch sachlich Antwort gab. Es sind das Fragen nach der Motivation der Sternreisen, die sich weder auf ein ›es gelüstete sie eben danach‹ noch auf ein Räuber-und Gendarm-Spiel reduzieren lassen, Fragen nach der Hauptorientierung von Kulturen auf einer hohen materiellen Entwicklungsstufe, Fragen nach der Form von Systemen, die ein hohes Niveau astrotechnischer Fertigkeiten erlangt haben usw. Die oberste dieser Fragen lautet, warum die Gesamtheit der realen Kulturen des Menschen auf der Erde einen gewaltigen Reichtum an Mannigfaltigkeit darstellt, während fast alle kosmischen Kulturen sich in der *Science-fiction* durch eine betrübliche, an Monotonie grenzende Uniformisierung auszeichnen.

Auf solche Fragen vermag die *Science-fiction* nicht zu antworten, weil sie die Reflexion über das Schicksal der Vernunft im Kosmos gegen sensationelle Stereotypen von interplanetaren Abenteuern austauschte. Sie bekam dadurch – was das hier besprochene Thema angeht – einen Entwicklungstrend, der dem der Wissenschaft entgegengesetzt ist. Denn während die Wissenschaftler ernsthaft daran gingen, das Problem der Zivilisationen im Weltall, der Verfahren einer Verständigung mit ihnen zu erörtern, während sie die Hypothese formulierten, daß es vielfältige Formen der Vernunft gebe und nicht alle möglichen Ausgestaltungen des Intellekts sich auf dessen menschliche Gestalt zurückführen ließen, befand sich die Phantastik bereits bei den Antipoden eines solchen Denkens und vertrieb durch unverhüllte Anleihen beim Märchen die letzten Reste realistischer Auffassungen aus ihrem Bereich. In dem Wunsch, die ›Anderen‹ mit einer immer größeren Macht auszustatten, schrieb sie ihnen bereits proteushafte Fähigkeiten zu: Ein solches Wesen kann sich auf bloßen Wunsch hin in einen Baumstamm, in einen Teil einer Rakete, ja sogar in einen Menschen verwandeln, es kann auch ›seinen, des Menschen, Geist beherrschen‹, worin sich erneut ein altes mythisches Motiv (die Heimsuchung durch einen bösen Geist) verkörpert. Interkulturelle Schranken machte diese Phantastik kurzerhand zunichte, indem sie den ›Anderen‹ irgendeine telepathische Allmacht zuschrieb, oder sie gestaltete wiederum die kosmischen Beziehungen zwischen den Planeten nach primitiv vereinfachten Mustern irdischer Herkunft (entsprechend dem Schema des Kolonialismus, des Konquistadorentums, den Regeln der Entstehung imperialer Koalitionen), wobei sie sowohl über alle möglichen Einwände soziologischer Natur als auch über solche physikalischer Art hinwegging – Einwände, die mit den gewaltigen raumzeitlichen Entfernungen im Kosmos zusammenhängen. Mit diesem Handicap wurde sie ein für allemal fertig, indem sie den Sternreisenden die Fähigkeit zuschrieb, sich mit beliebig großer Geschwindigkeit zu bewegen. Kurz, während in Wells' bescheidenem Versuch die Marsleute – in Übereinstimmung mit den Daten der Wissenschaft seiner Zeit – im *realen Kosmos* zu Hause waren, wählte die *Science-fiction* als Wohnung ihrer Wesen einen *total* (nämlich astronomisch, physikalisch, soziologisch und schließlich psychologisch) *verfälschten Kosmos*. Sie betrieb Raubbau, indem sie auf der Suche nach Inspiration die Lehrbücher der allgemeinen Geschichte ebenso durchstöberte wie das Linnésche System, um Saurier, mit Fangarmen bewehrte Tintenfische, Krebstiere, Insekten usw. mit Vernunft auszustatten. Als auch das abgegriffen war und langweilig wurde, war es mit dem Thema im Grunde vorbei, und seinen ›monströsen‹ Extremismus übernahm von der *Science-fiction* der drittrangige Gruselfilm, der jeglichen gedanklichen Inhalts vollkommen bar ist.

Schriftstellerkreise in Amerika wehren sich gegen eine solche Tatbestandsdiagnose, und sie finden Verbündete in den Bücherkäufern, die sich an eine als wissenschaftliche Phantastik ausgegebene leichtverdauliche Sensationsliteratur gewöhnt haben. Dabei ist der märchenhafte Charakter dieser Phantastik offensichtlich. Niemand fragt danach, warum in den Märchen die Drachen so entsetzlich blutrünstig sind, warum die Hexen in ihnen lieber Kinder als Hühnchen verzehren. Das sind einfach Axiome des Märchens, dessen Welt grundsätzlich parteiisch ist: Das Böse tritt in ihm auf, damit es dem Guten unterliegen kann. Es ist daher klar, daß jenes Böse mächtig sein muß, denn sonst bliebe der schlußendliche Erfolg des Guten auf eine nicht überzeugende Weise blaß. Die Welt der *wissenschaftlichen* Phantastik muß dagegen eine *unparteiische* Welt sein, in der das Böse nicht deshalb ausgebrütet wird, damit die interplanetar vereinigten Tugenden es besiegen können. Sie ist nicht einmal eine parteiische Welt mit negativem Vorzeichen, eine Welt des Antimärchens, in der das schöne, mollige und tugendhafte Gute dafür herangezüchtet wird, dem leibhaftigen Bösen, das es genüßlich aufknabbert, allergrößte Befriedigung zu verschaffen. Eine solche Welt des Antimärchens hat sich, nebenbei gesagt, der Marquis de Sade einfallen lassen, den man wahrhaft schwerlich für einen Autoren der wissenschaftlichen Phantastik halten würde. Die Welt der *Science-fiction* muß eine ganz einfach reale Welt sein, eine Welt also, die niemanden von vornherein privilegiert, in der kein Schicksal, sei es im guten, sei es im bösen Sinne, prädeterminiert ist. Da der Mensch kein Engel ist, besteht keine Notwendigkeit, den ›Anderen‹ Engelhaftes zuzuschreiben; da nun der Mensch, obwohl er Fliegen erschlägt, nicht gerade zu diesem Zweck ans andere Ende der Welt vordringt, haben denn auch die ›Anderen‹, selbst wenn sie uns als Fliegen betrachten sollten, auf der Erde nicht allzu viel zu suchen.

Ein Autor, der eine andere Art von Leben oder auch eine andere Art von Vernunft als die irdische darstellt, ist in einer leichteren Situation als derjenige, der eine Invasion der Erde aus dem Kosmos schildert. Der erstere kann sich – wie ich es beispielsweise in *Solaris* getan habe – darauf beschränken,

Phänomene vorzuführen, die von allem, was der Mensch kennt, beliebig weit abweichen. Der letztere geht von der Prämisse einer ›Intervention‹ aus: Er nimmt an, daß die ›Anderen‹ auf die Erde gekommen sind und ihnen folglich irgend etwas dieses in seinem Umfang wahrhaft astronomische Unternehmen diktiert haben muß. Welche Motive können sie dazu bewogen haben? Wenn es weder kriegerische noch räuberische Motive waren, müssen es entweder erkenntnismäßige oder spielerische Motive gewesen sein (sie kamen, um sich ein wenig mit uns zu vergnügen ...). Sehr viele alternative Möglichkeiten gibt es hier, wie wir sehen, nicht. Die beste Strategie bleibt daher auch bei diesem Thema, das Geheimnis der ›Anderen‹ für immer zu wahren.

Ich möchte nachdrücklich unterstreichen, daß diese Strategie der Wahl weder ausschließlich noch hauptsächlich durch künstlerische Kriterien begründet ist, anders gesagt, daß die Erzählung das Geheimnis der ›Anderen‹ nicht deshalb wahren muß, um die Neugier des Lesers unablässig zu fesseln und ihn in einem Zustand der Faszination durch die große Unbekannte zu halten. Diese Strategie stimmt nämlich mit den fundamentalen Direktiven der Konflikttheorie überein. So wird beispielsweise von den künftigen Strategen an den Militärakademien verlangt, dem Gegner zunächst die für die eigene Seite bedrohlichsten Handlungsabsichten zu unterstellen. Im Hinblick auf die ›Anderen‹ aus dem Kosmos ist das ein Befehl nicht im militärischen, sondern im erkenntnismäßigen Sinne. Dabei stellt es durchaus nicht die schlimmste aller möglichen Eventualitäten dar, wenn den Besuchern absolut feindselige Absichten zugeschrieben werden. In diesem Fall ist die Haltung des Feindes zumindest *klar umschrieben*; schlimmer ist es dagegen, wenn wir die Eigentümlichkeiten dieser fremden Haltung überhaupt nicht verstehen können, wenn wir uns das fremde Vorgehen nicht zu erklären vermögen.

Die Strategie der Wahrung des Geheimnisses bedarf als die optimale Strategie einer präzisen Konkretisierung. Man kann sie nicht in der Weise betreiben, wie es die Theologie bei ihrem Thema macht, indem sie mit Widersprüchen operiert. Man darf also den Besuchern nicht Intentionen zuschreiben, die einander offenkundig ausschließen – beispielsweise, daß sie uns beherrschen und gleichzeitig nicht beherrschen wollen. Man darf jedoch den *Anschein* eines solchen Widerspruchs erwecken – etwa in der Weise, daß die Besucher selbst glauben, uns zu helfen, wir aber ihr Handeln als schädlich empfinden; hier beginnt der Bereich der in dramaturgischer Hinsicht vielversprechenden *Mißverständnisse*, die durch die drastische Verschiedenheit der beiden zivilisatorischen Seiten hervorgerufen werden. Ansätze dazu kann man in der *Science-fiction* finden, doch bleiben sie folgenlos, weil interzivilisatorische Mißverständnisse in ihr immer außergewöhnlich primitive Kindereien bleiben, deren sachliche Erörterung nicht lohnt. Der Autor muß bei der Konstruktion des *qui pro quo*, das die Begegnung zweier unterschiedlicher Kulturen verwirrt, schon ein gewisses Maß an Intellekt investieren. Je mehr Faktoren aus verschiedenen Bereichen an einem solchen ›Mißverständnis‹ beteiligt sind, um so besser. Man sollte sich ferner vor Augen halten, daß eine solche Begegnung nicht ein Duell zwischen zwei Helden ist, sondern ein gehörig verwickeltes Spiel, an dem kollektive Organisationen teilhaben, die sich radikal voneinander unterscheiden und einander in der Struktur, dem Sinn und den Zielen ihres Handelns fremd sind. Die überwältigende Mehrheit der *Science-fiction*-Werke kann hier als ein Anschauungsbeispiel dafür dienen, wie man das Invasionsthema *nicht* anpakken darf. Um so größere Befriedigung empfindet man über ein Werk, das sich dieser Aufgabe überaus erfolgreich zu entledigen verstand. Die Taktik, das Geheimnis zu wahren, haben die Brüder Strugatzki in der vorliegenden Erzählung mit einem ausgezeichneten Resultat angewandt; sie geht deshalb sowohl über den von Wells festgelegten Kanon als auch über die Tradition der *Science-fiction* hinaus.

Picknick am Wegesrand stützt sich auf zwei Konzeptionen. Die erste haben wir bereits als die Strategie bezeichnet, das Geheimnis der Besucher nicht aufzulösen. Man weiß nicht, wie sie aussehen, man weiß nicht, was sie wollen, man weiß nicht, warum sie auf die Erde kamen, welches ihre Absichten gegenüber den Menschen waren. Man weiß auch nicht so genau, ob es ganz sicher ist, daß sie überhaupt auf der Erde gelandet sind, und wenn sie gelandet sind, ob sie sie schon wieder verlassen haben ...

Die zweite Konzeption besteht in einer von der üblichen *Science-fiction* abweichenden Reaktion der Menschheit auf die Landung. Denn *etwas* ist gelandet, oder vorsichtiger gesagt, vom Himmel gefallen. Die Einwohner von Harmont haben das in tragischer Weise an sich selbst erfahren. In bestimmten Stadtvierteln erblindeten sie, in anderen erkrankten sie an rätselhaften Gebrechen, die man allgemein als Pest bezeichnet, und dort, wo die Stadt sich entvölkerte, entstand die *Zone*, mit ihren ebenso bedrohlichen wie unfaßbaren Eigenschaften scharf von der Außenwelt abgegrenzt. Die eigentliche Landung* war jedoch im Grunde keine große Naturkatastrophe: Weder brachte sie Häuser zum Einsturz noch sprangen überall die Scheiben aus den Fenstern. Darüber, was in dieser ersten Phase der Entstehung der Zone geschah, erfahren wir aus der Erzählung nicht viel. Wir erfahren jedoch genug, um zu begreifen, daß es uns nicht gelingen wird, jene Vorgänge und ihre Konsequenzen in irgendeine Schublade bereits existierender Klassifikationsschemata zu stopfen. Menschen, die heil aus Harmont herauskamen und sich irgendwo anders niederließen, wurden zum Mittelpunkt unfaßbarer Vorgänge, extremer Abweichungen von der statistischen Norm (90 Prozent der Kunden eines Friseurs, der Harmont verließ, kommen im Laufe eines Jahres um, übrigens auf ganz ›gewöhnliche‹ Weise – bei einem Gangsteranschlag, bei Verkehrsunfällen; dort, wo sich mehr Emigranten aus der Zone aufhielten, stieg proportional die Anzahl der Naturkatastrophen, wie Doktor Pillman gegenüber Nunnan äußert). Wir stehen also vor einer unfaßbaren Verletzung der Kausalzusammenhänge. Das ist ein hervorragender erzählerischer Effekt, der nichts mit Phantasmagorien von der Art einer ›Heimsuchung‹ zu tun hat, denn es geschieht ja nichts Übernatürliches, und doch stehen wir vor einem Geheimnis, das »tatsächlich unheimlicher ist als das Rätsel des auferstandenen Toten« (wie Doktor Pillman sagt). Würde sich jemand darauf versteifen und nach einer Hypothese zur Erklärung solcher Effekte suchen, was ja nicht unmöglich ist (nehmen wir etwa an, es ginge um lokale Störungen gewisser physikalischer

* Wo die deutsche Übersetzerin des *Picknicks* von ›Besuch‹ spricht, benützt Lem den Ausdruck ›Landung‹. Anm. d. Ü.

Konstanten, die für die in statistischen Prozessen typischen normalen Wahrscheinlichkeitsverteilungen verantwortlich sind; das wäre die einfachste Erklärung, wenn auch natürlich nur andeutungsweise, als ein Hinweis auf die Richtung, in der weiter geforscht werden müßte, nicht aber im Sinne einer Lösung des Problems), so stellt sich heraus, daß man selbst dann, wenn man einen physikalischen Prozeß gefunden hat, mit dem der Mechanismus jener ungewöhnlichen Vorgänge sich rational erklären läßt, dem Kern des Problems, nämlich der Natur der Besucher selbst, nicht um ein Haar näher gekommen ist. Die optimale Strategie besteht also darin, die einzelnen Handlungen der Besucher als Rätsel darzustellen, deren Lösung die Natur der Besucher selbst entweder überhaupt nicht erklärt oder sogar noch unergründlicher erscheinen läßt! Das ist nicht, wie es vielleicht scheinen könnte, etwas aus dem Finger Gesogenes, etwas im Sinne des phantastischen Romans *ad hoc* Erfundenes, denn gerade so ist unsere Erkenntnis der Welt gewöhnlich beschaffen: Während wir einzelne ihrer Gesetze und Eigenschaften erkennen, verringern wir dadurch nicht nur nicht die Zahl der zu lösenden Probleme, sondern während unserer Entdeckungen beginnen wir einzusehen, daß es weitere Geheimnisse und Dilemmata gibt, von denen wir zuvor keine Ahnung hatten. Das wissenschaftliche Erkenntnisverfahren kann sich, wie man sieht, als ein Schatz von noch ›phantastischeren‹ Wundern herausstellen, als es die kindlichen Wunder des Märchenrepertoires sind.

Beim *Picknick* geht also alles ganz anders zu als bei Wells. Bei ihm ist die Invasion der Marsleute ein alptraumhafter, zugleich aber auch monumentaler Zusammenbruch der menschlichen Welt, ein dramatisch gesteigertes Zerbrechen der zivilisierten Ordnung unter den ihr sichtbar zugefügten Stößen. Man weiß, wer der Gegner ist, man weiß, wie er vorgeht, bekannt sind auch seine Endziele (es fiele schwer, sie nicht zu erahnen!). Nichts dergleichen bei den Strugatzkis. Zwar hat die Invasion *vermutlich* stattgefunden, zwar hat sie in Gestalt der Zonen unverwischbare Spuren hinterlassen, und die Erde ist nicht imstande, ihre Folgen zu verdauen, doch zugleich geht es in der kleinen Welt der Menschen weiter wie bisher. Bedrohliche Wunder, die wie ein kosmischer Regen an sechs Stellen des

Planeten niedergingen, werden zu Zentren einer vielfältigen – legalen wie illegalen – menschlichen Aktivität, ähnlich wie jede mutmaßliche Quelle sei es auch noch so riskanter Profite. Die Strategie der Wahrung des Geheimnisses verwirklichen die Strugatzkis durch eine äußerst perfide Taktik – durch nahezu *mikroskopische* Näherungen. Davon, daß mit den in den Zonen entdeckten ›Magnetfallen‹ in irgendwelchen Laboratorien experimentiert wird, davon, daß irgendwo Institute für außerirdische Kulturen damit beschäftigt sind, das Wesen der Landung (des Besuchs) zu erörtern, hören wir in dem Bericht nur reden. Davon, was die Regierungen über die Zonen denken, wie deren Entstehung die Weltpolitik beeinflußt hat, erfahren wir nichts. Bis in Einzelheiten hinein beobachten wir dagegen Ausschnitte aus dem Leben eines Schatzgräbers, eines Schmugglers neuen Typs, der nächtlich verschiedene, dort gefundene Objekte aus der Zone herausschleppt, weil Nachfrage danach besteht. Die Erzählung zeigt in Momentaufnahmen, wie sich um die Zone wie um einen Fremdkörper, der in den lebendigen menschlichen Organismus eingedrungen ist, ein Geflecht gegensätzlicher Interessen rankt, denn dort wirken sowohl die offizielle Schirmherrschaft der UNO als auch die Polizei, die Schmuggler und die Wissenschaftler, nicht zu vergessen die Anteilnahme der Unterhaltungsindustrie. Dieses Umranken der Zone mit einem Ring fieberhafter Aktivität wird mit großer soziologischer Treffsicherheit geschildert. Gewiß wird es einseitig geschildert, doch war es das gute Recht der Autoren, ihre Objektive auf solche Gestalten zu richten, deren Aktivität sich mit besonderer Intensität, aber auch auf völlig natürliche Weise dem Schematismus der *Science-fiction* widersetzt. Die Faszination und die Bedrückung, welche die »Szenen aus dem Leben eines Schatzgräbers«, die den Kern der Erzählung bilden, im Leser hervorrufen, sind das Ergebnis einer absichtlichen Begrenzung des Blickfeldes. Die wissenschaftliche und außerwissenschaftliche Literatur, die der Besuch entstehen ließ, muß zweifellos ein Ort erbitterter Kontroversen gewesen sein. Unfehlbar muß er auch zum Entstehen neuer Einstellungen und Denkrichtungen geführt haben, und wahrscheinlich hat er sowohl die Kunst als auch die Religion nicht unberührt gelassen, doch für uns soll sich das Ganze auf ausschnitthafte Bilder vom Schicksal eines Pechvogels begrenzen, der in dem Drama des Zusammenpralls zweier Zivilisationen buchstäblich die Rolle einer menschlichen Ameise spielt. Es wäre jedoch gut, wenn wir uns den größeren Aspekt der Angelegenheit bewußt machten. Jeder wird den Worten Doktor Pillmans zustimmen, daß die Invasion eine einschneidende Tatsache in der Geschichte der Menschheit darstellt. Nun hat es aber an einschneidenden Momenten, auch wenn sie nicht gerade durch eine kosmische Invasion hervorgerufen wurden, in dieser Geschichte nicht wenige gegeben, und jeder war durch eine extreme Steigerung von Merkmalen des menschlichen Wesens gekennzeichnet. Jeder dieser einschneidenden Momente hatte seine monumentalen Gestalten und seine bedauernswerten Opfer. Je gewaltiger der historische Umschlag, um so krasser war die Spannweite zwischen der Größe und der Bedeutungslosigkeit, der Erhabenheit und der Erbärmlichkeit menschlicher Schicksale. Großartige Seeschlachten, die einst über das Schicksal von Imperien entschieden, besaßen aus der Ferne die Schönheit eines Schlachtengemäldes und aus der Nähe eine gemeine Widerwärtigkeit; man braucht sich nur bewußt zu machen, daß die an die Bänke geschmiedeten Ruderer auf den Galeeren stumm im griechischen Feuer brieten, denn vor der Schlacht mußten sie sich selbst spezielle Birnen in den Mund stopfen, die sie an jeglicher Äußerung hinderten. Ihr höllisches Geschrei hätte sich ungünstig auf die Moral der Soldaten ausgewirkt! Eine solche Schlacht würde sich also wahrhaft verschieden darstellen, je nachdem, ob man sie vom erhabenen Standpunkt der Führer mit ihren imperialen Zielen oder aus der Sicht jener armen, mit dem Tode kämpfenden Teufel betrachtete – und doch war dieser Todeskampf ein integraler Bestandteil des historischen Umbruchs. Man möchte sagen, daß selbst so reelle und saubere Entdeckungen wie die Röntgen-Strahlung ihre monströse Seite hatten, denn die ersten Entdecker, die nicht die Eigenschaften dieser Strahlung kannten, verloren durch die Bestrahlung Gliedmaßen, die amputiert werden mußten. Heute sind Kinder, die langsam an Leukämie zugrunde gehen, eines der Nebenresultate des industriellen Wachstums der Welt, und wir wissen das ganz genau, nur lassen sich die kausalen Zusammenhänge nicht sinnfällig demonstrieren. Ich möchte sagen, daß das grauenhafte Schicksal der Schatzgräber nicht eine außergewöhnliche, durch einen kosmischen Besuch hervorgerufene Monstrosität darstellt, sondern gerade die Regel ›einschneidender historischer Momente‹ ist, eine Regel, die den immer gleichen, unausweichlichen Zusammenhang zwischen malerischer Größe und widerlichem Elend in unterschiedlichster Gestalt konkretisiert. Die Brüder Strugatzki haben sich also vor allem als Realisten in der Phantastik erwiesen, denn Realismus in der Phantastik bedeutet Konsequenz, Ehrlichkeit bei der Ableitung sämtlicher Folgerungen aus den angenommenen Prämissen. Sogar jene hemmungslose Unterhaltungsindustrie, die sich um die Zone rankt, hat etwas Wahrscheinliches, ach, was sage ich, etwas Notwendiges; die Elemente menschlichen Verhaltens sind also in der Erzählung dieselben wie immer, nur daß die Autoren ihre Aufmerksamkeit sozusagen auf den ›Bodensatz der kosmischen Begegnung‹ gerichtet haben – und die Ereignisse ihre konkrete Gestalt dadurch erhalten, daß das Wunder in eine *Konsum*gesellschaft eingebrochen ist. Dies ist nicht, wie man gelegentlich meint, eine Gesellschaft, die jene Produkte, die für den Konsum am attraktivsten sind, lediglich rascher herstellt als andere; es ist eine Gesellschaft, die *alles*, was sich in ihrem Bereich befindet, also nicht nur Autos, Kühlschränke und Parfüms, sondern auch das Geschlecht, das Blut und das Töten zum Gegenstand konsumtiven Genusses zu machen bemüht ist, eine Gesellschaft, die sich jedes Objekt geschmäcklerisch zurechtstutzt. Im Mittelalter hätten die Zonen zweifellos panikartige Flucht- und Wanderungsbewegungen ausgelöst, und anschließend wären sie vielleicht zum Mittelpunkt von neu entstehenden Glaubensvorstellungen, von Reaktionen im Zeichen der Apokalypse geworden, zur Brutstätte von Prophezeiungen und Offenbarungen. In unserer Welt mußten sie der Zähmung erliegen – denn was man weder verstehen noch beseitigen kann, das kann man zumindest bruchstückhaft *konsumieren*. So sind denn auch die Zonen nicht Gegenstand eines eschatologischen Denkens, sondern das Ziel von Omnibusausflügen. Läßt sich doch gerade mit der *Lust* an Erscheinungen, die früher bloß als abscheulich galten, die heutzutage forcierte Popularität einer Kunst erklären, die an die Stelle der Schönheit die Widerwärtigkeit setzt. Das ist der Zeitgeist, dem in der Erzählung der Strugatzkis erliegt, was – etwa als Geheimnis der ›Anderen‹ – seine völlige Unabhängigkeit vom Menschen beweist. Alles in allem besagt die Erzählung der Strugatzkis, daß der Besuch für 99% der Menschheit spurlos vorüberging, und gerade darin setzt sie sich in Widerspruch zur gesamten Tradition der *Science-fiction*. Es ist dies kein banaler Gegensatz. Doktor Pillman nennt die Menschheit ein ›stationäres System‹, weil er sich in physikalischen Termini auszudrücken pflegt; in die Sprache des Historikers übersetzt, bedeuten diese Worte, daß der Kontakt mit den ›Anderen‹, sofern er nicht einer globalen Katastrophe gleichkommt, nicht mit einem Schlag den Gang der menschlichen Geschichte zu verändern vermag, weil die Menschheit nicht imstande ist, plötzlich aus ihrer Geschichte ›herauszuspringen‹ und – veranlaßt durch eine kosmische Intervention – in eine völlig andere Geschichte einzutreten. Diese, nach meiner Ansicht richtige Vermutung hat die nach Sensationen gierende *Science-fiction* übergangen. In *Picknick am Wegesrand* ist der Besuch daher nicht eine Seltsamkeit um der Seltsamkeit willen, sondern er legt die Ausgangsbedingungen für ein Gedankenexperiment auf dem Gebiet der ›experimentellen Geschichtsforschung‹ fest, und gerade das macht den Wert dieses Buchs aus.

Nur über einen Punkt würde ich mich gern mit dem Buch anlegen – er betrifft nicht die menschlichen Dinge, denn die werden in der Erzählung einwandfrei dargestellt, sondern das eigentliche Wesen des Besuchs. Vier Prämissen möchte ich der Diskussion vorausschicken. Die erste besagt, daß uns in dem Buch *Tatsachen* gezeigt werden, aber nicht notwendig *Meinungen* über diese Tatsachen, selbst wenn die Personen der Erzählung, die solche Meinungen hegen, Nobelpreisträger sind. Das bedeutet, daß wir uns für ebenso berechtigt halten, Vermutungen über die Besucher anzustellen, wie die Gestalten der Erzählung. Die zweite Prämisse besagt, daß es auf allen nur erdenklichen Stufen des Wissens keine hundertprozentig fehlerfreien Handlungsverfahren gibt. Eine solche Unfehlbarkeit würde nämlich voraussetzen, daß man über das, was während der Realisierung eines Vorhabens eintreten kann, vollständige Information besitzt; das Weltall ist jedoch ein Ort, an dem die

Erlangung vollständiger Information, über was auch immer, nicht möglich ist. Nach der dritten Prämisse gilt sowohl für uns wie für alle sonstigen Wesen im Kosmos das Prinzip der Widerspruchsfreiheit im Denken. Das bedeutet, daß von zwei Dingen eines mit Notwendigkeit zutrifft: Wenn den ›Besuchern‹ die Anwesenheit von Menschen auf der Erde bekannt war, dann kann sie ihnen nicht gleichzeitig nicht bekannt gewesen sein. Wenn sie gegenüber den Menschen irgendeine Absicht hegten, dann können sie nicht gleichzeitig keine Absicht gehegt haben usw. Nach der letzten Prämisse sind zur Erklärung unbekannter Erscheinungen stets die einfachsten Hypothesen im Sinne von Ockhams Rasiermesser vorzuziehen. Wenn wir beispielsweise neben einem berühmten Zauberer wohnen und seit längerer Zeit hinter der Wand tödliche Stille herrscht, dann kann man diese zwar auf viele unterschiedliche Weisen erklären: Etwa damit, daß der Nachbar sich in Luft aufgelöst hat, daß er sich in eine Heftklammer verwandelt hat, daß er durch das Fenster zum Himmel auffuhr; wir werden jedoch eher dazu neigen, zu einer ganz banalen Erklärung Zuflucht zu nehmen: Daß er ganz einfach still und leise aus dem Haus gegangen ist. Und erst wenn es gelingt, diese Hypothese als fehlerhaft zu widerlegen, werden wir gezwungen sein, nach einer anderen, weniger banalen zu suchen.

Das sind die Positionen, von denen aus wir uns zu dem Treffen mit den Besuchern begeben.[1] Bei den Besuchen ist zu unterscheiden zwischen dem, was die Besucher in den Zonen zurückließen, und dem, wie sie es taten. Nach Ansicht von Doktor Pillman, der den allgemeinen Standpunkt der Fachleute repräsentiert, erwies sich die Kluft zwischen den Zivilisationen als allzu groß, als daß die Menschen allein imstande gewesen wären, sie zu überwinden; die andere Seite versagte ihnen jedoch ihre Unterstützung. Was die Besucher zurückließen, kann die Menschheit sich nur als Bruchstücke einer fremden, auf unverständliche Weise funktionierenden Technologie aneignen. Was die Art und Weise betrifft, wie die Besucher den Menschen die genannten Objekte überließen, so stellt sich uns die Auffassung Doktor Pillmans, die für die Erzählung zentral ist, denn sie wird schon als Titel auf dem Umschlag eingeführt, in Gestalt eines Gleichnisses dar. Die

Menschheit befand sich in der Lage von Tieren, die aus ihrem Versteck zu einem Wegrand oder auf eine Lichtung hervorgekrochen sind, auf der sich unfaßbare Geschöpfe aufgehalten haben, und in den Überresten eines Lagerplatzes herumstöbern. Dieses Gleichnis drückt die aufrichtigen Überzeugungen Pillmans aus, obgleich er in dem Gespräch mit Nunnan auch noch andere gängige Hypothesen über den Besuch aufzählt. Doktor Pillman ist nicht irgendeiner, denn schließlich erhielt er den Nobelpreis und entdeckte er den ›Pillman-Radianten‹. Er ist gleichzeitig ein Misanthrop, wie es sie unter hervorragenden Gelehrten nicht selten gibt. Solche Menschen empfinden stark die Zweideutigkeit ihrer gesellschaftlichen Rolle. Für die Zivilisation, die aus den Früchten ihre Denkens aufgebaut ist, sind sie unentbehrlich, doch werden sie gleichzeitig ziemlich rücksichtslos von ihr behandelt. Die Gelehrten, von den politischen Kräften ihrer Entdeckungen enteignet, werden zugleich von der öffentlichen Meinung für die Folgen solcher Enteignungen verantwortlich gemacht. Das Bewußtsein dieser Lage stimmt nicht versöhnlich. Es weckt entweder Empörung oder Zynismus; wer aber die Empörung nutzlos und den Zynismus abscheulich findet, versucht, sich wie ein Stoiker zu verhalten. Er hat sich angewöhnt, das kleinere Übel zu wählen, und wenn man ihn mit Fragen in die Enge zu treiben versucht, antwortet er ausweichend oder spöttisch. Genau das ist die Haltung Doktor Pillmans, eine im Grunde defensive Haltung, die er bei dem Interview eingenommen hat, mit dem die Erzählung beginnt.

Bei dem Gespräch mit Nunnan ist Pillman schon nicht mehr so boshaft einsilbig wie gegenüber dem Journalisten, denn er spricht unter vier Augen mit einem Bekannten, und zudem ist er schon ein bißchen angeheitert. Daher die Neigung zur Aufrichtigkeit. Daß Pillman, der in seinen Urteilen über den Besuch psychologisch treffend geschildert wird, dabei nicht unparteiisch ist, ist eine andere Sache. Das Bild von den Überresten eines Picknicks, dessen er sich bediente, mag sogar die Situation der Menschen gegenüber den Funden in der Zone richtig wiedergeben, ist aber gegenüber den Besuchern allzu nachsichtig. Die sogenannten Überreste, Objekte, die für jegliches Leben bedrohlich sind, wurden schließlich nicht an irgendeinem *verlassenen* Ort weggeworfen. Sie wurden mitten in eine Stadt hineingeworfen. Es ist ja bekannt, daß die gesamte städtische Bebauungsfläche nicht einmal ein Prozent der Erdoberfläche ausmacht. Deshalb ist, obwohl der Kosmos die Erde seit Jahrtausenden mit Meteoren ›bewirft‹, bislang noch kein Meteor auf eine Stadt gefallen. Es sieht deshalb so aus, als sei der Besuch in Harmont *nicht ein Werk des Zufalls*. Man könnte meinen, daß die Besucher in der Stadt landeten, weil es ihnen so gefiel. Sie veranstalteten ihr Picknick nicht an einem Wegesrand oder auf einer verlassenen Lichtung, sondern über den Köpfen der Menschen. Damit sieht die Sache anders aus. Es ist schließlich etwas anderes, ob man sich zum Picknick neben einem Ameisenhaufen niederläßt oder ob man diesen mit Öl aus dem Automotor überschüttet und ansteckt. Das Picknick am Wegesrand, dieses freundliche Bild Pillmans, setzt völlige Gleichgültigkeit gegenüber dem Schicksal der menschlichen Ameisen voraus. Das Bild einer bewußten Zerstörung setzt dagegen eine hohe Intensität bösen Willens voraus, denn man mußte sich wahrhaft von sehr weit herbemühen, um diesen Ameisenhaufen zu zerstören. Gleichgültigkeit und Böswilligkeit sind schließlich nicht dasselbe. Leider schweigt die Erzählung sich darüber aus, ob auch nur einer der übrigen Besuche in einer menschlichen Ansiedlung erfolgte. Wie wir sehen, geht es um eine kapitale Frage, eine Frage, die für die Erklärung des Verhältnisses der Besucher zu den Menschen entscheidend ist, und dazu noch eine Frage, die sicherlich allen Gestalten des Werkes bekannt ist. Ein Besuch in einer Stadt konnte das Werk eines außergewöhnlichen Zufalls sein. Zwei solcher Besuche mit Sicherheit nicht mehr. Wir sind also zu der folgenden Überlegung genötigt. Ein Picknick am *Rande* eines Weges wäre offenkundig ein falsches Bild, falls die Besucher außer in Harmont noch in einer anderen Stadt gelandet wären. Da Pillman aber diesen Vergleich gewählt hat, nehmen wir an, daß es sich um eine einmalige Tatsache handelt. Das ist für unsere weitere Überlegung sehr wichtig.

Doktor Pillman hat verschiedene Hypothesen über die Natur des Besuchs aufgezählt. Nur eine läßt er aus, die sich mit Macht aufdrängt. Wir wollen sie vorstellen, nachdem wir zunächst das für sie sprechende Beweismaterial zusammengetragen haben.

1. Zwei voneinander unabhängige Eigenschaften nahezu sämtlicher in den Zonen gefundener Objekte fallen ins Auge. Eine besteht darin, daß diese Gegenstände bestimmte Funktionsfähigkeiten bewahrt haben, daß sie also nicht passive, leblose, inaktivierte Abfälle oder Müll sind. Die zweite besteht darin, daß diese Objekte in ihrer Größe (und ihrem Gewicht) dem menschlichen Körper kommensurabel sind. Das ist daraus zu ersehen, daß ein Mann nahezu sämtliche Objekte auf dem eigenen Buckel aus der Zone herausschleppen kann, ohne sie vorher auseinandernehmen zu müssen. Nichts braucht dort aus größeren Einheiten herausgelöst oder abgebrochen zu werden – deshalb enthält die Ausrüstung der Schatzgräber keine Werkzeuge. Diese Objekte liegen locker verstreut. Wenn wir uns vorstellen, wir würden eine größere Zahl von industriellen Abfällen unserer Zivilisation (Autowracks, Industrieausrüstungen, Schrott, alte Brückenkonstruktionen, abgenutzte Maschinen) über den Samoa-Inseln abwerfen, dann würden die Eingeborenen sehr viel mehr Objekte finden, die ihrem Körper inkommensurabel sind, als solche, die zu ihrem Körper passen. Würden dagegen an einem beliebigen Ort lose verstreut besonders viele Dinge gefunden, die in ihrer Größenordnung dem menschlichen Körper entsprechen, so wäre die *a priori* wahrscheinliche Hypothese, daß die abgeladenen Dinge für den Finder *bestimmt* worden sind. Natürlich kann man immer behaupten, daß reiner Zufall dafür verantwortlich war, daß die in den Zonen gefundenen Objekte dem menschlichen Körper entsprechen. Anders sieht es jedoch aus, wenn viele ›reine Zufälle‹ sich zu einem bedeutungsvollen Muster zusammenzufügen beginnen.

2. Unter den zahlreichen Eigentümlichkeiten der Zone fällt auf, daß ihre Grenzen starr und scharf festgelegt sind. Weder Flugobjekte wie ein gewisser ›Flaum‹ noch sonstige Zonenphänomene (›Sülze‹, thermische Stöße usw.) gelangen jemals über die Demarkationslinie der Zone und ihre Umgebung hinaus. Hier könnte man wiederum behaupten, diese ›Zurückhaltung‹ der Zone, die sich selbst feste Grenzen setzt, sei das Werk eines weiteren ›reinen Zufalls‹. A priori wird jedoch die Hypothese wahrscheinlicher sein, daß dies nicht der Fall ist, sondern daß

die Zone ›sich im Zaum hält‹, weil sie etwas enthält, was ihr nach Plan und Absicht der Besucher eine solche Geschlossenheit verleiht.

3. Sämtliche Objekte in den Zonen liegen chaotisch verstreut. Gerade das hat Doktor Pillman wohl auf den Gedanken an ein Picknick am Wegesrand gebracht, bei dem Abfälle zurückbleiben. Tatsächlich sieht es so aus, als seien diese Dinge achtlos fortgeworfen worden. Aber man kann auch die Ansicht vertreten, daß niemand sie fortgeworfen hat, sondern daß sie sich chaotisch verstreuten, als die Behälter, in denen sie herangeführt wurden, zerplatzten.

4. Die Objekte in den Zonen haben häufig den Charakter von überaus gefährlichen Fallen oder Hinterhalten. Bomben und Minen unschädlich zu machen ist, verglichen mit ihnen, ein reines Kinderspiel. Wiederum kann man nicht ausschließen, daß sie von den Besuchern, denen das Schicksal der Menschen gleichgültig war, achtlos fortgeworfen wurden, oder auch die andere Möglichkeit, daß die Besucher die Menschen so behandelten, wie ein Meuchelmörder Kinder behandelt, wenn er in einem Kindergarten vergiftete Bonbons ausstreut. Zulässig ist jedoch noch eine andere Erklärung: Daß jene Objekte nicht so funktionieren, wie sie sollen, weil sie bei der Landung beschädigt wurden.

5. Auffällig unter den in den Zonen wirksamen Kräften sind solche, die einen ›Effekt der Auferstehung aus den Gräbern‹ hervorrufen. Menschliche Leichen erheben sich unter ihrem Einfluß und beginnen zu laufen. Es handelt sich dabei nicht um eine Auferstehung Gestorbener, durch welche diese wieder in ihren normalen Lebenszustand zurückversetzt werden, sondern um ›ausgestopfte Skelettrekonstuktionen‹, wie es in der Erzählung heißt, wobei die neu entstandenen Gewebe nicht mit dem gewöhnlichen lebendigen Gewebe identisch sind. Ich zitiere Pillman: »Trennt man ihnen (diesen lebenden Leichen; S. L.) ein Körperteil ab, so lebt es trotzdem weiter. Separat für sich. Ohne jede physiologische Lösung.« (Doktor Pillman behauptet, durch eine solche Quasi-Auferstehung würde der

Zweite Hauptsatz der Thermodynamik verletzt; dies ist nicht eine notwendige Schlußfolgerung, aber wir wollen uns hier nicht mit dem Gelehrten streiten, weil uns das zu weit führen würde.) Die ›Pseudo-Resurrektions‹wirkung ist ein Effekt, der für das Verständnis des Wesens des Besuches sehr wichtig ist. A priori scheint die ›Resurrektion‹ eher ein Effekt von *gezielten* als von *ungezielten* Wirkungen zu sein. Das heißt, daß es sicherlich leichter ist, bestimmte, *konkrete* Lebensformen (z. B. die irdischen, aus Eiweiß bestehenden Lebensformen) wieder auferstehen zu lassen als *alle erdenklichen* Lebensformen im Kosmos. Wir wissen nicht, ob das stimmt. Wir wissen ebenfalls nicht, ob der Effekt nicht ausschließlich auf die Besucher selbst ausgerichtet war (er mochte ein ›Mittel aus ihrer Reiseapotheke‹ sein). Doch ob es so oder anders war, der ›Resurrektions‹effekt legt nahe, daß die Besucher vieles über die Physiologie des irdischen Lebens wußten.

Damit haben wir das Beweismaterial für unsere Hypothese zusammen. Wir behaupten, daß es überhaupt keinen Besuch gegeben hat. Unsere Hypothese lautet allerdings anders. In die Nähe der Erde gelangte ein Raumschiff, gefüllt mit Behältern, die Proben von Erzeugnissen einer hohen Zivilisation enthielten. Es war nicht ein bemanntes Schiff, sondern eine Art automatisch gesteuerter Sonde. Das erklärt am einfachsten, warum es nicht gelungen ist, einen einzigen Besucher zu beobachten. Jede andere Hypothese muß ja annehmen, daß die Besucher entweder für die Menschen unsichtbar sind oder sich absichtlich vor ihnen verbergen. Das Fahrzeug erlitt während der Annäherung an die Erde eine Havarie und löste sich in sechs Teile auf, die nacheinander aus ihrer Bahn auf die Erde stürzten. Das Gesagte scheint dem von Doktor Pillman entdeckten und nach ihm benannten Radianten zu widersprechen, der angeblich eine Bestätigung dafür liefert, daß jemand sechsmal vom Stern Alfa des Sternbildes Schwan auf die Erde schoß. Zwischen unserer Konzeption und dem Radianten besteht jedoch kein Widerspruch. Der Ausdruck Radiant bezeichnet in der Astronomie einen *scheinbaren* Ort an der Himmelskuppel, von dem aus sich ein bestimmter Schwarm von Meteoren nähert. Die Festlegung eines Radianten ist in der Astronomie durchaus nicht gleichbedeutend mit der Festlegung des Ortes, von dem die Meteore tatsächlich ausgehen. Sie mögen sich auf einer elliptischen oder parabolischen Bahn nähern; der Radiant ist eine Tangente, die ein irdischer Beobachter an eine solche Kurve anlegt und nach rückwärts (in der dem Fall der Meteore entgegengesetzten Richtung) bis zu jenem Ort an der Himmelskuppel verlängert, wo sich ein bestimmter Sternhaufen befindet. Wenn man also Meteore nach ihrem Radianten benennt, so heißt das durchaus nicht, daß sie tatsächlich aus jenem Sternhaufen heranfliegen, nach dem die Astronomen sie benannt haben. Folglich verrät uns auch der Pillman-Radiant überhaupt nichts darüber, ob das, was in den Zonen niederging, tatsächlich von dem Hauptstern des Sternbildes Schwan ausgeschickt wurde. Darüber, woher die sechs Flugkörper oder Sonden kamen, kann uns der Pillman-Radiant nichts sagen, wenn auch die Erzählung gerade diesen Eindruck hervorruft. Es ist ein falscher Eindruck, hervorgerufen durch die nicht hinreichend präzise Ausdrucksweise Doktor Pillmans, als er eingangs die Fragen des Journalisten beantwortete. Davon, daß das, was hier eintraf, tatsächlich direkt von Alfa Cygni zur Erde flog, kann nicht die Rede sein. Die Überwindung einer solchen Distanz auf einem ideal ›starren‹ Kurs grenzt an eine raumfliegerische Unmöglichkeit, denn unterwegs müssen unzählige (vor allem gravitative) Einflüsse störend die Flugbahn beeinflussen. Zudem läßt sich mathematisch beweisen, daß die Kurve, die auf der Oberfläche einer Kugel entsteht, wenn sechsmal auf sie geschossen wird (wobei die Kugel sich, wie die Erde, dreht), nicht zu unterscheiden ist von einer Kurve, die durch die *Projektion* eines Teils einer Orbitaltrajektorie auf die Oberfläche der Kugel entsteht. Pillman schließt die Hypothese eines sechsfachen Absturzes von Bruchstücken eines auseinandergefallenen Raumschiffs überhaupt nicht aus. Wenn man den Radianten eines Meteors und seine Endgeschwindigkeit kennt, kann man die Bahn, auf der er sich tatsächlich genähert hat, berechnen, weil ein Meteor als ein unlenkbarer Körper, der den Gesetzen der Himmelsmechanik unterliegt, seinen Kurs nicht beliebig ändern kann. Wenn man den Radianten eines Raumschiffs kennt, kann man über seine Herkunft, seinen Kurs, seine Reisegeschwindigkeit usw. nichts herausbekommen, weil es sich um einen lenkbaren Körper mit Triebwerken handelt, der folglich vor der Landung beliebige Manöver, Kurskorrekturen, Änderungen seiner Reisegeschwindigkeit usw. ausführen kann. Kurz, aus dem sogenannten Pillman-Radianten folgt nichts, was für irgendeine der Hypothesen über den Besuch sprechen würde.

Natürlich wissen wir nicht mit Sicherheit, ob das Raumschiff tatsächlich einer Katastrophe zum Opfer fiel. Die Annahme dieser Hypothese erklärt jedoch alles, was sich ereignet hat, und zwar auf einfachste Weise. Warum sollte man eigentlich nicht annehmen, daß die Landung fehlgeschlagen ist? Die Annahme, daß die Ungewöhnlichkeit der Dinge aus der Zone als ein Beweis der hochgradigen Kunst der Besucher eine Havarie ihres Schiffes ausschließt, wäre eine logisch falsche Schlußfolgerung. Die Vollkommenheit der Besucher, in deren Folge es mit Sicherheit nicht zu einer Havarie ihres Schiffes kommen konnte, ist weder eine Tatsache, noch ist sie auch nur eine rational begründbare Hypothese, sondern schlicht ein Glaubensartikel. Vollkommen bis hin zur Unfehlbarkeit sind unseres Erachtens lediglich solche Wesen, mit denen sich die Theologie befaßt. Wir meinen, daß es keine unfehlbaren Techniken gibt. Wir behaupten auch nicht, daß es mit Sicherheit zu einer Havarie gekommen ist, sondern lediglich, daß sich mit der Havarie auf einen Schlag alles, was eingetreten ist, durch eine einzige, gemeinsame Ursache erklären läßt. Ohnehin machen die Tatsachen, die wir unter dem ersten Punkt erwähnten, die Mutmaßung wahrscheinlich, daß jemand Behälter mit Proben einer Technologie in Richtung auf die Erde geschickt hat. Die unter dem zweiten Punkt genannte Tatsache erhöht die Wahrscheinlichkeit der ersteren. Da nämlich die Absender nicht hundertprozentig sicher sein konnten, daß ihrem Raumschiff bei der Landung keine Katastrophe widerfahren würde, müssen sie wenigstens von vornherein für eine Minimierung ihrer Folgen gesorgt haben, und zwar dadurch, daß sie eine *Sicherungsvorrichtung* an Bord unterbrachten, die es den Wirkungen der Katastrophe nicht erlaubte, sich auszubreiten, sondern diese nahezu hermetisch an einem Ort einsperrte. Das muß natürlich eine Vorrichtung gewesen sein, welche die Folgen der Katastrophe zu überstehen vermochte. Irgendwie hat sie sie überstanden. Die unter Punkt 3 erwähnte

Tatsache erhöht die Wahrscheinlichkeit dafür, daß es zu einer Havarie gekommen ist, denn nichts ist natürlicher als ein *chaotisches Zerstieben* des Inhalts von Behältern, wenn diese mit Macht auf die Erde gestürzt sind. Auch die unter Punkt 4 angeführte Tatsache wird als eine Folge der gleichen Ursache verständlich. Nicht nur die Behälter zerplatzten von dem Aufprall, sondern *auch* das meiste von ihrem Inhalt erfuhr verschiedenartige Beschädigungen. Es vollzog sich so, als ob jemand über den Samoa-Inseln an Fallschirmen Behälter mit Lebensmitteln, Medikamenten, Insektenvertilgungsmitteln usw. abgeworfen hätte, doch infolge eines Defekts verwickelten sich die Fallschirme, stürzten ab, die Behälter platzten, mit der Folge, daß die Schokolade voll von Hexachlorophen und die Lebkuchen voll mit Brechmitteln sind usw. Es könnte sein, daß die Samoaner denken, jemand habe einen sehr bösen Anschlag auf sie verübt, doch an ihrer Stelle dürfen die Gelehrten nicht so denken. Wir meinen also, daß sich in dem gefährlichen Charakter der kosmischen Geschenke nicht eine Absicht der ›Anderen‹ äußert, denn es ist nicht so, daß sie uns zum Vergnügen mit tödlichem Abfall bewarfen, sondern vielmehr so, daß ein unglücklicher Zufall – der Defekt ihres Raumschiffs – ihre wohldurchdachte Sendung in Schrott verwandelte. (Wir wollen hier nicht auf nähere Einzelheiten unserer Hypothese eingehen; sie könnten ungefähr so aussehen: Da jenes Schiff keine Spur hinterlassen hat, sollte es sicherlich nicht selbst landen, sondern lediglich eben den Abwurf der Container durchführen; die Container wiederum mußten nicht unbedingt die Gestalt materieller Gefäße haben, sondern konnten in ›Päckchen von Dingen‹ bestehen, die durch eine Art von Kraftfeld zusammengehalten wurden; diese ›Verpackung‹ versagte im entscheidenden Augenblick, und der Inhalt der ›Päckchen‹ hagelte auf die Erde nieder.) Die Autoren der Erzählung könnten uns sagen, daß die Hypothese der ›Proben‹ in dem Buch ebenfalls berücksichtigt wurde; schließlich erwähnte Doktor Pillman in dem Gespräch mit Nunnan die Möglichkeit, »eine uns unbekannte hochentwickelte Zivilisation habe einen Container mit Mustern ihrer materiellen Errungenschaften zu uns gesandt und erwarte nun, daß wir diese Muster studieren, einen technischen Sprung zuwege bringen und ihnen durch ein Antwortsignal unsere Bereitschaft zum Kontakt ausdrücken«. Diese Version, die allerdings die Möglichkeit, daß die Sendungen in einem verhängnisvoll beschädigten Zustand ankommen, nicht zuläßt, wird jedoch in der Erzählung durch einen ironischen Unterton aufs Äußerste diskreditiert. Wie denn – sollten Objekte, die gefährlicher sind als Bomben, an unbekannte Empfänger als *Geschenke* versandt werden, die zur Aufnahme von Kontakten einladen? Das wäre so, als würden wir jemandem eine Einladung zum Ball schicken und an den Umschlag eine Ladung anbringen, die ihm beim Öffnen des Briefes ins Gesicht platzt. In der Darstellung der Erzählung ist dies also die Hypothese, die sich im Licht der makabren Eigenschaften der Zone selbst kompromittiert.

Die Hypothese der Havarie dagegen, die die Ereignisse auf völlig natürliche Weise erklärt, rehabilitiert darüber hinaus mit einem Schlage die ›Anderen‹ als Absender wie auch die Menschen als Empfänger eines Danaergeschenkes von den Sternen. Die Absender insofern, als sie sich nichts zuschulden kommen ließen, sondern sogar, wie es sich gehörte, die schlimmste Möglichkeit vorhersahen und die Sendung mit einer *Sicherung* versahen, dank derer jegliche Aktivität der Zone wie abgeschnitten an einer bestimmten Stelle endet. Diese Eigentümlichkeit der Zone erklärt sich am einfachsten mit der Umsichtigkeit der Absender, die, da sie nicht jegliche Möglichkeit eines Unfalls verhindern konnten, dafür Sorge trugen, daß dessen Folgen sich in Grenzen hielten. Die Hypothese der Havarie rehabilitiert ebenfalls die Menschen, insbesondere die Gelehrten, denn deren Ratlosigkeit gegenüber dem Geschenk wird um so verständlicher, als sie zusätzliche Schwierigkeiten zu überwinden haben, weil sie nicht wissen, was an den Gegenständen aus der Zone eine vom Ingenieur beabsichtigte Eigenschaft und was eine Folge der durch die Katastrophe hervorgerufenen Beschädigung ist.

Man braucht nicht viele Worte zu verschwenden, um zu erklären, warum die Autoren unsere Version des Besuchs mit Schweigen übergingen. Sie konnte ihnen nicht gefallen, weil sie dem Werk seine bedrohliche und zugleich geheimnisvolle Aussage nimmt. Doch gerade in diesem Verschweigen der Möglichkeit einer Havarie steckt ihr Fehler. Wir verstehen sehr wohl, um was es ging. Bei der Begegnung der Zivilisationen sollten beide Seiten diskreditiert werden. Die Menschen verstehen ein Geschenk nicht anders als auf niederträchtige oder selbstzerstörerische Weise zu nutzen, weil sie eben so sind, und die Absender bewiesen ihnen gegenüber eine mörderische Gleichgültigkeit, weil die hohe Intelligenz sich um die niedrige nicht schert. Eine so extreme Version des Invasionsthemas hätte *ebenfalls* ihre belletristische Darstellung verdient, um so mehr, als sie alles, was die *Science-fiction* bislang in dieser Hinsicht geschaffen hat, übertrifft. Dann aber hätte die Erzählung unsere Hypothese vom *beschädigten Geschenk* vorwegnehmen müssen, um sie von vornherein zu Fall zu bringen, das heißt unglaubwürdig zu machen. Das Verschweigen, mit dem jene Version hinwegeskamotiert werden sollte, war dagegen eine schriftstellerisch verkehrte Taktik.

Aus dem Gesagten ergeben sich Folgerungen allgemeiner Natur hinsichtlich der optimalen Strategie beim Invasionsthema.[2] Wenn man die Strategie der Wahrung des Geheimnisses betreibt, müssen zwei Bedingungen genau erfüllt sein. Zunächst darf der Autor im Leser nicht den Verdacht wecken, er verberge absichtlich gewisse Tatsachen vor ihm, Tatsachen, die den Helden der Erzählung bekannt sind (es muß ja wohl allen Helden des *Picknicks* bekannt sein, ob abgesehen von Harmont noch eine weitere Zone auf dem Gebiet einer Stadt liegt). Der Leser muß die Überzeugung behalten, daß das, was der Autor ihm mitteilt, bis an die Grenzen des Möglichen erschöpfend ist. Das Geheimnis wird dann durch den Verlauf und das Bild der geschilderten Ereignisse selbst verhüllt, die gleichsam eine undurchdringliche Maske darstellen, hinter die kein Mensch blicken kann. Außerdem läßt sich dieser Effekt nur durch eine sehr präzise Abwägung der Fakten erzielen. Sie dürfen sich weder allzu eindeutig zusammendrängen noch dürfen sie einer allzu chaotischen Zerstreuung unterliegen. Ihre Aussage muß in der Schwebe bleiben, gleichsam am Scheidewege zwischen verschiedenen Alternativen, ohne sich definitiv zu irgendeiner Seite zu neigen.

Nun haben unsere hervorragenden Autoren am Ende der Erzählung in der Anschwärzung der Besucher des Guten zu viel getan. Daß die goldene Kugel Wünsche erfüllen soll, ist natürlich eine naive Angabe, eine jener volkstümlichen Legenden, die im Gefolge des Besuchs entstanden. Den Autoren war klar, daß sie aus dieser Kugel keine Höllenmaschine machen durften, denn das wäre eine Übertreibung gewesen, die den Sinn des Werkes verändert hätte, denn sie hätte den düsteren, aber doch zweideutigen Charakter der Zone in die Eindeutigkeit einer bewußt den Menschen gestellten Falle verwandelt. Also machten sie aus der Kugel ein gleichsam neutrales Objekt und ließen nicht in ihr, sondern gleich daneben den Tod lauern, in einem (ich zitiere) »durchsichtigen Nichts, das sich im Schatten des Baggergreifers verborgen hielt«, einem Nichts, das Arthur vor den Augen Reds erwürgt. Vergleicht man jedoch die erste Expedition, die Red (zusammen mit Panow) in die Zone unternimmt, mit der letzten (die zusammen mit Arthur zur goldenen Kugel führt), so erkennt man, daß dieses letztere Abenteuer die Struktur eines ›schwarzen Märchens‹ hat. Diese Märchenhaftigkeit ist unschwer zu erkennen: Die Helden müssen, nach dem begehrten Schatz strebend, unterwegs verschiedene gefährliche und schreckliche Hindernisse überwinden, wie ein tapferer Ritter, der dem Wasser des Lebens oder einem Zauberring nachstrebt, und außerdem weiß Red, daß den Zugang zur goldenen Kugel ein geheimnisvoller ›Fleischwolf‹ verwehrt, den man ›sättigen‹ muß, indem man ihm ein menschliches Opfer bringt. So läßt er denn Arthur als ersten zu der Kugel laufen – und tatsächlich kommt Arthur vor seinen Augen ums Leben, als würde er augenblicklich durch seinen Tod den bösen Zauber zunichte machen, wodurch Red dann wiederum zur goldenen Kugel gelangt. Die Autoren brechen an dieser Stelle die Erzählung ab und setzen das Wort ›Ende‹ darunter, doch ist das eine Ausflucht, die die Gestalt der Dinge nur abschwächt, aber nicht ändert.

Die Autoren – ich habe diesen Punkt mit ihnen besprochen – behaupten, die Konvergenz zwischen dem märchenhaften Motiv und der Bedrohung durch die goldene Kugel entstehe lediglich in den Augen der Menschen, als ein Werk des Zufalls und der menschlichen Phantasie. Man darf jedoch, wie wir schon sagten, nicht allzu viele ›Zufälle‹ arrangieren, die sämtlich in eine und dieselbe Richtung weisen. Es wird dann nämlich unglaubhaft, daß sie zufällig entstanden sind. Die letzte Expedition in die Zone fällt aus den Gattungseigenschaften der *Science-fiction* heraus. Der realistische Rahmen der Ereignisse verkehrt sich in einen märchenhaften[3], denn die aufeinanderfolgenden ›Zufälle‹ decken sich mit dem von uns erwähnten Stereotyp der Fahrt nach dem verwunschenen Schatz, obwohl sie sich mit *keinem* Stereotyp decken dürften. Das Geheimnis wird nicht konsequent bis zum Ende gewahrt, es schimmert hinter ihm die Wahrheit durch, denn wir ahnen schon, wer die Besucher sind: Es sind wiederum *Ungeheuer*, wenn auch in einer unsichtbaren Ausgabe. Die Autoren versuchen, den Leser von diesem Gedanken, der sich geradezu aufdrängt, abzulenken, indem sie beispielsweise betonen, daß die goldene Kugel dort, wo sie liegt, den Eindruck erweckt, als habe ein unbekannter Gigant sie zufällig verloren, doch ist das nicht die richtige Taktik. Nicht der *Kommentar der Autoren* darf uns von der sich strukturell aufdrängenden Lösung abbringen, sondern die *Ereignisse selbst* in ihrem objektiven Verlauf. So verdirbt also die stellenweise schwerfällige Wirkung des Epilogs den hervorragenden Gesamteindruck des Buches.

Max Frisch versetzte in seinem Roman *Homo faber* den Mythos des Ödipus in unsere zeitgenössische Wirklichkeit, denn der Vater geht mit seiner Tochter ebenso unwissend eine blutschänderische Beziehung ein wie Ödipus, als er seine Mutter besaß. Frisch arrangierte die Ereignisse des Romans so, daß alle eine ganz normale, realistische Wahrscheinlichkeit besaßen und als Ganzes zugleich strukturell dem Ödipus-Mythos entsprachen. Der Unterschied zwischen der Ähnlichkeit des *Homo faber* mit dem Mythos und der Ähnlichkeit des *Picknicks* mit dem Märchen besteht nur darin, daß es Frisch um die erzeugte Ähnlichkeit ging, während die Strugatzkis sie durchaus nicht wollten. Eben deshalb sage ich, daß sie ›des Guten zuviel taten‹, denn nur Zurückhaltung beim Arrangieren der Ereignisse hätte das Ende der Erzählung vor unerwünschten Assoziationen mit der Handlung und dadurch mit dem Sinn eines Märchens bewahren können. Das Geheimnis im *Picknick* zu bewahren, hätte dem Theologen keine Schwierigkeiten bereitet, denn er darf mit Widersprüchen operieren. Doch da die Wissenschaft ein solches Recht nicht besitzt, wird es wohl keine Übertreibung sein, wenn ich sage, daß die Mühen eines phantastischen Schriftstellers, der auf der Seite der Wissenschaft steht, gemeinhin größer sind als die Schwierigkeiten eines Theologen, der Gott in der Vollkommenheit seines Wesens bestätigt...

Anmerkungen

1 Unsere ganze Darlegung, welche das Rätsel des Besuchs in der Erzählung neu interpretiert, mag als Absonderlichkeit einer allzu weit getriebenen Pedanterie erscheinen, und zwar um so mehr, als wir schließlich nicht ein reales Ereignis, sondern eine literarische Fiktion analysieren. Die vollwertige *wissenschaftliche* Phantastik zeichnet sich jedoch gerade dadurch aus, daß man die von ihr beschriebenen Ereignisse und deren rationale Darstellung den gleichen Kohärenzprüfungen unterwerfen kann wie Erscheinungen, die sich in der außerliterarischen Wirklichkeit abspielen. Ein solches Werk darf von einer fiktiven, selbst von einer äußerst fiktiven Voraussetzung ausgehen. Diese Berechtigung gilt jedoch nur als eine *einleitende licentia poetica*, die innerhalb der Erzählung selbst ihre Gültigkeit verliert. Das bedeutet, daß der Erzähler sich nicht während der Erzählung weiterhelfen darf, indem er *ad hoc* beliebige Dinge oder Phänomene erfindet. Mit solchen *ad-hoc*-Erfindungen darf das Märchen operieren, das überhaupt nicht verpflichtet ist, die in ihm dargestellten Wunderlichkeiten logisch oder empirisch zu erklären. Eine *Science-fiction*, welche sich diese Berechtigung des Märchens zu eigen macht, verläßt den Bereich der realen Welt und geht zu Positionen der Märchenwelt über, in der alles, was erdacht und gesagt wird, allein dadurch schon möglich wird und vom Leser unangefochten für bare Münze genommen werden muß. Wenn also mit einem Wort die *Tatsachen* in der wissenschaftlichen Phantastik fiktiv sein dürfen, so darf die *Art und Weise*, in der die Wissenschaft innerhalb der Erzählung jene Tatsachen interpretiert, nicht fiktiv sein. Die wissenschaftlichen Theorien ändern sich ja; was sich aber nicht ändert, ist die für die Wissenschaft charakteristische *Erkenntnismethode*, und gerade sie diktiert der wissenschaftlichen Phantastik einen bestimmten Typus der Hypothesenbildung. Unsere Streitschrift ist folglich ein Beispiel für das in der Kritik von Werken der *Science-fiction* typische Vorgehen und läßt sich *mutatis mutandis* auf jedes Werk anwenden, das die Hauptkriterien dieser Gattung erfüllt.

2 Wir stellen die Hypothese der Havarie in ihrer einfachsten, was nicht heißt: ihrer wahrscheinlichsten Version vor. So könnte beispielsweise ein unbemanntes Raumschiff mit Containern ohne einen bestimmten Adressaten losgeschickt worden sein, mit Sensoren ausgestattet, die den ›zu beschenkenden‹ Planeten nach von vornherein festgelegten Parametern erkennen würden (etwa anhand seiner Durchschnittstemperatur, der Zusammensetzung der Atmosphäre, namentlich des Vorhandenseins von freiem Sauerstoff und Wasser, der eine Ökosphäre begünstigenden Sonnenumlaufbahn usw.). Ein solches Fahrzeug könnte sich dann, automatisch gesteuert, zu Erkundungszwecken verschiede-

nen Sternen nähern. Weil es jedoch physisch unmöglich ist, technische Produkte so herzustellen, daß sie eine beliebig lange Reise (die sogar Millionen Erdenjahre zählen kann) ohne Schaden überstehen, müßte ein solches Fahrzeug mit Einrichtungen versehen sein, die seinen Inhalt automatisch zerstören, wenn er ›technisch veraltet‹. Ein solches Fahrzeug konnte ins Sonnensystem eingetreten sein, als die ›Überalterung‹ der mitgeführten Artikel nahe an der Grenze der Selbstzerstörung war. Schließlich konnte es auch so sein, daß diese Selbstzerstörung nicht nur deshalb erfolgte, weil die Überwachungssysteme des Fahrzeugs die Erde entdeckten und den ›teilweise bereits schadhaften‹ Inhalt der Behälter auf ihr ausstreuten. Der Grad der Beschädigung einzelner Systeme der Überwachung, Steuerung und Kontrolle läßt sich nämlich für *beliebige* Apparaturen nur probabilistisch (statistisch) bestimmen, und vollkommen sicher ist nur, daß mit zunehmendem Zeitverlauf die Wahrscheinlichkeit des Auftretens von Beschädigungen in den Programmen und in ihren ausführenden Systemen wächst. Daran möchte ich nämlich festhalten: Je komplizierter ein Gerät, um so unausweichlicher sind im Laufe der Zeit seine Defekte, und dabei handelt es sich um eine universale Gesetzmäßigkeit, die von der, wo auch immer und wie auch immer, im Kosmos realisierten Art der Technologie unabhängig ist. Deshalb muß die Wissenschaft von den ›Anderen‹, die von den Autoren als Xenologie bezeichnet wird, diesen statistisch-zufälligen Aspekt der interzivilisatorischen Kontakte als einen Aspekt, der für die Interpretation jeglicher Besuche sehr wesentlich ist, berücksichtigen.

3 Wie weit die Autoren in der Struktur des Epilogs dem strukturellen Muster des Märchens gefolgt sind, geht beispielsweise aus einer Passage hervor, in der von ›schwarzen, verkrümmten Eiszapfen oder besser dicken Wachskerzen‹ die Rede ist. Es sind das die Überreste von Menschen, welche die goldene Kugel getötet hat, also von Vorgängern von Red und Arthur auf der Fahrt nach dem verwunschenen Schatz. In den Märchen liegen solche Überreste – die Gebeine von Draufgängern, die kein Glück hatten – gewöhnlich am Eingang der Höhle des Drachens, um den gläsernen Berg herum usw.

Nachwort
zu *Zweimal Weltuntergang* von Antoni Słonimski

Ich vermag nicht genau zu sagen, wann Słonimski dieses Buch geschrieben hat, obwohl dies für mein Urteil von Bedeutung wäre. Ich habe es zweimal gelesen, zum ersten Male wohl im Jahre 1936 in *Wiadomości Literackie,* wo es in Fortsetzungen abgedruckt wurde, und in der Ausgabe bei Przeworski, von der ich bis vor kurzem keine Ahnung hatte, da ich annahm, daß der Kriegsausbruch die Buchausgabe vereitelt hätte. Es entstand jedenfalls nach der Machtergreifung Hitlers und vor dem Anschluß Österreichs. Słonimski hat den Roman allem Anschein nach hastig niedergeschrieben. Es ist ersichtlich, daß er die bereits heraufziehende Gefahr erkannte, doch nicht als eine Kassandra, zu der er wider Willen geworden ist, da er zunächst sozusagen die Idee einer höheren Rasse, die Beherrschung der Welt durch sie, mit Hilfe einer dieser Torheiten ad absurdum führenden, vergrößernden Karikatur verspotten wollte. Denn es waren außergewöhnlich primitive Dummheiten, und wir nennen sie nicht beim Namen wegen des Ruinenmeeres und der Leichenberge, deren es bedurfte, um sie aufzuhalten und zu Fall zu bringen. Słonimski schaffte es jedoch, diesen Roman zu einer Zeit zu vollenden, da man die Massenmorde aus deutscher Staatsräson noch als makabren Scherz abtun konnte. Den Begriff des Genozids als politisches Programm sozusagen gab es noch nicht. Słonimski hatte bissigen Spott im Sinne, keine Prophezeiung, ohne zu ahnen, daß er sich der grauenhaften Wahrheit um so mehr nähern würde, je weiter er in der grotesken Übertreibung ging, je verantwortungsloser er würde und je mehr menschliche Unzurechnungsfähigkeit und technische Phantasmagorie er in den Text einführte. Dessen bin ich mir sicher, denn anhand meiner eigenen Bücher konnte ich mich überzeugen, daß nur mit Hilfe hemmungsloser Possenreißerei, mit primitiver, der Vernunft hohnsprechender Betrachtungsweise von Politik und Wissenschaft als derjenigen Kräfte, die die Menschenmassen in die Zukunft treiben, die Umrisse dieser Zukunft zu erkennen sind. Słonimski konnte sich eine totale, bitterernste Misanthropie kaum leisten – und ich kann es übrigens auch nicht. Rettung vor einer solchen Haltung bot nur die Methode Swifts, der die Menschheit wie sie ist verwünscht, und zwar eben im Namen dieser besseren Zukunft, wie sie sein *sollte*. Das ist die Methode der phantastischen Verhöhnung, denn sie zeigt das Jüngste Gericht als Karneval und läßt das Grauen im Lachen ertrinken. Der Verstand, der sich aus Selbsterhaltungstrieb dagegen wehrt, muß zur Kenntnis nehmen, von wem und warum sich die Völker beherrschen lassen, will das in der Maske des Fortschritts auftretende Böse nicht als Regel der neueren Geschichte akzeptieren. Das Lachen, als licentia poetica, das von dem Zwang, die Phantasie ernst zu nehmen, am wirksamsten befreit, erweist sich als jener Kurzschluß, als jenes Querfeldeinrennen, durch das man am leichtesten zum Futurologen wider Willen werden kann.

Die Handlung des Romans stellt sich ganz einfach dar, wie eine mit wenigen Strichen hingeworfene Karikatur. Ein gewisser Retlich, ein geistig beschränkter Fanatiker seiner eigenen Ideen von der Ausrottung der Menschheit, der in den Ruinen der Zivilisation eine neue, vollkommene Rasse züchten will, vernichtet mit Hilfe ›blauer Strahlen‹ das Leben auf der Erde, mit Ausnahme seiner Anhängerschar und der kasernierten Lappländertruppen, die er als Keim für die zukünftige Menschheit ausersehen hat, da sie weder vom Bazillus der Kultur noch von dem der Kunst infiziert sind. Die Agonie der Welt wird mit grausamer Komik geschildert: Sobald Retlich bewiesen hat, daß seine Drohungen keine leeren Prahlereien sind, legen die Mächtigen dieser Welt – als er als Gegenleistung für den Aufschub des Weltunterganges verlangt, daß ihm ein bestimmter Mensch ausgeliefert werde, an dem er aus nicht näher bezeichneten persönlichen Gründen Rache üben will – die ehrwürdige moralische Standfestigkeit wie eine alte Hose ab und führen ihm eine Menge Menschen zu, die sie für diesen richtigen ausgeben, der nicht zu finden ist. Dieser Zusammenbruch von Gesetz, Sitte und Kultur, die sich als Schein erweisen, wird einige Jahre später zum Modell der den Menschen entmenschlichenden Methoden des Konzentrationslagers. Doch konnte der Spott, der dieses Modell herbeizauberte, davon noch nichts ahnen. Die Welt geht zugrunde, am Leben bleiben lediglich ein paar Gestrandete, die sich durch puren Zufall gerettet haben: Ein Gemisch aus Thallium und Asbest schirmte die ›blauen Strahlen‹ ab, wovon selbst Retlich keine Ahnung hatte. All das spielt sich unter anderem in Warschau ab, wo ein gewisser Henryk Szwalba am Leben bleibt, ein Liebhaber Shakespeares, ›mosaischen Bekenntnisses‹ und Buchhändlergehilfe, sowie Chomiak, ein Maurergeselle und Trunkenbold, der zum Freitag des Warschauer Robinsons wird. Als er ihre Wanderungen durchs tote Warschau beschrieb, ließ es sich Słonimski wohl nicht träumen, daß er die Stadt so darstellte, wie sie in neun Jahren aussehen sollte.

Ein anderes Pärchen der Handlung sind Professor Pankhurst, der in England zusammen mit seiner heimlich in ihn verliebten Assistentin Fräulein Walker dem Geheimnis der ›blauen Strahlen‹ und der rettenden Wirkung des Asbestes auf die Spur kommt. Zwei Untergebene Retlichs, die von ihm mit der gründlichen Vernichtung der menschenleeren Städte und aller Errungenschaften von Kunst und Kultur beauftragt worden sind, damit die zukünftigen Erben des Planeten, die Lappländer, nicht diesen fatalen Einflüssen erliegen, finden während der Luftbombardements den Professor und seine Assistentin sowie Zina, ein zufällig gerettetes Zigeunermädchen. Nach ihrer Überstellung in das Hauptquartier Retlichs werden sie in eine Art Konzentrationslager gesteckt, vornehmlich deswegen, damit sich Retlich genüßlich und ausgiebig an den Qualen des Professors weiden kann.

Mittlerweile werden Yar, der Anführer der lappländischen Kohorte und Untergebene Retlichs, sowie seine in eiserner, kulturell steriler Disziplin gehaltenen Stammesangehörigen von der kleinen Zigeunerin zur Rebellion angestiftet, indem sie sie betört und ihren einfachen Seelen mit einer Tanzvorführung einen ungewöhnlichen Zauber einflößt. Der Bazillus der Kunst in jener kindlichen, unbewußten Zigeunerform verleitet die bisher straff gehorsamen Lappländer zur Disziplinlosigkeit: Sie lassen sich Zina nicht wegnehmen. Es kommt zum Zusammenstoß mit den Anhängern Retlichs, in denen wir heute die Merkmale der entsetzlichen Paladine des Hitlerschen ›Hofes‹ erkennen können, nicht in dem Sinne, daß sie an konkrete Personen wie Kaltenbrunner, Heß oder Göring erinnern, sondern in dem viel wichtigeren Sinne, daß Słonimski, da er verspotten und nicht porträtieren will, wieder unwillkürlich zeigte (da er auf Parodie aus war, kam er der Wirklichkeit nahe), welcher Menschenschlag im Totalitarismus an die Spitze der Hierarchie emporgeschwemmt wird. Wer das Buch des amerikanischen Psychologen Gilbert gelesen hat, der enge Kontakte mit den entmachteten Angeklagten des Nürnberger Prozesses hatte, wird in ihrem geistigen und moralischen Elend die Helfer Retlichs erkennen, die voneinander so verschieden und sich zugleich so widerlich ähnlich sind. Bei einem Zusammenstoß im Hauptquartier Retlichs gelingt es Pankhurst und Fräulein Walker, mit dem Flugzeug zu entkommen. Sie landen in Warschau und treffen auf Szwalba und Chomiak. Ihnen auf den Fersen erscheinen zunächst die rebellierenden Lappländer mit Yar an der Spitze und schließlich in einem Panzer Retlich selbst, der die Rebellen mit den Resten seiner Getreuen verfolgt. Yar tötet Retlich und verläßt anschließend mit seinen Leuten Warschau, Pankhurst fliegt mit seiner Assistentin fort, und Szwalba bleibt in Warschau zurück, nachdem er sich von dem Maurergesellen getrennt hat. Damit endet der Roman.

Das Buch scheint dem SF-Bereich der sogenannten Antiutopie anzugehören, doch halte ich eine solche Klassifizierung für irreführend. Man kann sich leicht ausmalen, wie es ein Amerikaner schreiben würde. Er würde zunächst ganz genau ›die Theorie der blauen Strahlen‹ erklären, anhand zahlreicher Beispiele ihre tödliche Wirkung beschreiben (Słonimski war das kaum ein paar Sätze wert), die Handlung würde in New York spielen, wo sein Robinson eine (wieder genau beschriebene) Waffe umgehängt hätte und gegen verwilderte Schiffbrüchige des Holocaust kämpfen müßte, und wenn er seinen Freitag gefunden hätte, dann nicht in Gestalt eines dämlichen Maurergesellen, der hinter immer besseren Wurstsorten und Wodka her ist, sondern es wäre eine gutgebaute Schönheit. Im Hauptquartier käme es wahrscheinlich auch zu Kämpfen, doch um die Macht, und nicht um das Recht, einem tanzenden Kind zuzusehen, denn keinem SF-Autor würde es einfallen, die Prätorianer des Führers durch den Bazillus der Kunst verführen zu lassen, den die anmutige Zina verkörpert. Bei jedem

Phantasten, der etwas auf sich hält, könnte Zina eine Zigeunerin sein, doch kein Kind, und sie würde sich nicht im Tanze schwingen, sondern es ginge um die Kopulation. Übrigens würde sich in einem solchen amerikanischen Roman jedes Detail verändern. Während seiner nächtlichen Phantasmagorien von der Macht über die Welt hilft sich Retlich, von Bauchschmerzen geplagt, mit Schnaps. Obwohl es abertausende SF-Werke gibt, dürften darin doch so etwas wie gewöhnliche Bauchschmerzen, noch dazu beim Führer, nicht vorkommen. Nicht zu denken ist auch an eine derart absolute Verständnislosigkeit, wie sie zwischen Szwalba und seinem Maurergesellen Freitag herrscht; in erster Linie deswegen, weil die SF-Schriftsteller mit tierischem Ernst an ihre Arbeit herangehen, auf den Höhen der Selbstachtung, die sich gegen solche komischen Realien wegen ihres Stegreifcharakters sträuben.

Heute ist mir bei der Lektüre von *Zweimal Weltuntergang* nicht so zum Lachen zumute wie vor 45 Jahren, denn die von Słonimski erfundenen makabren Scherze sind bereits Wirklichkeit geworden. Wie man sieht, ist die Antizipation so treffsicher wie eine wahr gewordene Prophezeiung, und in dem Maße, wie sie an Ernst gewinnt und sogar banal wirkt, verliert sie ihre ursprüngliche Lächerlichkeit; mehr noch, sie wird zum Zeichen einer simplen Banalität, wie etwa der Spruch ›Amerika entdekken‹, der ja vor der Reise von Kolumbus sicherlich nicht banal war. Wer wagt es heute zu bezweifeln, daß Hitler die Atomwaffen in größtem Maßstab eingesetzt hätte, wenn sie ihm von den Fachleuten als ›Vergeltungswaffe‹ geliefert worden wären? Im Jahre 1935 wagte jedoch niemand vorauszusehen, daß Hitler, wohin immer die siegreichen Truppen dieser Wehrmacht kamen, sein ›Weltverbesserungsprogramm‹ mit dieser blutigen Konsequenz in den Todeslagern verwirklichte. Somit versuchte also Słonimski, den Bogen nach Kräften zu überspannen, und erzielte damit einen echten Tonfall, bloß verflüchtigte sich, wenn auch nicht überall, aus der makabren Kurzweil das Lächerliche, denn er verfaßte sie in jenem Geisteszustand, den ich unschuldig nenne, da er sich augenscheinlich selber in keinem Augenblick vorstellen konnte, daß seine Prophezeiungen, wenn er seine Helden karnevalsartige Purzelbäume schlagen ließ, nicht auf irgendeine weit entfernte Zukunft abzielten, sondern auf die nächsten paar Jahre. Wer könnte heute mit den Gaskammern Unfug treiben, sich Wortspiele mit Millionen von Leichen leisten? Wir sind von unserer Erinnerung gefesselt, die unsere Zunge lähmt und die Feder erstarren läßt, die uns zu Todernst und zur historischen Reflexion zwingt, doch Gott behüte zu keiner komischen. Gerade aus diesem Grunde ist es Słonimski gelungen, in einer besonderen Legierung diese für uns heute inhomogenen Elemente zu vereinigen. Es fiel ihm, mit einem Wort, *leicht* zu schreiben, sich über das Ende der Welt zu *amüsieren,* was wir nicht mehr zuwege bringen.

Kein Wunder also, daß dieses Buch, das wert wäre, neben die *Schöne Neue Welt* gestellt zu werden, trotz seines feuilletonistischen Stils und den nur der Karikatur erlaubten Simplifizierungen unbekannt geblieben ist. Kein Staatsmann hat es wohl je zur Hand genommen, denn die Staatsmänner sind todernste Menschen und haben nicht weniger ernst denkende Ratgeber. Nur als Randbemerkung bei der Lektüre dieses Romans wäre den Futurologen, die von Fiasko zu Fiasko stapfen, zu empfehlen, den reinen Nonsens als zuverlässigste Richtschnur ihrer Methodologie anzuerkennen.

Andererseits stehen dem Kritiker, der über ein solches Buch ein gerechtes Urteil fällen soll, schwere Stunden bevor. Spott als Kunst der Prophetie ist uns zwar aus der Literatur bekannt, es genügt, den Namen Witkiewicz anzuführen, doch hat er es mit vielen Kennern wegen der narrativen Zufälligkeit, die oft fast an Schlamperei grenzt, verdorben. Die Kategorie der Prophetenclowns hat in der normalen schöngeistigen Literatur noch keine Zustimmung gefunden, die beiläufige Hellseherei, die ohne Intention der Hellseherei im Modus der reductio ad absurdum gezeugt wird, hat es noch zu keinem Wertnormativ gebracht. Die Fülle der Ereignisse in *Zweimal Weltuntergang* verbirgt gar nicht ihre niedrige Provenienz – die Flucht Pankhursts und seiner Assistentin aus dem Hauptquartier Retlichs, die Gefühle, die sie für den Professor hegt, all das ist den Schablonen einer billigen Romanze entnommen, der ›Rettung im letzten Augenblick‹; die Rebellion der Lappländer und die Verfolgung Pankhursts sind klarerweise hastig hingeworfen, und viele Handlungsverbindungen entstanden als Folge des eiligen, allzu eiligen Schreibens. Słonimski konzentrierte sich gerade nicht auf diese Stellen, und er schenkte nicht dem seine Aufmerksamkeit, was ein Schriftsteller, der etwas auf sich hält, als Hauptaufgabe ansehen würde (a fortiori vor allem der SF-Autor, der sich, wie der Teufel vor dem Weihwasser, davor fürchtet, dem ›mainstream‹, also dem von der wahren Literatur bestimmten Kanon, nicht gerecht zu werden). Er machte allerdings Retlich selbst nicht zum Erfinder der ›blauen Strahlen‹ (denn was könnte jemand vom Schlage Hitlers schon erfinden?), damit der Auslesemechanismus, nach dem sich die Elite des Führers bildete, glaubwürdig zutage tritt, damit alle handelnden Gestalten *nach* der Katastrophe weiterhin dieselben Charaktere bleiben, die sie *vor* ihr waren (diese These ist heute bereits empirisch nachgewiesen, obwohl das sehr viele noch immer nicht zur Kenntnis nehmen wollen). Man könnte eine Hypothese zur Erklärung der grundverschiedenen Schicksale in *Schöne Neue Welt* und *Zweimal Weltuntergang* aufstellen. Bücher, die – sei es aus Absicht oder nicht – über die Köpfe der gewöhnlichen Sterblichen hinweg in die nahe Zukunft zielen, die diese Zeitgenossen entweder nicht wahrhaben wollen oder können, werden zunächst einmal bekannt und geraten dann in Vergessenheit, weil man sie anfänglich nicht ernst nehmen *kann*, es sich später aber nicht mehr lohnt, sie ernst zu nehmen. Wenn es überhaupt vorkommt, daß man ›durch Schaden klug wird‹, schiebt die Geschichte den nächsten ›harten Schlag‹, den sie dem Menschen zufügt, bis zu dem Zeitpunkt hinaus, da die Klugen gestorben sind und der nachfolgenden Generation Platz gemacht haben. Deswegen kennen die Millionen Leser, die gierig nach dem SF-Quatsch greifen, weder *In der Strafkolonie* von Kafka, noch *Zweimal Weltuntergang*. Sie lechzen nach allem außer der Wahrheit, und nichts stößt jene ›Liebhaber der Phantastik‹ mehr ab als eine gehörige Portion Wahrheit, die noch dazu, wie in unserem Fall, unter Gelächter verabreicht wird, denn sie wollen einen Ersatz für das Grauen, Surrogate für die Geschichte, also Reizung und nicht Belehrung, zuvörderst aber sehnen sie sich nach Verwicklungen, die ähnlich einem Rebus mit einer ›endgültigen Lösung‹ versehen sind, denn in ihren armen Köpfen gibt es keine Übereinstimmung mit der Wirklichkeit. Daher bemühen sie sich, unter Führung namhafter Autoren, die in die ›SF Hall of

Fame‹ eingegangen sind, in alle unmöglichen Richtungen aus der Geschichte zu *flüchten,* weshalb sie auch jeden zurückweisen müssen, der sie an das wahre Gesicht der Geschichte erinnert.

Unitas oppositorum: Das Prosawerk des J. L. Borges

Das soll eine betont subjektive Besprechung des Prosawerkes von Borges sein.[1] Wollte jemand fragen, warum ich das Subjektive meiner Kritik unterstreiche, fiele es mir schwer, eine endgültige Antwort zu geben. Vielleicht, weil ich seit Jahren versuche, auf anderem Wege als der Argentinier in das Gebiet zu gelangen, in dem seine besten Werke entstanden. Somit ist mir sein Werk nahe, zugleich aber auch fremd, weil ich die Gefahren, denen sein Schreiben manchmal unterlegen ist, aus eigener Erfahrung kenne und die von ihm benutzten Mittel nicht ausnahmslos billige.

Nichts einfacher, als das Beste von Borges aufzuzählen. Das sind: »Tlön, Uqbar, Orbis Tertius«, »Pierre Menard, Autor des Don Quijote«, »Die Lotterie in Babylon«, »Drei Fassungen des Judas«. Die Begründung meiner Wahl folgt sogleich. Alle genannten Erzählungen besitzen eine doppelschichtige, perverse, aber logisch perfekte Struktur. Oberflächlich betrachtet, sind sie belletrilisierte Paradoxa in der Art der griechischen (der von Zeno z. B., mit dem Unterschied, daß Zenos Paradoxa die gewöhnliche Deutung *physikalischer* Prozesse mit den kontradiktorischen Folgen ihrer rein logischen Auslegung konfrontieren, wogegen die von Borges an das Universum der *kulturellen* Tatsachen adressiert sind). Und zwar beruht »Tlön« auf dem Einfall, die Plätze diametral zu wechseln, die entsprechend ›das Wort‹ und ›das Sein‹ besetzen. (›Das Sein‹ soll durch ›das Wort‹ *von neuem* umgestaltet werden, es wird also eine Wiederholung der creatio mundi – durch einen ›geheimen Bund‹ – vorgeschlagen.) Die »Lotterie« beweist, wie sich die entgegengesetzten Deutungskategorien des Weltalls, das (statistische) *Chaos* und der (vollkommene) *Determinismus,* obwohl für unvereinbar gehalten (weil sie einander gegenseitig ausschließen) bei intakt verbleibender Logik der Beweisführung *doch* vereinigen lassen. »Menard« wiederum ist eine logisch bis zum Äußersten getriebene Satire auf die Einmaligkeit des Schöpfungsaktes (weil sie parodistisch das Prinzip der angeblichen Notwendigkeit, d. h. der Einzigartigkeit jedes großen Kunstwerkes behandelt und am Beispiel des »Don Quijote« ad absurdum führt). »Judas« ist endlich eine logisch unwiderlegbare Ketzerei[2] insofern, als die Geschichte einen Versuch darstellt, eine fiktive Heterodoxie der christlichen Dogmatik aufzubauen, die alle historischen Typen der Häresie in ihrem ›Radikalismus‹ übertrifft. Jedesmal entdecken wir also das analoge Vorgehen: Ein fest zusammenhängender Teil der kulturellen Systematik wird mit denjenigen Mitteln transformiert, die traditionsgemäß diesem Gebiet angehören. Im Glauben, in der Ontologie, in der Literaturtheorie und so weiter wird ›weitergemacht‹, was die Menschheit ›nur‹ zu machen ›angefangen hat‹. Diese tour d'adresse verwandelt immer das kulturell Verehrte in das Komisch-Absurde. Es handelt sich aber nur um eine ›komisch-logische‹ (= ad absurdum führende) Leistung prima facie, auf den ersten Blick. Denn jede dieser Erzählungen hat noch einen, schon ganz und gar ernst zu nehmenden, verborgenen Gehalt. Der Boden dieser skurrilen Phantastik ist öfters, behaupte ich, realistisch. Beim Nachdenken bemerkt man erst, daß eine solche Heterodoxie, wie sie »Drei Fassungen des Judas« enthält, eigentlich *möglich* wäre, d. h., daß diese perfide Auslegung des Erlösungs-Mythos, wenn auch historisch nicht sehr plausibel, so doch mindestens denkbar ist. Diese Bemerkung gilt auch für »Die Lotterie in Babylon«; auch die dort gezeichnete Art der Uminterpretierung von Chaos und Ordnung erscheint mit gewissen Einschränkungen historisch plausibel. Beide Erzählungen, wie verschieden voneinander sie auch erscheinen mögen, sind ontologische Hypothesen über den endgültigen Aufbau und die Attribute des Seins. Weil es sich um Grenzfälle handelt, die in jedem Falle am Rande der entsprechenden reellen Paradigmatik stehen, war ihre ernste Artikulierung in der Geschichte sehr unwahrscheinlich. Und doch sind sie, logisch betrachtet, ›völlig in Ordnung‹. Der Schriftsteller hat also den Mut aufgebracht, in derselben Weise wie die Menschheit mit ihren kostbarsten Werten umzugehen, nur daß er eben diese kombinatorischen Operationen bis zum Äußersten getrieben hat. Was die Qualität des Aufbaues betrifft, sind die besten Erzählungen von Borges mit derselben Strenge durchkonstruiert wie ein mathematischer Beweis. Sie sind nämlich logisch unwiderlegbar, so wahnsinnig eine solche Behauptung auch klingen mag. Borges ist raffiniert darin, denn er stellt die eigentlichen impliziten Ausgangsstellungen der jeweils zu transformierenden Paradigmatik überhaupt nicht in Frage. Er gibt z. B. vor zu glauben (wie es manche Humanisten tun), daß ein geniales Kunstwerk keine Spur von Zufälligkeit in sich birgt, also tatsächlich die *Frucht reiner* (höherer) *Notwendigkeit ist. Hält man diese Behauptung für allgemeingültig, so kann man schon ohne gegen die Logik zu sündigen, behaupten, daß ein chef d'œuvre Wort für Wort zum zweiten Mal,* ganz unabhängig von seiner Urgeburt, *geschaffen werden könnte.* (Wie es tatsächlich bei mathematischen Beweisen der Fall ist.) Das Unsinnige dieses Verfahrens kommt nur dann ans Licht, wenn wir seine Prämissen angreifen; aber das tut Borges natürlich nie. Er schafft niemals eine neue, frei erfundene Paradigmatik. Er hält sich streng an die ihm von der menschlichen Kulturgeschichte überlieferte Ausgangs-Axiomatik. Er ist der spöttische Ketzer der Kultur, indem er nie gegen ihre Syntax sündigt. Er verwirklicht nur solche syntaktische, d. h. kombinatorische Operationen, die vom rein logischen Standpunkt aus vollkommen ›in Ordnung‹, d. h. formell zugelassen sind. Sie wurden geschichtlich aus *extra*logischen Gründen nie im Ernst ›ausprobiert‹ – aber das ist natürlich eine ganz andere Sache.

Borges betreibt also im Grunde allein das, was er von den fiktiven Philosophen seines »Tlön« aussagte (daß sie in der Philosophie nicht nach der Wahrheit, sondern nach dem Erstaunen suchen). Er betreibt keine phantastische Philosophie, da die Mittel ihrer Darlegung keine rein diskursiven Mittel sind, sondern einmalige Objekte, wie sich ihrer, in ihrer Gegenständlichkeit, die ›normale‹ Literatur bedient. Und um zum Schluß dieser Gedankenfolge zu gelangen: Die hier von mir umgrenzte Gruppe Borgesscher Erzählungen weist in dieser Richtung die Frage auf, was eigentlich eine *fiktive* (d. h. nie ernst zu nehmende) Ontologie von einer *reellen* (›historisch geprüften‹) unterscheidet. Die Antwort auf diese Frage ist recht schockierend, und zwar: daß es im Grunde genommen *überhaupt keinen prinzipiellen Unterschied zwischen beiden gibt!* Das heißt, die Dinge verhalten sich ganz trivial: Diejenigen ontologisch-philosophischen Einfälle, welche einzelne Denker hatten, und welche dann die Menschheit in den Schatzkammern ihres historischen Gedankengutes aufgespeichert hat, zu welchen sie sich also *bekennt* (als zu ernsten Versuchen, die Welt in einem Zuge auszulegen und zu begreifen), diese Einfälle sind unsere Religionen und unsere Philosophien.[3] Was aber diese Abstammungsurkunde für einen solchen ›Einfall‹ *nicht* vorlegen kann, was den Ausweis dieser *Assimilation* – durch den wirklichen historischen Ablauf von Ereignissen in der Vergangenheit – nicht besitzt, ist eben die ›fiktive‹, die ›aus freien Stücken‹ erfundene, die ›privat ausgedachte‹ und *nur deshalb* nie ernst zu nehmende (wenn auch bedeutungsvolle, sinnvolle) Struktur – *als Auslegung der Welt und des Seins.* Nur weil dem so ist, sind diese Erzählungen, auch im größten Ernst unwiderlegbar. Um sie nämlich zu widerlegen, genügt es nicht, ihre absurden Konsequenzen zu zeigen. Um sie zu widerlegen, müßte man eigentlich die gesamte *Syntax* der menschlichen Denkarbeit in ihrer allumfassenden, weil logischen Dimension in Frage stellen. Borges' Werk unterstreicht also *nur,* daß wir, wenn wir zur Erkenntnis gelangen, daß es keine kulturellen Notwendigkeiten gibt, öfters das zufällig Entstandene für das Notwendige und das Vergehende für das ewig Bestehende halten.

Ich bin mir nicht sicher, ob Borges meiner Auslegung seines Werkes zustimmen würde. Ich befürchte sogar, daß er seine besten Geschichten nicht in einem so vollkommenen Ernst (in der semantischen Tiefe, nicht auf der komisch-paradox-absurden Oberfläche, natürlich!) geschrieben hat, wie ich es ihm zumute. Das heißt, ich vermute, daß Borges ›im privaten‹ *hinter* dem endgültigen Punkt seiner belletristischen Beweisführung geblieben ist. Diese meine Vermutung stützt sich auf die Kenntnis aller seiner Erzählungen. Indem ich von ihnen zu reden beginne, gehe ich zur anderen, zur fragwürdigen Seite seines Werkes über. Insgesamt präsentiert es sich nämlich als ein Universum von literarischen Tatbeständen, in welchem das Sekundäre und Sich-Wiederholende durch seine bloße Anwesenheit, durch seine Nachbarschaft, das Beste abschwächt und erniedrigt, weil strukturell entlarvt. In den besten Erzählungen von Borges sind intellektuelle Blitze gespeichert, die ihre Kraft auch nach beliebig oftmaligem Lesen nicht einbüßen. Wenn überhaupt, werden sie nur abgeschwächt, wenn man alle seine Erzählungen in einem Zuge liest. Erst dann entdeckt man die Mechanismen seiner Schöpfung, die da am Werke sind, und eine solche Bloßstellung ist immer gefährlich, manchmal sogar für den Schöpfer fatal – wenn wir eben die invariante, die endgültige Struktur, *den Algorithmus seiner kreativen Macht zu erfassen vermögen.* Der liebe Gott ist uns ein völliges Geheimnis vor allem deshalb, weil es uns prinzipiell unmöglich ist und für immer unmöglich sein wird, die Struktur seines Schöpfungsaktes zu begreifen (das heißt eindeutig abzubilden). Rein formell betrachtet, ist die kreative Methode des J. L. Borges recht einfach. Man könnte sie ›unitas oppositorum‹, die Einheit sich ausschließender Gegensätze nennen. Was angeblich auf alle Ewigkeit auseinandergehalten werden muß, das Unvereinbare, wird vor unseren Augen zusammengefügt, *ohne daß dabei der Logik Gewalt angetan wird.* Der Vorgang dieser elegant und präzise durchgeführten Vereinigungen bildet eben den strukturellen Gehalt fast aller seiner Novellen. Der Orthodoxe und der Häretiker (in »Die Theologen«), Judas und Christus (in »Drei Fassungen des Judas«,) der Verratene und der Verräter (in »Das Thema vom Verräter und vom Helden«), das Chaos und die Ordnung (in »Die Lotterie in Babylon«), das Einzelne und das All (in »Das Aleph«), der Edle und das Ungeheuer (in »Das Haus des Asterion«), das Gute und das Böse (im »Deutschen Requiem«), das Einmalige und das zu Wiederholende (in »Pierre Menard, Autor des Don Quijote«) usw. usw. sind *Eins.* Das literarisch betriebene Spiel mit diesen Grenzbedingungen beginnt immer dort, wo sich die Gegensätze mit der ihnen innewohnenden, vollen Kraft *abstoßen,* und es endet in dem Augenblick, in dem ihre Vereinigung stattgefunden hat. Nun liegt aber darin, daß es sich immer und immer um denselben *syntaktischen* Vorgang (Mechanismus) handelt, und zwar um die *Konversion* (oder die mit ihr engstens verwandte Inversion), eine triviale Schwäche des gesamten Werkes. Der Allmächtige war weise genug, sich in solcher Weise *nie zu wiederholen.* Wir Literaten, seine Nachfolger, seine Schatten und Lehrlinge, dürfen das auch nicht tun. Die hier aus den Borgesschen Prosawerken herausgearbeitete skelettartige, paradigmatische Struktur der von ihm gebrauchten Transformation ergibt manchmal – aber auch sehr selten! – Außergewöhnliches, wie ich zu beweisen versuchte. Sie ist aber immer und immer wieder, in derselben Form vorhanden und unschwer aufzufinden, wenn man sie erst einmal richtig eingeschätzt und erkannt hat. Diese Wiederholung, die das Element des schon ganz und gar *unintentionell Komischen* unwiderruflich an sich trägt, bildet die innerste und allgemeinste Schwäche des gesamten Prosawerkes von Borges. Denn wie schon der alte Gustave le Bon in seinem Werk über den Humor sagte, betrachten wir das Mechanische immer herablassend, denn es führt dazu, daß alles Unheimliche, Unvorhersehbare aus dem Geschehen entweicht. Denn es ist einfach, die Zukunft eines rein mechanischen Phänomens vorauszusagen. In seiner größten Tiefe bekennt sich dadurch die strukturelle Topologie des Borgesschen Werkes zur Verwandtschaft mit allen mechanistisch-deterministischen Literaturarten, also auch zur Verwandtschaft mit dem Kriminalroman, weil dieser die Formel des Laplaceschen Determinismus immer so eindeutig verkörpert.

Die Ursache der ›mechanistischen‹ Erkrankung dieses Werkes würde ich folgendermaßen erklären. Borges hat seit Anbeginn seiner schriftstellerischen Arbeit einen Mangel an freier und reicher Einbildungskraft verspürt.[4] Er war am Anfang Bibliothekar und ist ein solcher, obzwar in genialster Verkörperung, geblieben. Dies deswegen, weil er in den Bibliotheken nach Inspirationsquellen suchen mußte; dabei hat er sich ausschließlich auf die kulturell-mythischen Quellen beschränkt. Es handelt sich um tiefe, um mannigfaltige, um reiche Quellen – weil sie ja das gesamte mythische Gedankengut der historischen Menschheit enthalten. Aber in unserem Zeitalter sind sie eben am Absterben, was ihre Kraft betrifft, die zur Auslegung und Deutung der sich weiter entwickelnden Welt benutzt werden könnte. Borges befindet sich, mit seiner Paradigmatik und sogar mit seinen höchsten Leistungen, ganz nahe dem Ende einer fallenden Kurve, die ihre Kulmination vor Jahrhunderten erlebt hat. Er ist dadurch gezwungen, mit dem Sakralen, mit dem Ehrfurcht Einflößenden, mit dem Erhabenen und dem Geheimnisvollen unserer Großväter zu *spielen.* Diesem Spiele eine ernst zu nehmende Verlängerung zu geben, gelingt ihm deshalb nur in seltenen Ausnahmefällen. Nur manchmal durchbricht er seine paradigmatisch-kulturell bedingte Einkerkerung, die seine Begrenzung im krassesten Gegensatz zur angestrebten Freiheit der Schöpfung ist. Er ist einer der Großen, aber zugleich ist er ein Epigone. Er hat, vielleicht zum letzten Male, die uns von der Vergangenheit dargebrachten Kostbarkeiten zu kurzem Aufflackern, zu paradoxer Resurrektion gebracht. Es gelang ihm aber nicht, sie auf die Dauer am Leben zu erhalten. Nicht, weil er ein zweitrangiger Geist wäre, sondern weil, wie ich glaube, in unserem Zeitalter eine solche Auferstehung des Vergangenen eine glatte Unmöglichkeit ist. Sein Werk befindet sich, so sehr es auch zu bewundern wäre, in seiner Gesamtheit am entgegengesetzten Pol unseres Schicksals. Dieses Schicksal im Zuge einer ›Verschmelzungsoperation‹ mit Borges' Werk zusammenfügen kann sogar der große Meister des logisch makellosen Paradoxes nicht. Er hat uns solche Paradiese und solche Höllen ausgelegt, die für alle Ewigkeit dem Menschen verschlossen bleiben werden. Denn wir bauen uns neue, reichere und schrecklichere Paradiese und Höllen – von welchen aber die Bücher von Borges nichts wissen.

Anmerkungen

1 J. L. Borges: Sämtliche Erzählungen. Carl Hanser, München. 1970.

2 Wollte man ganz streng vorgehen, entspricht das Gesagte der Wahrheit insofern nicht, als es keine Glaubenssysteme (ob orthodoxer oder heterodoxer Natur) gibt, die in ihrer Struktur *keine* logischen Antinomien verbergen. Die höchste Instanz der Entscheidung bildet für sie die Offenbarung, nicht die logische Schlußfolgerung, was sich z. B. darin zeigt, daß man die – logisch unmögliche – Dreieinigkeit postulieren darf, nicht aber die gleichzeitige Existenz und Nichtexistenz Gottes – obwohl die Logik in beiden Fällen *ähnlich außer Kraft gesetzt wird.* Die ›strikt logische‹ Ketzerei in der Erzählung über Judas bedeutet, daß seine postulierte ›Erlöserrolle‹ mit denselben logischen Mitteln bewiesen wird, die in der christlichen Theologie zum Arsenal der traditionellen Beweisführung gehören. Die Heterodoxie ergibt sich nur daraus, daß diejenigen ›Haltestellen‹ nicht respektiert werden, vor denen, dem Wortlaut der Heiligen Schrift zufolge, jeder orthodoxe theologische Deutungsversuch ›bedingungslos haltmachen‹ soll. Das heißt die Schlußfolgerungen werden

über das genehmigte Maß hinaus weitergeführt, wodurch aber *die Logik nicht verletzt wird,* weil dieses Maß einen *außerlogischen Charakter besitzt.*

3 Hätte es z. B. keinen Mann namens Schopenhauer gegeben und würde Borges uns die ontologische Doktrin von der »Welt als Wille« präsentieren, hielte man sie nie für ein ernst zu nehmendes philosophisches System, sondern für das Beispiel einer ›phantastischen Philosophie‹. Aber eine Philosophie wird im Augenblick, da sie der Assertion beraubt wird, *automatisch phantastische Literatur.*

4 Das ersieht man daraus, daß er mehrmals fremdes Material umgearbeitet hat. Diese Seite seines Schaffens berühre ich nicht, weil es nichts Falscheres in der Kritik gibt, als zu den seichten Stellen eines Schriftstellerwerkes hinabzusteigen, nur um ihre Nichtigkeit zu beweisen. Im übrigen ist es eine unbestreitbare Tatsache, daß die Weltliteratur mit ähnlicher Prosa überfüllt ist – was man auch von den Erzählungen sagen könnte, welche die zwei letzten Teile des Hanser-Bandes ausmachen, insbesondere von den dort benutzten stilistischen Mitteln, deren barocken Charakter Borges in der Vorrede hervorgehoben hat. Allein die unermeßliche Zahl solcher Übungen nimmt jedem Stück, welches seine Individualität *nur* mit stilistischen Mitteln verteidigen kann, jede Originalität. Da aber das Geschriebene in desto höherem Grade zum literarischen Werk wird, je größer seine Originalität ist, gemessen am Integral seiner Unterschiede allen anderen literarischen Werken gegenüber, ist jene Art der Belletristik, die nur die Menge bereits existierender Texte um weitere, ihnen ähnelnde Elemente vermehrt, dem Vergrößern des Meeres durch Zugießen von Wasser gleichzusetzen, d. h. es ist eine eher der Reproduktion, dem Handwerk, als der schöpferischen Kunst verwandte Arbeit. Natürlich sind 95 Prozent aller Schreibenden Handwerker; die geschichtliche Bewegung aber und der historische Wandel der Literatur werden durch die Erfinder, Ketzer, Visionäre, Nonkonformisten, also die Revolutionäre der Schöpfung verursacht. Was uns eben das Recht gibt, jedes Werk, das Anspruch erhebt, zur Spitzenklasse zu gehören, vor allem auf seinen Originalitätsgehalt zu prüfen. Unterhalten können uns viele Schriftsteller; erstaunen, belehren und erschüttern nur ganz wenige. Da aber ein solcher Standpunkt anfechtbar ist, habe ich meine Besprechung durch eine Vorwarnung über ihren subjektiven Charakter abgesichert. Ich wollte auch nicht das ganze Werk von Borges bewerten, vor allem seine Lyrik nicht, die eigentlich in der spanischen Originalform gelesen werden muß. Wie es auch mit ihr stehen mag (ich schätze sie hoch), sie gehört nicht zur phantastischen Literatur, aus dem einfachen Grund, weil es meiner Meinung nach (ich teile damit die Meinung von T. Todorov) eine phantastische Lyrik prinzipiell nicht geben kann.

Nachwort zu *Entschuldigen's* von Szymon Kobyliński

Ich betrachte die großen Zeichner mit Neid, weil sie ihre Kunst in vollkommenem Schweigen üben. Es ist eine Lust und ein Vorzug zugleich, sich schweigend offenbaren zu können – wohingegen ich, wie alle Literaten, mich der Wörter bedienen muß, die zwischen mir und dem zu Schaffenden eine nur halbdurchsichtige Trennwand bilden. Dieser Neid wird von dem Gedanken gemildert, was für ein flüchtiges Ding doch eine Karikatur sei. Eine politische Karikatur ist wie der Blitz, der eine vom Sturm gepackte Landschaft erstarren und sie als ihr eigenes Denkmal erscheinen läßt. Eine Täuschung: denn kaum ist der Sturm vorbei, zerfällt die Spannung und die Sonne beleuchtet die aller Majestät beraubten Gewitterspuren. Es gibt kaum etwas, das schneller vergeht als die politische Karikatur; nach Jahren gleicht sie in ihrer Unlesbarkeit den exotischen Sprachen toter Kulturen. Und doch hat diese eiserne Regel ihre Ausnahmen. Eine von ihnen heißt Szymon Kobyliński. Er ist mein Landsmann, den ich den deutschen Lesern hier vorstellen möchte.

Ein vielbegabter Mann, ein allzubegabter sogar, vom eigenen Talent bedroht – was ich mir zu sagen erlaube, weil ich seine Arbeit Jahre hindurch beobachtet habe. Wer vortrefflich, aber auch eng begabt ist, kennt solche Gefahren nicht. Wer Weniges gut kann, hat ganz andere Probleme als derjenige, der ›alles‹ vermag. Kobyliński kann alles – als wahrhafte Proteusnatur ist er imstande, auf beliebige Art und Weise zu zeichnen. Er hat uns Persiflagen und Pastiches von modernen Meistern vorgelegt – aber auch solche von Meistern des Mittelalters. In jeder fremden Haut wirkt er vollkommen echt, weil er imstande ist, den Geist zu wiederholen, der den Bleistift lenkte, nicht bloß das Mechanische der Linienführung. Ein Steinberg oder ein Grandville könnten leicht ihre eigenen Werke mit den von Kobyliński stammenden Pastiches verwechseln. Natürlich ist das eine drohende Gefahr, und Kobyliński mußte sein Proteustalent zähmen, um nicht seine Individualität in der Vielfalt der

Mimikry aufgelöst zu sehen. Er wußte sich vor dieser Auflösung zu hüten und hat sich nach so manchem Kampf Askese auferlegt, die jetzt seine Kraft bildet. Den Mimikry-Zauberer, den ironischen Nachahmer großer Stile und Manieren, werden sie im vorliegenden Büchlein nicht finden. Diese Etappe liegt hinter ihm; damals hat er unzählige Werke illustriert – anthropologische Handbücher, mittelalterliche Enzyklopädien, Atlanten, phantastische Geschichten, um sich dann den politischen Krisen seiner Heimat zuzuwenden. So wurde er zu einer Institution – doch nicht bloß zu einem politischen Karikaturisten. Seit Jahren bringt unsere politisch führende Wochenschrift *Polityka* seine Vignetten, immer in der linken oberen Ecke der ersten Seite, und alle Leser beginnen die Lektüre von dieser Ecke aus, weil diese Vignetten die eigentlichen Leitartikel sind. Es sind, wie Sie merken werden, nicht die typisch politisch gefärbten Allerwelts-Karikaturen: es geht um Zeichen einer zugleich stumm, boshaft und klug redenden Sprache, die, so aktuell sie auch wirken mag, ihren Sinn und Wert nach Jahren noch behält. Um diese Zeichnungen aus *Polityka* zu deuten, bedürfte es eines soziologisch-psychologischen Traktates, der sich nicht nur mit polnischen Sitten und Gebräuchen, sondern auch mit den fragwürdigsten Qualitäten der gesamten Menschheit auseinandersetzen müßte. Auch so manches aus der Eschatologie und den benachbarten metaphysischen Gebieten müßte erwähnt werden. Diese kleinen Bildchen sind das Barometer, an dem die öffentliche Meinung abzulesen ist – oder genauer, was sich im Unterbewußtsein abspielt. Sie sind aber auch Pulver, Flamme und Zünder. Ich habe bisher gesagt, daß Kobyliński ein Proteus und eine Institution ist. Er ist auch zum Begriff geworden – zum Begriff der inneren intellektuellen Unabhängigkeit. Manchmal neigt er zu einer Abart des Galgenhumors, die nicht ganz meiner Neigung entspricht. Ich ziehe seine philosophische, scheinbar gutmütige, doch in Wirklichkeit messerscharfe Art, das Unaussprechbare zu packen, vor. Denn er ist ein Philosoph, und zwar ein Stoiker mit sokratischem Einschlag. Ich weiß wohl, daß eine solche Bezeichnung recht hohl klingen kann, gemessen an der zeichnerischen Virtuosität. Und doch bestehe ich darauf; der philosophische Unterton ist es, der diesem Werk Beständigkeit gibt.

Was heißt das: ein sich zeichnerisch artikulierender Philosoph zu sein – wenn uns diese Formulierung mehr bedeutet als nur Metapher? Das heißt, jenen unabhängigen Standort einzunehmen, von dem aus die menschliche Tragödie klaren Auges beobachtet werden kann. Das heißt: vereinzelte Zeichnungen als konstitutive Teile eines Ganzen gebrauchen, das sich aus der wortlos dargebotenen Sprache hebt. Als Erfinder seiner Zeichensprache hat Kobyliński auf den Reichtum verzichtet, auf diese erstaunliche Mannigfaltigkeit der Formen, die ihn früher in Versuchung führte. Am Verzicht erkenne ich den Philosophen. Ich werde mich davor zu bewahren wissen, diese gezeichneten Aussagen über eine Welt und ein Volk in Worte zu übertragen. Nacherzählen läßt sich dieses Werk nicht.

Einige Splitter eines reichen Schaffens werden Ihnen in die Hand gegeben. Aber es sind repräsentative Splitter, scharf, blitzend und durchdringend, die jenen Menschen erahnen lassen, der sie geschaffen hat. Wenn ich je einer Sache sicher gewesen bin, so dieser: Kobylińskis Zeichnungen werden für den zukünftigen Historiker denselben Wert besitzen, wie für einen Paläontologen, den Historiker, die im Bernstein verglasten Insekten. Und der Forscher der Zukunft wird von Kobyliński mehr über unsere Zeit erfahren, als Tonnen mühselig zusammengetragene Chroniken es vermöchten.

Nun habe ich mich doch verfangen: ich sprach von Kobyliński als sei er die Quintessenz der Gelehrsamkeit, der akademischen Objektivität und des wissenschaftlichen Sitzfleisches. Er ist aber vor allem ein Künstler, er hat den Lehrstuhl nicht gegen Kohle und Kreide eingetauscht. Er ist nicht nur ein Proteus, eine Institution und ein Begriff. Er ist vor allem Erfinder der Methode, die jede Qual und Enttäuschung unseres sozialen Lebens in befreiendes Gelächter umzusetzen versteht.

Mit den Jahren komme ich zur Erkenntnis, daß uns weder Wissenschaft noch Moral, weder humanistische Ethik noch Information, erlösen können. Wenn wir eine Zierde besitzen, deren wir uns rühmen können angesichts der Ansammlung von Niedertracht und Widersinn, die unsere Geschichte ausmacht – so ist diese Zierde das Lachen, der heitere Schock einer augenblickslangen Befreiung des Geistes. Kobyliński ist ein uns zum Lachen zwingender Philosoph und, wie so mancher Stoiker, erfreut er sich auch nicht der hohen, offiziell ihm auferlegten Würden des kothurnhaften Ruhmes. Selbst seine Landsleute sind sich seiner Einmaligkeit nicht bewußt. Er ist einfach da, er wirkt schweigend, er gibt uns seine Anwesenheit fortwährend bekannt – und wir sind damit zufrieden. Mit seinen Zeichnungen vor Augen entsinnt man sich all jener bissigen Geister, die auf allen Schlüsselstellungen und Wendepunkten der Geschichte ihre mutige Freude an der Wahrheit einzubüßen hatten, weil sie keine Tabus, keine Grenzen, lèse-majesté Verbote anerkennen wollten, niemandem schmeichelten, nicht einmal sich selbst. Wohl kann man diesen Geist auch flüchtig genießen – er wird dann für Minuten erheitern. Dringt man aber weiter hinunter in die tiefer verborgenen Sinnschichten seiner Miniaturen – erst dann wird sich die ganze Potenz eröffnen. Wenn ich mir diese Zeichnungen ansehe, meine ich, das donnernde Gelächter des beleibten Künstlers zu hören, der, allein in seinem Arbeitszimmer, mit ungestümen Zügen seine aphoristische Lebensweisheit aufs Papier wirft, um den Zeitgenossen ein neues Zeugnis der Unreife auszustellen. Ein Zeugnis, dessen wir uns kaum rühmen können; eine Verurteilung, die uns nur deshalb nicht verdammt, weil sie vom Lachen begleitet ist. Aber ist es erlaubt, die Danaidenanstrengung, die Sisyphusarbeit, aus der sich unser Schicksal zusammensetzt, im Gelächter untergehen zu lassen? Dies Buch ist die bejahende Antwort – ein königlicher Weg in die humorvoll scheinende, doch todernste Philosophie des Szymon Kobyliński.

Einleitung zu *Das Warschauer Ghetto – wie es wirklich war* von Władysław Bartoszewski

I.

Braucht dieses Buch ein Vorwort? Ist es nötig, diesen Augenzeugenbericht eines Christen über das Warschauer Ghetto und dessen Flammentod im Aufstand gegen die Nazis mit kommentierender Einleitung zu versorgen, dazu noch in der Bundesrepublik Deutschland, in der die Literatur von der deutschen Schuld und Sühne immer weiter anwächst? Anstelle einer Antwort auf diese Fragen will ich ein epistolarisches Ereignis aus letzter Zeit zitieren.

In einem Briefwechsel mit dem Ethnologen Hans Peter Duerr habe ich von einer gewissen Gleichförmigkeit des Verhaltens von Menschen gesprochen, die hilflos dem Massentod entgegenblicken. Paul Feyerabend, dem Duerr meinen Brief zeigte, hat u. a. bemerkt: »Also, nach Lem, verhalten sich alle Menschen bei der Nachricht von einer imminenten Atomexplosion auf sehr einförmige Weise (wie, das sagt er leider nicht). Ich glaube, der gute Herr hat keine Ahnung von der Vielfalt menschlicher Reaktionen. Ein Lustmörder – der hat jetzt endlich Gelegenheit, seiner Lust zu frönen, wenigstens einmal, ganz ohne Bestrafung, also wird er schnellstens nach einem Opfer suchen ... Physisch Liebende werden lustvoll sterben in einer langen Umarmung, denn für einige Menschen ist Orgasmus nur dann vollkommen, wenn er der Auflösung ins Nichts gleichkommt (vgl. den japanischen Film *Im Reich der Sinne*) ... Liest man Berichte, wie Menschen auf die Ankündigung vom Untergang der Welt reagiert haben, ... so findet man gerade diese Vielfalt von Reaktionen.«

Von Duerr dazu aufgefordert, habe ich erwidert:

»Es geht also um das Verhalten einer Stadtbevölkerung im Bewußtsein des Massensterbens. Wäre ich ein Deutscher – nicht gleich *der* Feyerabend in Person – sondern ein ganz gewöhnlicher Deutscher, ehemaliger Wehrmachtsangehöriger, und sollte ich mich in die Diskussion eines solchen Themas mit einem Polen einlassen, so würde ich zuerst sein Geburtsjahr prüfen. Jahrgang 1921. Ist es von vornherein ganz unwahrscheinlich, daß der Mann die Besatzungszeit im Generalgouvernement verbracht hat? Ist er – Gott behüte – gar ein Jude? Oder ein Halb- oder Vierteljude im Sinne der Nürnberger Gesetze? Oder nur im achten Teil? Dann wäre es klüger, ihn nicht belehren zu wollen, *was* ein Massensterben ist, und *wie* sich die Bedrohten verhalten, sonst werde ich mich in eine äußerst unbequeme Lage begeben ...

Im Sommer 1942 habe ich oft das Lemberger Ghetto besucht. Seine Bewohner wußten bereits, daß ihnen die Endlösung bevorstand. Letzte Illusionen waren verflogen, nachdem ein älterer jüdischer Herr aus dem Vernichtungslager Bełżec zurückgekehrt war und die dort eingesetzten technologischen Mittel auf das Genaueste zu beschreiben wußte. Auch ich habe damals mit dem Mann gesprochen. Obwohl kein Fachethnologe, habe ich das Verhalten der Juden im Ghetto – immerhin wurden in jenem Herbst etwa 180000 umgebracht, also *mehr* als in ganz Hiroshima – dicht vor der Massenexekution beobachten können. Meine Beobachtungen können für Feyerabend unsinnig sein. Immerhin ging es um fast zweihunderttausend Menschen. Nun – ich habe eine recht bescheidene Vielfalt von Reaktionen beobachtet. Die Feyerabendschen Lustmörder, die sich noch schnell vor dem Tod austoben wollen, hat es im Ghetto nicht gegeben ... Auch koitales, orgasmusorientiertes Verhalten ließ sich nicht feststellen. Die Juden interessierten sich nicht für intensivierten Geschlechtsverkehr, fürs Zeugen, sondern für die bereits von ihnen gezeugten Kinder: die wollten sie nämlich retten. Die meisten Menschen waren auf eine recht banale, ja langweilige Art verzweifelt. Die Verhaltenspalette war also bedauerlicherweise nicht so *bunt*, so mannigfaltig, wie bei Feyerabend, z. B. in seinem Mittelalter. Warum? Herr Feyerabend wird dazu wohl wieder eine seiner originellen Auffassungen haben. Meine ist ganz banal. Im Mittelalter wurde das Jüngste Gericht erwartet. Die Menschheit sollte wegen ihrer Sünden die Höllenfahrt antreten. Niemand wußte aber *wie*. Eschatologisches Denken bekam dadurch Aufschwung und konnte sich schön verästeln. In Lemberg hingegen wußte man genau *wie* und *wo*, nur nicht *wann*. Dadurch wurde alles so eintönig. Ich wundere mich, daß Feyerabend irgendwo im Mittelalter oder im japanischen Film nach Mustern eines bevorstehenden Massentötens sucht, wo er doch zu seinen Lebzeiten . . . Näherliegendes finden konnte . . . Der Holocaust sollte ja zur Klassik des Genozids gehören . . . Ich fühle mich natürlich nicht persönlich gekränkt, aber es ist schon eine Zumutung, wenn ein Deutscher der Vorkriegsgeneration über Massenmord und Auschwitz im leichten Ton redet. Diesem Thema kann ich keine Frivolitäten abgewinnen.«

Die Zitate sind lang ausgefallen, aber ich hielt beide für angebracht. Wenn schon ein deutscher Philosoph, der den Krieg erlebt hat, auf eine derart perfekte Art mit Gedächtnisschwund ›die Vergangenheit bewältigt‹, ist es nicht nur angezeigt, sondern notwendig, solche Bücher, wie dieses hier, in den deutschen Ländern erscheinen zu lassen – und mit Einleitungen zu versorgen.

II.

Als ich im Dezember 1942 die deutsche Firma in Lemberg (damals ›Distrikt Galizien im General Gouvernement‹), in der ich arbeitete, fluchtartig verlassen mußte, weil meine Papiere ›aufgeflogen‹ waren, und ich mich genötigt sah, die von mir im Beutepark der Luftwaffe geklaute Munition unter der Holztreppe in der Autowerkstatt zu verstecken und ›in die Deckung‹ zu gehen, bevor ich neue Papiere erhalten konnte, wußte ich nicht, daß zu derselben Zeit ein junger Mann, mir fast gleichaltrig, zusammen mit einigen älteren Personen aus der Widerstandsbewegung in Warschau den Hilfsrat für Juden begründet hatte. Zu jener Zeit hat es kein Ghetto mehr in Lemberg gegeben. Die armseligen Buden und kleinen Häuser hinter den Bretterzäunen – eine richtige Mauer wurde bei uns niemals errichtet – standen bereits leer. Ich wohnte damals in dem Gebäude des Lemberger Botanischen Gartens, das an den Lyczakower Friedhof grenzt, und deswegen konnte ich in den Dezembernächten das Knallen hören, wenn die deutschen

Treibjäger ihre Handgranaten in die Grüfte warfen, wo sich noch einige aus dem Ghetto geflüchtete Juden versteckt hielten.

An Vieles war ich damals zu glauben bereit, an die Niederlage des Dritten Reiches an erster Stelle, niemals aber daran, daß ich 41 Jahre später in Berlin einleitende Worte zu einem Buch wie diesem hier in deutscher Sprache schreiben würde. Wie aber die zynisch-klugen Franzosen behaupten, wer nur lang genug lebt, der wird alles, wie auch das Gegenteil von allem erleben. Die Deutschen, die vor einem halben Jahrhundert Abermillionen von Polen, Russen, Juden mit Fließbandtechnik ermordet haben, bauen heute besondere Unterführungen für Kröten, damit das Krötenvolk keinen Schaden auf den Autobahnen erleidet, und anstelle von Zyklon, mit dem Menschen wie Wanzen vergast worden sind, werden heute vitaminhaltige Nährstoffe für Kanarienvögel und Goldfische produziert. Tempora mutantur, nos et mutamur in illis, nicht wahr?

Der junge Mann aus Warschau, von dem ich oben gesprochen habe, hieß Władysław Bartoszewski. Im Manuskript dieses Buches hat er dort, wo er die Begründer der ›Organization Żegota‹ – des Hilfsrates für Juden – aufzählt, einen Namen mit schwarzer Tinte gestrichen. Das war sein eigener Name. Doch ich spreche ihm das Recht zu einer solchen Bescheidenheit ab. Ich tue es nicht in bezug auf Professor Doktor honoris causa Władysław Bartoszewski, Autor ungezählter zeitgeschichtlicher Abhandlungen, Chroniken und Nachschlagewerke über die Problematik der deutsch-polnisch-jüdischen Beziehungen und über die Besatzungszeit in Polen, sondern in bezug auf den knabenhaften, einundzwanzigjährigen Wladek Bartoszewski, der, bald nach seiner Freilassung aus dem KZ-Lager Auschwitz, sich keine andere Tätigkeit zu suchen wünschte, als die Juden vor dem Mord aus deutscher Hand zu retten. Das einzige dafür festgesetzte Strafmaß war damals die Todesstrafe, auch wenn es sich nur um eine flüchtige, einmalige, einem Juden erwiesene Hilfe handelte.

Ich habe einen Hang zur Statistik. Ich weiß aber nicht, ob irgend jemand irgendwann versucht hat, die durchschnittlichen

Überlebenschancen der polnischen Widerstandskämpfer zu errechnen. Zweifellos waren sie unterschiedlich, je nachdem, ob es um diejenigen ging, die in Großstädten tätig waren oder um andere, die Wald und Wiese zum Operationsgebiet hatten. Die Lage aber, in der die Judenretter zu wirken hatten, war einmalig und ließ sich mit derjenigen der Untergrundkämpfer nicht vergleichen.

Erstens, nicht überall in Europa unter dem Hakenkreuz war es eine Herausforderung des Todes, Juden zu helfen – aber im Generalgouvernement war das der Fall bis zu seinem letzten Tag.

Zweitens, angesichts des von den Deutschen industrialisierten Mordens und der Massen wehrloser Opfer wie auch der im Verlauf der Besatzungszeit stetig dezimierten polnischen Bevölkerung, war es im voraus klar, daß nur ein kleiner Bruchteil der Opfer gerettet werden konnte. In dieser Hinsicht hat es von Anfang an keine Illusionen gegeben.

Der Alltag der Judenhelfer wimmelte von kritischen Situationen, wovon Bartoszewski in diesem Buch berichtet. Irgendein planmäßiges Vorgehen, mit genügender Absicherung gegenüber Spitzeln, Erpressern, deutschen Fallen und Provokationen, von welchen Bartoszewski auch viel zu sagen weiß, war ausgeschlossen. Was auch geplant oder vorbereitet wurde, scheiterte oft an irgendeinem bösen Zufall, und der Helfer, der sich nicht rechtzeitig zurückgezogen hatte, sondern das größer werdende Risiko hinnehmen wollte, mußte manchesmal das tödliche Los der Juden teilen.

Man darf befürchten, daß unser Zeitalter als das des Völkermordes in die Geschichtsschreibung eingehen wird. Polnische Erde wurde zum ersten europäischen Schauplatz des modernen Genozids. Damals wunderte sich das Volk, wieso sich solch kolossale Menschenmassen nicht zur Wehr setzten. Einige Jahrzehnte später, als Kambodscha zum Schauplatz eines Massenmordes wurde, und zwar mitten im Weltfrieden, war es bereits verständlich geworden, daß auch der größte Mut allein nichts gegen eine enorme Übermacht leisten kann. Wie wir bereits erfahren haben, ist das Böse vielgestaltiger und in seinem blutdürstigen Vorgehen auch effektiver als das Gute.

Władysław Bartoszewski hat also sehr viel Glück gehabt, daß

er mit dem Leben davonkam. (Was er später erleben mußte, steht auf einem anderen Blatt.) Von Anfang an war er im Untergrund auch journalistisch aktiv, aber erst in den späten Nachkriegsjahren wurde er zu einem der profiliertesten Kenner der grausamen Besatzungszeit. Er ist Christ und hat als Christ gehandelt. Aber Erwägungen moralistischer Art sind in seinen Schriften kaum zu finden. Er wendet sich mit allen seinen Büchern an den Leser, damit das Vergangene nicht vergessen wird.

Auf diese Weise ist er zum Chronisten der Besatzungsgeschichte geworden und zum Erforscher der beiden Warschauer Aufstände – des jüdischen von 1943 und des letzten, im Jahr 1944, als ganz Warschau zusammen mit der Hälfte seiner Bewohner zerschmettert wurde. Seine Aufsätze, Chroniken und Bücher könnten, sogar auf mehrere Federn und Menschen verteilt, einem jeden von ihnen als Autor zur Auszeichnung werden. Die großen zeitgeschichtlichen Bände von Bartoszewski sind zu unersetzlichen Quellen für jeden Forscher über jene Zeit geworden. Es ist erfreulich und lobenswert, daß der junge Mann aus Warschau 1942 nicht in seinen journalistischen Versuchen von damals steckengeblieben ist, sondern sich zu einem weitbekannten, gelehrten, vielseitigen Historiker entwickelt hat. Wahrhaftig darf man hier von einem glücklichen Zusammenspiel von angeborener Intelligenz, Fleiß, Begabung und intellektueller Reifung reden.

Für mich aber ist etwas ganz anderes an ihm wichtig. Noch niemals in der Geschichte, hat Winston Churchill anläßlich des Luftkrieges um England gesagt, hing das Los so vieler von so wenigen ab. Diese wenigen waren über England Flieger in bewaffneten Maschinen, den Deutschen ebenbürtig. Bartoszewski ist aber einer der wenigen, die waffenlos, im ungleichen Kampf, mit dem einzigen Gut, das ihnen zur Verfügung stand, ihrem Leben, nicht nur viele andere Menschenleben gerettet haben, sondern auch die Ehre unserer Nation.

Berlin, im März 1983

Einleitung zu *Aus der Geschichte lernen?* von Władysław Bartoszewski

Bücher ändern den Lauf der Geschichte nicht. Diejenigen, die das dennoch vermochten, stellen seltene Ausnahmen von der Regel dar, doch auch sie haben nur insoweit Einfluß auf die Geschichte der Menschheit genommen wie ein brennendes Licht, das ins leicht entzündliche Dunkel geworfen wird. Damit will ich sagen: Bücher, die die Weltanschauung des Menschen oder sogar seine Welt verändern, entstanden in einer Zeit, die für diese Werke reif war, ja ihren Inhalt beinahe schon erwartete. Solchen über alle Maßen seltenen Büchern war die Macht eigentümlich, auf ganze Gesellschaften über die Grenzen und die Köpfe der Herrschenden hinweg einzuwirken. Die Konsequenzen solch universeller Wirkungen waren gut oder schlecht, bisweilen mehrdeutig, zumeist jedoch leider entsetzlich. Und zwar deshalb, weil es leichter ist, die Menschen im Namen des angeblich Guten zum Bösen zu überreden, als sie zu einer echten Vervollkommnung des Lebens zu veranlassen.

Mein weit über dreißigjähriger Weg als Schriftsteller stand unter dem Zeichen der Hoffnung – derer ich mir lange selbst nicht bewußt war –, die Welt durch mein Schreiben zumindest in winzigem Maße verbessern zu können. Diese ebenso naive wie ehrenwerte Absicht ist schon längst eine verlorene Hoffnung.

Ich schreibe daher die Einleitung zu einem Sammelband von Essayistik und Publizistik von Władysław Bartoszewski, dem Friedenspreisträger des Deutschen Buchhandels anno 1986, in dem wehmütigen Gefühl, daß ich mich im Namen dieses Buches nicht an jene Deutschen wende, die ich als seine Leser erreichen möchte.

Als Historiker der Neuzeit beschäftigte sich Bartoszewski seit den ersten Anfängen seiner Karriere mit den schrecklichsten Dingen, die im Ostmitteleuropa des zwanzigsten Jahrhunderts geschehen sind – nämlich mit den Tragödien, die über sein und mein Vaterland aus Gründen politischer Nachbarschaft hereingebrochen sind. Die Sammlung von Texten, die zwischen diesen Buchdeckeln enthalten ist, spiegelt die durch diese

Nachbarschaft hervorgerufenen drei Abschnitte unseres, doch nicht allein unseres Unglücks wider. Es sind Fragmente und Artikel mit Titeln wie *Die deutsche Okkupation und der polnische Widerstand, Das Schicksal der polnischen Juden in der schlimmsten Periode ihrer und unserer Geschichte* und schließlich *Die Gegenwart, betrachtet durch das Prisma der europäischen Sorgen und Hoffnungen*. Diese Überschriften stammen nicht aus der Feder des Autors, sondern von mir.

Wenn die Seiten dieses Buches den geneigten oder zumindest einen Leser finden, der den supranationalen Werten, zu denen ich mich gemeinsam mit dem Autor bekenne, nicht feindlich gesonnen ist, so liefern sie vielleicht Stoff zum Nachdenken und Überlegen.

Indem ich mit der Tradition, in der man Vorworte und Einführungen zu schreiben pflegt, breche und gleichzeitig die realen Chancen dieses Bandes bei der Leserschaft sicherlich weit überschätze, möchte ich mich nicht als Fürsprecher Bartoszewskis, sondern in meiner eigenen Person an jene Deutschen wenden, die dieses Buch nicht zur Kenntnis nehmen oder mit Verachtung von sich weisen werden. Mein Vorhaben ist daher sinnlos und hat keinerlei Aussicht auf Erfolg. Doch darauf kommt es nicht an: Wenn man Zeugnis für die Wahrheit ablegen will, also für das, was man für die Wahrheit hält, dann verliert die Frage nach der Beliebtheit in Leserkreisen völlig an Bedeutung.

Mehr als vierzig Jahre nach dem letzten Weltkrieg sehen wir die Menschheit eingekreist von mehr Gefahren und Drohungen als jemals zuvor in ihrer nach Jahrtausenden zählenden Geschichte.

Man kann ohne Übertreibung sagen, daß nicht ein Damoklesschwert über unseren Köpfen schwebt, sondern eine erschreckende Vielzahl tödlicher Klingen.

Nichts Originelles steckt in meiner Ansicht, daß von all diesen auf uns gerichteten Schwertern zwei die mörderischsten sind: die militärische und die ökologische Katastrophe.

Mit anderen Worten: Wir leben in Zeiten, in denen es um nichts so schlecht bestellt ist, wie um die gute Hoffnung auf eine Verbesserung der Welt und den Eintritt eines dauerhaften Friedens.

Da ich mich, wie erwähnt, vor allem an jene Deutsche wende, die für den Inhalt dieses Buches blind und taub sein werden, möchte ich mich auf die großen Deutschen berufen, die ihr eigenes Volk auf besondere Weise verurteilt haben.

Hermann Hesse gehörte zu jenen deutschen Schriftstellern, die ihre Heimat verließen, den Grund dafür erwähnte er in einem Brief an Thomas Mann: Als Schöpfer kultureller Güter, schrieb er, sind die Deutschen vielleicht sogar das »Salz der Erde«, doch als politisches Volk sind sie »unmöglich«. Der in diesem Band von Bartoszewski zitierte Golo Mann drückte sich anders, wenngleich ähnlich aus: »Was den deutschen Charakter seit hundert Jahren bezeichnete, war seine Ungeformtheit, seine Unberechenbarkeit. Er konnte einmal hochvernünftig und friedlich erscheinen, und dann wieder plötzlich ganz anders.« »Ganz anders«, das ist mit Abstand »the understatement of this century«. Die »andere Stimme« der Deutschen, das war für Thomas Mann in seinem *Doktor Faustus* die Teufelei, zu der die Urenkel Fausts fähig sind.

Meine Worte sind nicht von dem Wunsch diktiert, die Deutschen mit Hilfe von Zitaten aus ihrem heiligsten Schrifttum zu beschimpfen, obgleich man mir eine derartige Intention leicht unterstellen könnte, da die Deutschen außer Vater und Mutter meine ganze Familie ermordet haben. Ich erinnere mich bis auf den heutigen Tag an den Augenblick, als ich (diese Überzeugung hege ich) vor mehr als dreißig Jahren die Aussöhnung mit den Deutschen erlebte. Damals probierte ich Schuhe in einem Berliner Warenhaus an, als ein vielleicht vierjähriges Kind auf mich zukam und in seinem kindlichen Deutsch auf mich einplapperte, um mir Bilder in einem gerade gekauften Büchlein zu zeigen. Die vollkommene Unschuld des kleinen Jungen, mit dem ich das bunte Bilderbuch betrachtete, erwies sich als definitives Argument für mein Gedächtnis – trotz seiner hermetischen Abgeschlossenheit. Doch das Gedächtnis zu einem weißen, leeren Blatt zu machen, stand nicht in meinen Kräften.

Nach Berichten der westdeutschen Presse beträgt die Gesamtzahl jener jungen Deutschen, die für die Abrüstung, den Verzicht auf Kernenergie, vor allem aber für Frieden unter den Völkern, mit Hilfe von Explosivstoffen, Molotow-Cocktails sowie stählernen und steinernen Geschossen kämpfen, nicht mehr als einige zehntausend. Gleichwohl können sie als Kinder derart reicher Deutscher, wie es sie in der Geschichte noch nie gegeben hat, mit Autos oder Bussen bequem von einem Schauplatz blutiger Demonstrationen zum andern reisen.

Mit Entsetzen erfüllen mich auch die Grünen, weil sie eine Utopie verkünden und gleichzeitig, wie auf ihrem letzten Parteitag geschehen, die Nachricht mit Jubel beklatschen, daß eine erhebliche Anzahl von Polizisten bei einem Zusammenstoß mit (vielleicht weniger grünen) Demonstranten ernsthaft verletzt wurde. Die Erfahrung von Jahrhunderten lehrt, daß der zeitliche Abstand zwischen der Verkündigung einer neuen Utopie und dem Bau neuer Gefängnisse sehr klein ist. Es gibt auch in unserer Zeit Länder, in denen die neuen Regierungen vom Programm der Utopie bereits zum Programm für das Gefängniswesen übergegangen sind.

Da ich im Gegensatz zu Bartoszewski kein Christ bin, kann ich angesichts dieser Veränderungen nicht sagen »Herr, vergib ihnen, denn sie wissen nicht, was sie tun«. Vielleicht wissen sie es wirklich nicht, ich aber, der die frühen, zunächst noch erfolglosen Anfangsphasen von Hitlers ›Machtübernahme‹ in meinem Gedächtnis bewahrt habe, kann mich des Verdachts nicht erwehren, den die Psychologie als ›le sentiment de déjà vu‹ bezeichnet, also des Gefühls, daß ich ähnliche Massenszenen an der Schwelle der dreißiger Jahre *schon einmal* gesehen habe. Alles hat sich verändert, besonders der Inhalt der propagierten Parolen und politischen Programme; selbst von einem ›Drang nach Osten‹ ist dort keine Rede mehr, ausgeprägt hingegen ist die Tendenz zur Vernichtung der Nachkriegsdemokratie in Deutschland. Für die BR Deutschland mit ihren 65 Millionen Einwohnern wären die nach einigen Zehntausenden zählenden Randgruppen, für die die deutsche Sprache die Bezeichnung ›Chaoten‹ gefunden hat, natürlich bedeutungslos, gäbe es da nicht sehr viel bedrohlichere Phänomene. Zunächst ist das die Tendenz der friedlich gegen Aufrüstung, Kernkraft oder für den Frieden demonstrierenden Massen, die blutigen Gewalttäter abzuschirmen und zu schützen. Dabei ist es ganz gleich, ob diese Menschenmengen das mit Absicht oder ›einfach so‹ tun, denn ähnlich *passiv* war die Haltung der Deutschen in der Weimarer Republik gegenüber den Schlägertruppen Hitlers und ähnlich leicht fanden in die Umgangssprache der Deutschen Ausdrücke Eingang, die die verbrecherische Gewalt verharmlosten und entschuldigten, ja sogar schön klangen, wie z. B. ›Kristallnacht‹. Das gibt oder sollte doch zumindest jedem zu denken geben, der sich an jene Zeit erinnert.

Darüber, daß der Wunsch nach unverzüglichem Verzicht auf die Kernenergie de facto der Wunsch nach einer Rückkehr ins 19. Jahrhundert ist, demnach eigentlich in eine Fiktion, weil eine Rückkehr in die Vergangenheit einfach nicht möglich ist – braucht man kein Wort zu verlieren. Lohnend hingegen ist zu beobachten, mit welcher Leichtigkeit die Neigung der Deutschen, *von einem Extrem ins andere zu fallen*, in der Politik um sich greift und wie ein Bazillus sogar ihr Recht infiziert. Ablesen kann man das daran, daß die Gerichte der Bundesrepublik in ihren Urteilen langsam, aber unablässig vor dem Ansturm der ›Vergewaltiger des Friedens im Namen des Friedens‹ zurückweichen, indem sie z. B. bereits zwischen solchen Tatbeständen wie der ›passiven Blockade des Straßenverkehrs‹, die nicht strafbar sein soll, weil sie nicht unter den Terminus ›Nötigung‹ fällt, und anderen Delikten unterscheiden, die noch eine milde Ahndung in Gestalt einer Geldstrafe oder eines vierundzwanzigstündigen Arrests nach sich ziehen.

Und erneut geht es nicht darum, daß man bei Demonstrationen (gleichgültig welchen) immer ungestrafter Blut vergießen kann. Es geht darum, daß das Recht, das die Demokratie schützen soll, einer Erosion unterliegt. Das geschieht auf andere Weise als nach der ›Machtübernahme‹, aber es geschieht. Setze ich mich mit solchen Aussagen nicht in Gegensatz zu den Inhalten des Buches, zu dem ich eine ›Einführung‹ schreiben soll? Widerspricht das nicht seinen guten Absichten, Hoffnungen und Wünschen?

Nicht allen, denn der Autor des Buches, ein Pole, der Gefängnisse aller Art, alle Erscheinungsformen der Gewalt, die jede Äußerung der Freiheit oder nur das Streben nach ihr im Keim erstickt, kennengelernt hat, hat zwar sowohl seinen Glauben als auch seine Überzeugung von einer besseren zukünftigen Welt bewahrt, in der Polen und Deutschland gleichberechtigte Plätze einnehmen – doch der Schatten des Zweifels, der ihn insgeheim quält, kam in dem *Fragezeichen* zum Ausdruck, das er hinter den Titel des Buches gesetzt hat.

Sollten wir aus der Geschichte lernen? Zweifellos: Denn wenn wir die Geschichte nicht kennen, werden wir den Tieren gleich, ja sogar schlimmer als sie, weil uns nämlich der Selbsterhaltungsinstinkt der Tiere fehlt.

Lernen die Völker der Welt aus der Geschichte? Auf diese Frage, die im Titel von Bartoszewskis Buch gestellt wird, muß ich schweren Herzens antworten: Wenn es um die Deutschen geht, habe ich meine Zweifel.

Wien, im Juni 1986

Posthuma

Eigentlich ist es erst Miłosz gelungen, in den geistigen Untergrund hinabzusteigen, in dem ein scheinbar so unterschiedliches Schaffen wie das von Gombrowicz und das von Leśmian[1] wurzeln. Ich habe mir oft, ebenso wie er, im stillen gedacht, daß am Anfang dieser beiden Schopenhauer stand, aber ich habe es nie laut ausgesprochen, wohl aus angeborenem Widerwillen gegen intime Bekenntnisse, und eine solche Intimität wäre nicht zu vermeiden gewesen, denn auch mich hat Schopenhauer bezaubert. Die ersten Daguerrotypien entfielen auf die Zeit seines Alters und kanonisierten es – mit den wehenden weißen Haaren, dem Gesicht, so scharf wie die sehr hellen Augen, und ich könnte ihn mir nicht mehr anders vorstellen denn als Greis, als wäre er immer so gewesen und hätte nichts, könnte nichts mehr gemein haben mit dem dünkelhaften intelligenten Schnösel, der Hegel die Hörer abspenstig machen wollte und dabei eine Niederlage erlitt, die er Hegel nie vergeben hat.

Nach dem Tod eines Bewunderten kann man sich auch zu solchen Affinitäten bekennen, die man zu dessen Lebzeiten nie eingestanden hätte. Die Schwäche, die ich für Schopenhauer empfand, für diesen unübertroffenen Selbstvergötterer der Philosophie, der einundvierzig Jahre lang auf Anerkennung wartete, im ersten Jahr ihrer so gewiß wie im letzten, diese Schwäche weckten in mir wohl die Vorreden zu seinen gesamten Werken.

Sein System, in vorbildlichem Deutsch gebaut, von edler Konsistenz, aber etwas schwerfällig – wo findet man leichte germanische Ontologen? –, habe ich kaum angestochert, da ich jedoch die Gabe besitze, Weisheit im Nu zu erkennen, entdeckte ich sie sofort bei diesem vom eigenen Denken Besessenen. Ich glaube an keine vollkommen selbstzufriedene, unveränderlich harmonische, abgestandene, kristallklare und kristallharte, unbewegliche Weisheit, denn eine solche erhebt Anspruch auf einen unmenschlichen Zustand – den Zustand eines entschieden sicheren und in seiner Abgeschlossenheit endgültigen Wissens; in der einzigen Weisheit, der ich Glauben schenke, muß Verzweiflung zucken zum Zeichen, daß diese Kraft des Zupackens, selbst wenn sie zu einer Statue versteinert, von der uns allen angeborenen Schwäche in einem Augenblick der Kulmination gezeugt wurde. Der Sprung in die tiefste Dunkelheit ist für mich Weisheit, nicht aber stetige Helligkeit, sie ist das Bewußtsein des Wagnisses, nicht der Offenbarung, und selbst in ihrer triumphalen Vollendung ist der Tod gegenwärtig.

Indessen ist Schopenhauer in jedem Satz so unnachgiebig apodiktisch . . . aber nur in seinen Werken. Aus seinem späten Briefwechsel ist zu ersehen, daß er über sein System nicht ohne Unruhe wachte – er erschrak für eine Weile, als er in der ›Times‹ die ersten Meldungen über Darwins Theorie las, aber sofort erklärte er sie kategorisch für null und nichtig als bloß naturwissenschaftlich, der Natur verhaftet, und somit seicht angesichts des Hinabsteigens des Philosophen in die unaussprechliche Tiefe des Seins. Und erst seine Vorreden machten ihn für mich zum Menschen, weil er sich in ihnen vor Neid windet, den Dämonen-Professoren ein Komplott unterstellt, weil er Hegel mit den ärgsten Schimpfwörtern überschüttet, weil er sich kopfüber aus der Erhabenheit in Wut stürzt, um dann aus der Wut in die Majestät zurückzufinden. Die vollkommenste Gleichgültigkeit für Ruhm heuchelte er in der schrecklichsten Gier nach Applaus, und da er diesen nicht gewinnen konnte, schmückte er sich mit Verkanntsein wie mit einem Hermelinmantel, um so lächerlicher in gebieterischen Gesten, je mehr Würde er in diesen Gesten haben wollte. Mehr noch – in seinem System selbst war er ein Zerrissener, denn indem er die Natur zum Tyrannen erklärte, die uns Fallen der ›Individuation‹ stellt, damit wir uns wie Handpuppen von ihrem tyrannischen Willen bewegen lassen, den wir für den eigenen halten – erwartete er von diesem Willen, verwandelt in menschliche Individuen mit den Professoren an der Spitze – Ehre und Anerkennung gerade für diese ihre Entlarvung in der existentiellen Erniedrigung! Von solchen Kreaturen wollte er Begeisterung und Krönung – für eine solche Diagnose! Die Diagnose eines Therapeuten, der, nachdem er die Unheilbarkeit des Patienten festgestellt hat, eben dafür dessen Enthusiasmus verlangt. Die verzweifelte Lächerlichkeit dieser Haltung hat früher mein Entzücken geweckt als die Doktrin selbst, die insofern prachtvoll ist, als man ganze Partien daraus aus der Wortwörtlichkeit in die Metapher verlegen kann, ein Eingriff, den dieser menschenscheue Hitzkopf nicht vorausgesehen hat, der ihn in Rage gebracht hätte, aber ohne den seine Ideen – die einzigen zu einem System ausgebauten – bloß anthropomorphische Phantasterei geblieben wären. In den Vorreden empfahl er sich als uneigennütziger Diener der Wahrheit, der nur ihretwegen den Hegels und Fichtes die Haxen brach ... aber wie ein hinter dem Kragen versteckter Teufel sprang ihm aus den Einleitungen immer wieder die Leidenschaft der rachsüchtigen Verzweiflung heraus, blitzte in ihnen seine Egolatrie auf, er, den Mund voller Nirwana, war doch nicht nur im übertragenen Sinne fähig, jemandem die Beine zu brechen ...

Mich berauschte dieses mit Mühe im Zaum gehaltene, die Tunnels von vierzig Jahren durchdringende Schreien, war es doch der Schrei authentischer, in Verkennung heulender Größe ... und diese Zerrissenheit in seinen sukzessiven Einleitungen, mitsamt der letzten, als er schon seinen Aufgang, seinen Aufstieg ahnte und ihn mit plötzlich gedämpfter Stimme, mit einigen lakonischen Sätzen quittierte – dieses Bild der Ouvertüre war für mich ein dramatischeres Schauspiel als die eigentliche Entwicklung der Doktrin in sechs Bänden mit *Parerga und Paralipomena* und mit einer Handvoll naiver Gedichtchen als Anhängsel ...

Daß die Welt in ihrer Gegenständlichkeit Vorstellung ist, war bereits nichts Neues, aber die Welt als Wille war unbestreitbar die Erfindung Schopenhauers. Eine ungemein riskante Erfindung, und deshalb habe ich besonders aufmerksam jene Sätze abgeklopft, in denen der starrsinnige Eigenbrötler den Abgründen auszuweichen trachtete, die längs des volitionalen Wesens des Seins klaffen. Dabei war ihm die deutsche Sprache insofern behilflich, als in ihr ›Wille‹ und ›Wollen‹ enger zusammenwachsen als in vielen anderen (etwa in der englischen ›will‹ und ›want‹, in den slawischen Sprachen u. a. m.). Im Polnischen erweist sich der Wille (wola) als deutliche Hypostase der einzelnen Akte des Wollens. In den slawischen Sprachen schleicht sich in die mit dem Willen verbundenen zeitwörtlichen Begriffe ein Anthropo- oder zumindest Biomorphismus ein.

Dieser suggeriert, daß, wenn Körper aufeinander reagieren und einander anziehen, dies ein Ergebnis des Wollens im Sinne eines Tropismus ist. Diese Gleichung bezieht sich auf die Gravitation ebenso wie auf jede andere Kraft. Selbstverständlich habe ich deswegen in meiner Humoreske »Wiederholung«[2] diesem Grundstein des Systems so übel mitgespielt. Denn dort steht geschrieben: »Die Welt als rührend-sentimentale Anziehung der Moleküle, die schon im Moment der Geburt so fleißig haushalten. Elektronen, Protonen drehen sich zwar umeinander, aber nicht wegen irgendwelcher Kräfte, Felder, Quanten, sondern weil sie einander mögen ... Statt der drei Gesetze Newtons eine Anziehungskraft neuer Art: Zärtlichkeit, Sorgsamkeit, Liebe. Statt des Prinzips des Impulsverhaltens das Prinzip des Treuehaltens ...« Das habe ich geschrieben, weil heute nicht mehr die licentia philosophica, sondern die licentia poetica ontologisch verrannten Suchern nach der Letzten Wahrheit Zuflucht bietet. Eben das phantasievoll Poetische, der latent metaphorische Charakter der Doktrin haben Menschen mit musischem Temperament angezogen – im vergangenen Jahrhundert gab es unter ihnen neben Künstlern auch Ärzte, denn die Medizin selbst war damals Feldrain und Gebirgspaß, die die apollinischen Künste von denen Äskulaps abgrenzten. Die einfache Operation, die ich mir ausgedacht habe, enthüllt übrigens das phantasmagorische Wesen der Schopenhauerschen Vision. Es genügt anzunehmen, daß es nie einen realen Schopenhauer gegeben hat, daß sich Borges ihn in einer seiner *Ficciones* ausgedacht und darin das Sein als sich selbst erkennenden Willen vorgestellt hat, um zu beweisen, daß dieser Typus der philosophischen Schöpfung, der sich übertragener Bedeutungen, Andeutungen und Analogien bedient, eine Schöpfung, deren Inhalt damals niemand bereit gewesen wäre, auch nur eine Sekunde lang ernst zu nehmen – ebenso wie doch niemand die von Borges erdachte Häresie, die Judas mit dem Heiland gleichsetzt, ernst nimmt. Gibt es doch weder im Text jener fiktiven Ketzerei noch im Text Schopenhauers irgend etwas, das von selbst den ersten auf den Weg unseriöser Hirngespinste schicken, den zweiten hingegen im ernsten Pantheon der Philosophie placieren würde. Das Urteil, das außerhalb solcher Texte gefällt wird, bewirkt diesen für uns offensichtlichen riesigen Unterschied, der, wenn man die Texte selbst aufmerksam studiert, überhaupt nicht existiert...

So hat denn die Doktrin die Vorstellungskraft der Künstler befruchtet, und nur ihr Schöpfer ist glücklicherweise in einer Zeit zur Welt gekommen, als die Philosophie noch nicht abgeschnitten war von der Imagination, nicht angenagt von krebsartigen Wucherungen der Form, und deshalb konnte er mit tödlichem Ernst sagen, was wir nur mehr parodistisch sagen können, indem wir würdige Kleidung für Verkleidung eintauschen und das Credo für die Geste einer Rolle, die um mehrere Schuhnummern zu groß und nur auf der Bühne erlaubt ist. Und wer heute auf mehr Lust hat, der möge Posthuma schreiben, um nicht vom lauten Gelächter der Vernunft ernüchtert zu werden.

Anmerkungen

[1] Bolesław Leśmian, polnischer Lyriker, 1878–1937.

[2] *Powtórka* (Wiederholung), Wydawnictwo Literackie (Literarischer Verlag), Krakau 1980 (nur polnisch).

Vergleichende Kosmologie

Die gegenwärtigen Modelle des Kosmos lassen die Existenz mehrerer Kosmen zu – aufeinanderfolgende und parallele. Die vorherrschende Theorie des Urknalls (Big Bang) erlaubt die Vielheit aufeinanderfolgender Kosmen, insbesondere die pulsierende Spielart, derzufolge der Kosmos einem Zweitaktmotor vergleichbar arbeitet. Jeder Takt dauert etwa 40 Milliarden Jahre. Der Kosmos dehnt sich, wie gegenwärtig, aus, anschließend schrumpft er zusammen, um in die Singularität zurückzufallen, die ihn hervorgebracht hat. Da ein solches Ende der Welt zugleich das Ende der Physik zu bedeuten hat, weist nichts darauf hin, daß der Kosmos, der erneut aus der Singularität hervorgehen kann, genau die gleiche Physik wie der gegenwärtig existierende aufweisen müßte.

Es könnte sein, daß die Physik eines sehr ›jungen‹ Kosmos in ihren grundsätzlichen Parametern nicht genau festgelegt ist und sich als Folge von Rückkopplungen bestimmt, also selbstorganisierend. Dies ändert aber nichts an unseren Ausführungen, deren Ausgangsthese lediglich die Nichtidentität der Physik in verschiedenen Universen ist.

Die Vielheit der Kosmen erlaubt auch jene Kosmogonie, die ich früher im Scherz in den *Sterntagebüchern* (1971) vorgeschlagen habe, nicht ahnend, daß sich ein Physiker finden würde, der diesen Gedanken (unabhängig von mir) ganz ernsthaft erörtern würde (Edward Tryon in *Nature*, 1973). Diese Theorie nimmt an, daß der Kosmos eine ungewöhnlich große Fluktuation des Vakuums darstellt. Eine solche Fluktuation als creatio ex nihilo verletzt die physikalischen Gesetze dann nicht, wenn die Summe aller entstehenden physikalischen Größen (Kräfte) gleich Null ist. Der Fluktuation entspringt also die Antimaterie mit einer gleichgewichtigen Menge an Materie. Da sie nicht koexistieren können, denn sonst käme es unverzüglich zur Annihilation, muß die beiden irgendein Mechanismus trennen. Man kann verschiedene Arten der Fluktuation postulieren, was wiederum eine Vielheit der entstehenden Kosmen bedeutet; der weitaus überwiegende Teil von ihnen wird mißlungen sein, und nur selten wird es zu einer so definitiven Trennung auf der Plus-Minus-Achse kommen, daß ein Kosmos entsteht, der an Größe und Dauerhaftigkeit dem unseren gleichkommt.

Die maschinelle Modellierung der nichttrivialen Varianten solcher Erscheinungen kann neues Licht auf die Kosmogonie werfen. Wir wollen uns hier allerdings mit einer bescheidenen Komparatistik der Kosmen begnügen. Es geht um die Zusammenstellung verschiedener Weltalle aufgrund ihrer lebensspendenden Potenz. Wenn davon die Rede ist, heißt es meistens, daß sie einer Dichotomie unterliegt: ein bestimmter Kosmos kann in sich Leben hervorbringen oder aber nicht. Wir befinden uns in einem Kosmos der ersten Art, denn die letzteren bleiben bis in alle Ewigkeit tot.

Die biogenetische Potenz stellt mit Sicherheit keine von den Anfangsbedingungen der Entstehung des Weltalls unabhängige Variable dar. Wenn in dem ›jungen‹ Weltall keine Atome mit Elektronenhüllen entstanden wären, die dem Ausschließungsprinzip von Pauli unterliegen, dann könnte es zu keinen chemischen Reaktionen kommen, folglich hätte die biogenetische Potenz den Wert Null. Wären hingegen andere Konstanten anders – gäbe es beispielsweise viele Elemente, die sich ähnlich wie die Kohlenstoffverbindungen als Atombausteine des Lebens eignen, vielleicht gar welche, die in dieser Hinsicht ›effizienter‹ sind, dann wäre die kombinatorische Macht ihrer Menge größer als in unserem Universum, und dann wäre die Biogenese eine weit häufigere Erscheinung. Es erscheint daher wahrscheinlich, daß diese Potenz unterschiedliche Werte annehmen kann, sie ist im ganzen System der Kosmen eine Variable, die für einen gegebenen Kosmos charakteristisch ist und von seinen Anfangs- und Grenzbedingungen bestimmt wird.

Diesen Gedanken kann man auf verschiedene Weise abwandeln, z. B. indem man anstatt der gänzlichen Unabhängigkeit aufeinanderfolgender Kosmen mit ihrer jeweiligen Physik so eine Art Evolutionskontinuum postuliert. Dies dann, wenn weder der Übergang durch die Singularität noch das Verschwinden der gegebenen Fluktuation für den nächsten Kosmos nicht ohne Folgen blieben – wenn der nächste bestimmte wesentliche Merkmale des vergangenen ›erbte‹. Diesen Gedanken habe ich in *Die Stimme des Herrn* als Phantastik ausgeführt, und nun kann man ihn in der Fachliteratur finden, was davon zeugt, daß die Grenzen zwischen Wissenschaft und Phantastik sich an jenen Stellen verwischen, wo die gewagtesten Ideen ausgesprochen werden. Für unseren Versuch jedoch genügt die Komparatistik in ihrer einfachsten Form. Um so mehr dann, wenn man von dem Untersuchungsgegenstand sehr wenig weiß und die Vermehrung (Vervielfachung) erfundener Seins keinesfalls angebracht wäre.

Die biogenetische Potenz des Kosmos weist mindestens zwei Komponenten auf. Einerseits bezieht sie sich auf die Frequenz der Entstehung des Lebens, andererseits – auf spätere Chancen seiner *Entwicklung*. Etwas anders gesehen kann man sagen, daß die erste Komponente eher Erscheinungen der Mikroevolution, die zweite solche der Makroevolution umfaßt.

Es ist bereits bekannt, daß die Mikroevolution viermal so lang währte als die von ihr später eingeleitete Makroevolution. Die Urbakterien entstanden schätzungsweise vor vier Milliarden Jahren, heterotrophe, atmungsfähige und zur geschlechtlichen Vermehrung fähige Einzeller hingegen, die den Anfang höherer Organismen bildeten, traten erst vor etwa 1 Milliarde Jahren auf. Das, was in den ersten drei Milliarden Jahren geschah, kann man die Inkubationszeit der Makroevolution nennen. Zwei biosphärische Gegenglieder – die Organismen sowie deren Umwelt – mußten in dieser Zeit eine ›gegenseitige Anpassung‹ durchmachen. Die Entstehung des genetischen Kodes war der wichtigste Beitrag der Organismen zur Bewältigung einer Aufgabe, die man als das Sich-Aneignen der Umwelt im planetarischen Maßstab durch das Leben bezeichnen kann. Dies war nur die eine Hälfte der Aufgabe, deren zweiter Teil nicht mehr von der Fähigkeit der Lebewesen zur Anpassung abhing, sondern von der sie begünstigenden *Umwandelbarkeit* der irdischen Umwelt. Bei der Schaffung des genetischen Kodes modifizierten die Urorganismen diese Umwelt gleichzeitig derart, daß sie höheren Gattungen zugänglich wurde. Dieser ›Altruismus‹ sondergleichen war nicht beabsichtigt, weil er es nicht sein konnte, und er ergab sich zum größten Teil aus den der Erde eigentümlichen Bedingungen. Ein Planet mit schwächerer Schwerkraft, der relativ schnell die leichteren

Gase seiner Atmosphäre einbüßt, würde zwar die Mikroevolution ermöglichen, aber ihren Übergang in das makroevolutionäre Schöpfungsvermögen der Gattungen verhindern. Man kann eine Unzahl solcher die Makroevolution verletzenden Abweichungen vom irdischen Status quo anführen. Den Begriff ›andere Physiken – andere Kosmen‹ behandle ich hier konservativ. Nicht nur das Behandelte muß Grenzbedingungen aufweisen – gewisse Einschränkungen muß man auch dem forschenden Denken auferlegen, oder man verfällt in schrankenlose Willkür. Um sie zu vermeiden, bemühe ich mich, konservativ zu bleiben. Ich postuliere also keine Physiken mit ›einem umgekehrten Entropiegradienten‹ und dergleichen, sondern beispielsweise nur solche Spielarten, in denen den Erscheinungen des Lebens wohl verschiedene Energiequellen zur Verfügung stehen, aber nicht diese eine, welche unter unseren Lebensbedingungen den Zentralstern des Sonnensystems bildet. Die ›altruistische Solidarität‹ des Lebens gab es in der Phase der Mikroevolution, wo sich Autotrophen herausbildeten, die sich mittels Photosynthese von der Sonnenenergie ernährten, da es in der Umwelt der Urorganismen keine andere Energie gab, sieht man von der ab, die in den organischen Verbindungen gespeichert ist, die wiederum anderen den biogenetischen Start ermöglicht hat (doch war auch sie ein Derivat der Sonnenenergie). Die Heterotrophie der Ernährung des Lebens durch das Leben wurde an der Schwelle zur Makroevolution erfunden, denn dies war die einfachste Lösung. Das Vorhandensein anderer extrastellarer Energiequellen – die beispielsweise für einen anderen Kosmos typisch sein mögen – könnte die Weichen der Makroevolution radikal anders stellen. Ich bringe dies nur zur Veranschaulichung der Andersartigkeit vor, die ich für die ganze Menge möglicher Kosmen akzeptiere, und nicht deswegen, um zu behaupten, daß gerade dies und nicht etwas anderes in ihnen vor sich geht. Ich möchte nur betonen, wie relativ unbedeutende Veränderungen ökologischer Bedingungen radikale Änderungen evolutionärer Abläufe heraufbeschwören können. Ich maße mir also nicht einmal den Versuch einer Darstellung an, auf welche Art und Weise ›andere Physiken‹ die Entstehung des Lebens erleichtern oder bereits entstandenem Leben eine beschleunigte Progression ermöglichen können. Trotzdem darf man unseren Versuch eines Vergleichs nicht vorschnell als hoffnungslos abtun. Drükken wir es so aus: Die Menge aller physikalischen Zustände, die im gegebenen Kosmos eintreten können, ist eine finite und abzählbare Menge, sofern jener Kosmos aus einer endlichen und abzählbaren Anzahl von Elementen aufgebaut ist. Nur mit solchen Welten wollen wir uns befassen. Physikalische Zustände, die die Biogenese ermöglichen, sowie physikalische Zustände, die eine progressive Bewegung des Lebens ermöglichen, fassen wir insgesamt in einer Untermenge der oben erwähnten Menge zusammen. Es sei X die Mächtigkeit der Menge aller möglichen Kosmen, B aber die Mächtigkeit jener Untermenge, die alle die Makro- und Mikroevolution umfassenden Zustände ermöglichen. Dann ist das Verhältnis von B zu X gleich der biogenetischen Potenz des gegebenen Weltalls. Wenn wir es mit einem Bruch zu tun haben, der sich aus der Division der zwei erwähnten Größen ergibt, dann können wir die kosmologische Komparatistik in Angriff nehmen. Ein Kosmos, in dem B = 0, ist auf ewig tot. Ein Kosmos, in dem B = X, ist zur Gänze ›lebendig‹, weil seine ursprüngliche tote Materie sich restlos in Lebensprozesse umgewandelt hat. Ich bin nicht der Ansicht, daß es einen solchen Kosmos geben könnte, doch geht es lediglich um das Aufzeigen der beiden Endpunkte unserer Vergleichsskala. Die Häufigkeit des Auftretens von Kosmen in bezug auf den Wert des Bruches B/X kann man in einer Kurve darstellen. Um was für eine Kurve kann es sich dabei handeln? Wenn man über die Menge nichts weiß, der das einzige bekannte Element angehört, dann nimmt man an, daß es darin zum großen Durchschnitt gehört, denn am wahrscheinlichsten ist das Zusammentreffen mit dem, was am häufigsten vorkommt. Wenn also der Kosmos hinsichtlich der biogenetischen Potenz durchschnittlich ist, dann stellt die Verteilungskurve aller Kosmen mit Sicherheit eine normale Kurve, auch Poisson-Kurve genannt, dar. Selbstverständlich geht es um die einfachste Hypothese. Es kann der Fall sein, daß die aufeinanderfolgenden Welten einander kumulativ diejenigen Ausgangsparameter mitgeben, die die biogenetische Potenz fördern, und dann kann das Verteilungsdiagramm linear sein oder sich der (logistischen) Sättigungskurve nähern.

Unter Ausschluß der ›kosmogonischen Merkmalvererbung‹ erwägen wir eine Weile nur, ob unser Kosmos eher, wie wir übrigens angenommen haben, als durchschnittlich zu betrachten ist oder vielleicht doch als Extrem. Es kann sich um kein negatives biogenetisches Extrem handeln, denn das hätte zu bedeuten, daß er tot ist, was offenkundig nicht der Fall ist, wenn ich diese Worte schreiben kann. Die Annahme, daß er biogenetisch ein positives Extrem ist, scheint mir a priori wenig überzeugend zu sein, da sowohl die Implikationen als auch die Konsequenzen einer solchen Vermutung nicht weniger makaber und bizarr sind. Falls wir in der ›besten aller möglichen Welten‹ leben sollten, wie würde dann das Leben in denen aussehen, die weniger biophil sind? Die Hypothese, daß es ›bei keinen Anfangsbedingungen im Bereich der Physik, keinem Kosmos besser verlaufen kann‹, riecht mir nach apodiktischer Willkür. Deswegen spreche ich mich für diese Gleichsetzung aus: unser Kosmos gehört zu den ›gewöhnlichsten‹, und deswegen muß man ihn auf der Spitze der Verteilungs›glocke‹ plazieren.

Natürlich ist auch diese Wahl mit einer hohen Unsicherheit belastet, denn wenn man nichts weiß, dann entscheiden wir uns dafür, was a priori nach unseren, und zwar nur im mikroskopischen Winkel eines ›kosmischen Exemplars‹ gesammelten, Erfahrungen der Wahrheit ähnelt. Wenn unsere Welt nur eine sehr gewöhnliche ist, dann können genausogut ›bessere‹ wie auch ›schlechtere‹ existieren. Was bedeutet das allerdings – ›bessere‹ oder ›schlechtere‹ Welten? Beginnen wir damit, daß unser Kosmos, gesehen als eine ›Maschine zur Erschaffung von Leben‹, sich im Vergleich mit Maschinen (Materie- und Energieumwandler), die wir bauen können, als ›Maschine‹ mit ungeheuerlich elendiger Effizienz erweist. Es ist bekannt, welche ›chemischen Vorprodukte‹ der Kosmos den Planeten ›liefern‹ muß, damit dort die Biogenese zustande kommen kann. Unentbehrlich dazu sind z. B. die Elemente, die es im ›jungen‹ Kosmos gar nicht gibt – denn sie entstehen im Verlaufe der Kernreaktionen im Inneren der Sterne. Schon auf dieser Stufe tritt die dem Kosmos als ›lebensspendender Einrichtung‹ eigene riesige Verschwendung zutage. Das Leben kann ohne solche Elemente wie C, H, O, N, S, P, Fe nicht entstehen – wie viele Sterne müssen aufleuchten, von einem Kernzyklus in den nächsten übergehen, das dynamische Gleichgewicht verlieren, explodieren, ihre Überreste im Weltraum zerstreuen, damit ein winziger Bruchteil von ihnen irgendwann einmal Planeten mitschaffen kann, und in einem mikroskopischen Bruchteil dieses Bruchteils könnte in Form von atomaren Kohlenstoffketten Stickstoff, Schwefel und Sauerstoff, letztlich Eisen in den zur Photosynthese fähigen Algenzellen abgelagert werden.

Die indirekt lebensspendende Effizienz jeder der nächsten Etappen der kosmischen Evolution ist gering. Die gleiche Verschwendung gilt auch für die Mikroevolution und dann – für die Makroevolution. Vergegenwärtigen wir uns diese ›Verschwendung von Mitteln‹, indem wir die Zahl gattungsschöpfender *Versuche* der Evolution des Lebens mit der Anzahl der nicht nachkommenlos ausgestorbenen Gattungen vergleichen, also jener, die entweder selbst überlebt haben oder den Anstoß zur nächsten, die bis zur heutigen Zeit überdauert haben, gegeben haben.

Da nur ein geringer Teil der ins Vakuum verstreuten Elemente zur Entstehung protoplanetarer Nebel beiträgt; da sich nicht aus einer jeden derartigen Aussaat Planeten kondensieren; da nur ein geringer Teil der Planeten biogenetisch geeignet ist; da es kosmische Erscheinungen vom Typ der Supernovas (die vielleicht sehr nahe explodieren) und der Gravitationsgezeiten (in schlecht stabilisierten planetaren Systemen) gibt usw., kann die Evolution in jeder Phase zunichte werden, denn kaum ein mikroskopischer Bruchteil der belebten Menge aller entstehenden Gattungen findet seine Fortsetzung in Gattungen, die sich erfolgreich am Leben behaupten – ›das Endprodukt‹, das vernünftige Wesen, ist als Ergebnis astronomisch verschwenderisch und liederlich.

Ein solcher Nützlichkeits- oder Buchhaltungsstandpunkt mag den Argwohn der Wissenschaft erwecken, denn er scheint den Kosmos mit einer Maschine gleichzusetzen, die Leben und vernünftige Wesen gleichermaßen schaffen ›sollte‹. Zwar hat sie ihre Aufgabe erfüllt, doch mit einem großen zeitlichen ›Verzögerungseffekt‹ und unter Materialverschleiß.

Wir beabsichtigen jedoch nicht, dem Kosmos die Eigenschaften eines zu irgendeinem Zweck gebauten Systems zuzuschreiben. Es geht nur um die Zusammenstellung von Welten, die mit einer nichtidenten biogenetischen Potenz ausgestattet sind. Auch wenn man über sie nichts weiß, so scheint es a priori, daß, je größer die Häufigkeit der Biogenese, um so größer die Anzahl der von ihr eingeleiteten makroevolutionären Verläufe ist.

In einem Kosmos mit größerer biogenetischer Effizienz kann man auch mehr vernunftschöpfende Erscheinungen erwarten, was eine höhere psychozooische Dichte als in unserem ergibt (also die Anzahl der Zivilisationen pro Meßeinheit kosmischen Weltraums). In einem solchen Kosmos wird Wirklichkeit sein, was in unserem nur ein Wahngebilde von Schwarmgeistern ist, etwa die ›Patronanzen‹ höherer Zivilisationen über die niedrigeren, der interstellare Informationsumlauf und sogar die Fernsteuerung von Evolutionsabläufen auf anderen Planeten, was notabene gar keine persönliche Teilnahme irgendwelcher Gen-Ingenieure an diesen Arbeiten erfordert. Es genügt vollauf, in die Atmosphäre eines Planeten, der sich im frühen Stadium der Mikroevolution befindet, einen Brei von entsprechend synthetisierten Genen einzuführen, um die ›Speziation‹ auf den ›optimalen Kurs‹ zu steuern.

Eine effektive stellare Ingenieurskunst im galaktischen Maßstab kann dort auch eine für die Astronomen gewöhnliche Erscheinung sein. Die Wahrscheinlichkeit analoger Tatbestände in unserem Kosmos scheint mir – im Verlauf der jahrelangen Beobachtung und Belauschung des Himmels – immer geringer. Es betrübt einen zu sagen, aber: in der lokalen Gruppe von Galaxien gibt es kaum eine einzige ›Superzivilisation‹, denn ihre signalisierende Anwesenheit ließe sich bereits entdecken. Wenn es also in den Scharen anderer Galaxien um diese Dinge besser bestellt ist, dann ändert das nichts an der Tatsache einer geringen psychozooischen Dichte des Universums. Von einer zivilisatorischen Drängelei kann sicher gar keine Rede sein.

Jemand könnte einwerfen, daß unsere Vermutungen allzu oberflächlich seien. Die Erleichterung der Biogenese könnte eine Erschwernis bei der Entstehung höherer Lebensformen, also auch des Verstandes bedeuten. Unter vollkommenen Bedingungen kann es sehr früh zur vollkommenen Stagnation des Lebens kommen. Die Evolution entwickelt unter dem Druck der Umwelt eine gesteigerte Erfindungskraft, denn sie wirkt mittels gelegentlicher Anpassungen, ohne als Fernziel eine Art großen Gehirns vor Augen zu haben. Sie ist dorthin gelangt, weil sie in den Milliarden von Jahren ihrer Entwicklung nicht stehenbleiben konnte, und sie konnte nicht stehenbleiben, weil sich keine der von den Gattungen erprobten Überlebenstaktiken als zuverlässig erwies. Wenn also der Kosmos, stärker als der unsere dem Leben ›wohlwollend‹, solche Strategien zur Verfügung stellte, die das Überleben ohne die Notwendigkeit ständiger mutativer Umformungen definitiv garantieren, dann würde eine evolutionäre Bewegung darin steckenbleiben, und es wäre nie zur Entstehung vernünftiger Wesen gekommen. Dieser Einwand, der mit dem Darwinschen Modell der Evolution in Einklang steht, klingt überzeugend, doch läßt er sich in Frage stellen.

Es ist nicht wahr, daß die Evolution nicht stehenbleibt, weil alle ihre gattungsschaffenden Taktiken keine definitiven Garantien fürs Überleben bieten. Es gibt eine solche Taktik, die noch dazu in den von der Evolution ganz am Anfang geschaffenen Formen sichtbar ist. Diese Formen erwiesen sich als dauerhafter als alle nachfolgenden. Bis heute haben sich Bakterien erhalten, die vor zweieinhalb Milliarden Jahren entstanden sind, und keine der höheren Gattungen überlebte unverändert auch nur eine Viertelmilliarde Jahre. Die autotrophen Algen sind noch älter. Das ist paradox, wenn man sich an das Darwinsche Modell zielloser Mutationen und adaptiver Selektion hält. Es ist genauso merkwürdig, daß gewisse Gruppen von Landtieren sich nicht deshalb zu Vögeln weiterentwickelten, weil ihre Umwelt gasförmig zu werden begann. Das Darwinsche Modell erklärt die Anpassung an die Umwelt, aber es erklärt nicht den Sprung aus ihr an irgendwelche andere Umwelten. Woher also kam die evolutionäre Entwicklung, Progression genannt, obwohl sie doch gar nicht so progressiv war, bedenkt man, daß die Makroevolution im Überleben nie eine solche *Zuverlässigkeit* erreichte wie die archaische Mikroevolution? Wenn man annimmt, daß die Evolution kein teleologischer Prozeß ist und daß sie nicht von den ursprünglichen und niedrigen Formen zu den höheren und späteren strebt, warum eigentlich ist sie dann nicht im Stadium der vollkommenen Anpassung der Kleinorganismen und Urzeller an die Umwelt stehengeblieben? Was hat sie zu den riskanten Erfindungen vom Typus Pflanzen und Tiere gezwungen? Würde man die Qualität der Lebensformen an ihrer Widerstandskraft gegenüber Bedrohungen messen, ginge der Fortschritt in eine gar sonderliche Richtung. Auch wenn es uns gelingen würde, die Biosphäre zu töten, dann nicht die ganze. Die Bakterien und Algen würden jede Katastrophe überleben. Man ersieht daraus, daß der evolutionäre Fortschritt nicht mit der Verminderung des Lebensrisikos gleichzusetzen ist. Er vermehrt es vielmehr.

Die explikative Unzulänglichkeit des Darwinschen Mechanismus führt dazu, daß man nach Erscheinungen sucht, die mit einer nicht-schicksalshaften Komponente behaftet sind und die die Entstehung jenes Strukturenreichtums in der ganzen Natur – nicht bloß der belebten – fördern. Das Wirksamwerden des mutativen Schmelztiegels und des Selektionsfilters in der natürlichen Evolution steht außer Zweifel. Darwin hat sie auf geniale Weise erkannt. Doch ist an der Entwicklung des Lebens noch etwas mehr beteiligt. Diese Komponente hat man erst vor kurzem erkannt, so daß dafür noch nicht einmal eine Benennung existiert. An der Gattungskreativität ist etwas beteiligt, was ihr ein gewisses Expansionsvermögen verleihen kann und was man die Privilegiertheit gewisser molekularer Strukturen infolge der physikalischen Eigenschaften der Welt nennen könnte. Es handelt sich also um eine vorgesetzlich gegebene Privilegiertheit, die abhängig ist von den vorevolutionären Erscheinungen, die schon vorgegeben sind, wenn die gegebene Welt und nicht erst das gegebene Leben entsteht. Es sind Strukturen, die von den thermodynamischen Zuständen molekularer Verbindungen und nicht von den Zuständen des Lebensmilieus bevorzugt werden. Das Leben als Autoorganisation ist eine Autokomplikation, die neue Typen von Ordnungen hervorbringt, denn diese Ordnungen warten gleichsam auf ihre Entdeckung. Sie warten auf sie nicht im Sinne einer exakten Prädetermination, die im voraus festlegt, welche konkreten Gattungen nacheinander entstehen werden, und mit welchen Umwandlungen sie nach einer anthropogenetischen Krönung streben werden. Unter anderen planetaren Verhältnissen würden andere als irdische Gattungen entstehen, doch würde das komplexe Schema des Baumes der Evolution, der vom Stamm der der Mikroevolution aus sich in die makroevolutionäre Krone verzweigt, wieder hervortreten, denn auf der elementaren Ebene der Materie herrschen im ganzen Kosmos die gleichen Bedingungen. Doch wenn auch diese Entdeckungen zufällig waren, so war doch das, worauf sie stießen, kein Zufall. Wir wissen, hauptsächlich dank der Arbeiten von Ilja Prigogine, daß die energetischen Dissipationsprozesse nicht einfach eine Hinunterfahrt in die Tiefe der Entropie sind. Auf dem Wege dorthin zeigen sich symmetrische und rhythmische Arten von Teilchenordnungen, es handelt sich also nicht bloß um eine Bewegung, die das Maß der Unordnung vergrößert. Gerade sie schafft zahlreiche strukturelle Ordnungen, übergangsweise bzw. augenblickliche, doch können auch welche entstehen, die dem weiteren Abgleiten in die Höhle der Entropie Widerstand leisten. Wie Manfred Eigen zeigte, ist die einfachste Ordnung, die imstande ist, sich dem Zerfall zu widersetzen, ein kreisförmiger Reaktionszyklus: wenn die Kette von chemischen Reaktionen, von denen jede die nächste in der Reihe stützt, das Ende mit dem Anfang verbindet – wodurch, unterstützt vom Energiezufluß, ein sich immer kreisförmig wiederholender Prozeß entsteht. Solche ›Ringelspiele der chemischen Katalyse‹ bildeten als Kristallisationsherde wohl einen molekularen ›Grundstein‹ des Lebens. Die weitere Entwicklung ermöglicht es, daß eine solche Ordnung nicht nur dynamisch bestehen kann, sondern sich auch in verschiedenerlei Gestalt auswächst. Ein Notstand, der seit Darwins Zeiten die Evolutionisten plagte, war die Nichtmathematizität des Forschungsgebietes. Den verbalen Argumenten der Anhänger der Präformation standen die verbalen Argumente der Epigenetiker gegenüber. Infolge des Mangels an zwingenden Beweisen war die Anerkennung der Evolution als richtungslos oder teleologisch nur eine Frage des Glaubens. Nach den ersten physikomathematischen Durchdringungen dieses Gebietes vermuten wir nun, daß das Darwinsche Modell eine es völlig bestimmende Modifizierung erfahren wird. Nicht die chaotische Schicksalshaftigkeit einer Mutation wird immer wieder von der natürlichen Selektion ›zurechtgehauen‹, sondern die funktions- und formenschaffenden Strukturen der molekularen und makroskopischen Ebene können als Resultante einmal mehr *Konservatismus*, dann wieder mehr Erfindungskraft zutage fördern. Manchmal können die Mikrostrukturen die Makroevolution in eine konkrete Richtung lenken, und wenn das Milieu dies vereitelt, entstehen die Erscheinungen der Orthoevolution, also Entwicklungstrends, die den Anschein erwecken, als ob früher entstandene Formen auf spätere Formen abgezielt hätten, manchmal mit einem zeitlichen Vorsprung von vielen Millionen Jahren. Natürlich kann keine Rede davon sein, daß es sich buchstäblich um ein Hinzielen handelt. Durch die Rekombination mehrerer Ordnungen entstehen andere Ordnungen. Hat man ein gleichseitiges Dreieck erfunden, so hat man damit alle möglichen Typen von Dreiecken erfunden. Aus den zusammengefügten Dreiecken lassen sich unzählige ebene geometrische Figuren bilden und deren ›evolutionäre Abläufe‹ kann man schon jetzt in Computern durchspielen. Es sind dies noch keine Modelle der Mikroevolution, sondern bloß Anspielungen auf sie. Somit ist die Evolution ein Fortschritt in der kreativen Mannigfaltigkeit und nicht nur in der Perfektion der Anpassung. Diese Schöpfungen sind von einem Risiko begleitet, das im Laufe des Wachstums des Gattungsbaumes keineswegs kleiner wird.

Stellen wir daher fest: in einem Kosmos mit einer höheren biogenetischen Potenz wird das Leben mehr Energiequellen zur Verfügung haben (wie erinnerlich, ist die Dissipation eine energieverströmende Bewegung bei der Annäherung an den ›Wärmetod‹) als die ›zu besetzenden Strukturen‹ (in dem Sinne, in dem energetisch privilegierte Zustände besetzt werden).

Damit kann die vernunftbildende Potenz einer solchen Welt ebenfalls größer sein als in der von uns bewohnten. Nachdem ich das komparatistische Projekt mit der oben angeführten Erwägung verteidigt habe, komme ich zu ihm zurück, um es abzuschließen.

Wenn die Vernunft nicht bloß eine Reaktion auf die existentielle Bedrohung höherer Tiere ist, die für den selbständigen Lebenskampf programmiert sind, sondern auch Beobachter,

Zeuge und Richter der Welt, dann kann man die biogenetischen Eigenschaften eines jeden Universums von einem in ihm entstandenen, von seinen Bewohnern geschaffenem Spektrum von Mythen ablesen. Dies hätte zu bedeuten, daß die letzte Quelle von Mythen und Philosophien als Weltbilder nur die kosmogonische Statistik ist, und daß die normale Kurve ihrer Verteilung ihr Abbild in den Ängsten und Hoffnungen denkender Wesen findet.

Prognose über die Entwicklung der Biologie bis zum Jahr 2040

1. Stellt man eine Prognose über sechzig Jahre, so schließt sie doppelt so viel Zeit ein, wie seit der Entdeckung der Doppelhelix als Träger der Erbinformation durch Watson und Crick vergangen ist. Ich habe mich zu einer Prognose von dieser Reichweite entschlossen, weil ich davon überzeugt bin, daß die Ergebnisse der biologischen Forschungen innerhalb des genannten Zeitraums über die Biologie hinausgehen und einen neuen Industriezweig begründen werden. Dabei werden die neuen Technologien nicht mehr Teil unseres Wissens vom Leben sein, ganz in dem Sinne, wie die Computerindustrie nicht mehr Teil unseres Wissens vom logischen Denken, nicht mehr Teil der Logik ist.

2. Ausgangsbasis für meine Prognose ist der Teilbereich der Genetik, der als genetische Ingenieurskunst oder Gentechnik bezeichnet wird. Diese allerersten Anfänge einer konstruktiven Genetik werden in ihren Ergebnissen durch technische und erkenntnistheoretische Faktoren beeinträchtigt. Die Technik der genetischen Ingenieurskunst weicht radikal von den in der Industrie üblichen Techniken der Projektierung ab, und obwohl sie in einem verwandtschaftlichen Verhältnis zur Chemie organischer Synthesen steht, unterscheidet sie sich auch von dieser ganz erheblich. Darüber hinaus leidet diese Technologie in spe unter dem Mangel an Wissen, der in der deskriptiven Genetik herrscht. Wir haben keine genauen Genkarten, nicht einmal von den allereinfachsten Organismen, die das Arbeitsmaterial des Molekulargenetikers darstellen. Folglich sind selbst Prognosen, die die kurzfristigen Erfolgschancen derartiger Arbeiten berechnen möchten, samt und sonders unzuverlässig. Noch unzuverlässiger aber müssen weiterreichende Vorhersagen sein.

Dennoch möchte ich einen derartigen Versuch innerhalb eines Dreiphasenschemas wagen, dessen letzte Phase bereits *außerhalb* des eigentlichen Horizonts der Prognose liegt. (Über die dritte Phase habe ich in meinem Buch *Summa technologiae* geschrieben.) Die erste Phase möchte ich die biologische nennen, die zweite die parabiologische und die dritte die transbiologische. Die Phasen werden einander überlappen, ich will sie jedoch um der besseren Anschaulichkeit willen getrennt behandeln. Ausgangsrohstoff wie Endprodukte sind in der biologischen Phase die bestehenden lebenden Organismen, unsere Interventionen in ihre Erbmasse aber werden sich auf planmäßige, jedoch relativ bescheidene Veränderungen beschränken. Gegenstand unserer Operationen in der parabiologischen Phase werden Körper sein, die nur noch bestimmte Eigenschaften lebender Organismen, ihrer Organe oder Gewebe aufweisen. In der transbiologischen Phase schließlich richtet sich die Tätigkeit des Konstrukteurs auf Gebilde, die sich außerhalb des Bereichs der irdischen Phänomene des Lebens befinden. Innerhalb der dritten Phase kann es dazu kommen, daß sich aus den veränderten und synthetisierten Organismen ein neues systemähnliches Ganzes herausbildet, das ich aus Gründen, die am Schluß dieses Artikels dargelegt sind, als *Technobiozönose* bezeichnen möchte.

3. Eben damit stelle ich eine äußerst optimistische und ebenso riskante Prognose, denn sie stützt sich auf Prämissen, die sich zwar durch Hypothesen untermauern lassen, jedoch der empirischen Gewißheit beraubt sind. Als zentral innerhalb dieser Prämissen ist folgende Hypothese anzusehen. Die Erbinformation (der genetische Code) jedes Lebewesens zeichnet sich durch zwei Eigenschaften aus. Zum ersten entstand dieser Code im Verlauf von Umbildungen, die auf der Erde als Biogenese *spontan* begannen. Zum zweiten setzt der Code einen Bauprozeß in Gang, im Laufe dessen ein bestimmtes System oder Bauwerk errichtet wird, das wir als die Individualentwicklung eines Tiers oder einer Pflanze bezeichnen.

Die Hypothese sieht diese beiden Eigenschaften als voneinander *getrennt* an. Dementsprechend stellen die Phänomene des Lebens eine *Technologie* sui generis dar, die von selbst entstehen und sich weiterentwickeln kann. Die Hypothese lautet: Es gibt *mehr* Technologien, die fähig sind, sich von selbst zu entwickeln als Technologien vorhanden sind, die sich nicht nur von selbst entwickeln, sondern darüber hinaus auch von selbst, d. h. ohne Intervention von außen, *entstehen* können.

Ein Computer kann nicht von selbst entstehen, ist er aber einmal von uns gebaut, so kann er Aufgaben lösen, die wir selbst zu lösen nicht imstande wären.

Ich bin der Meinung, daß es *weniger* Substanzen gibt, die in gleicher Weise zur Selbstorganisation wie zum darauffolgenden Bau von Organismen fähig sind als Substanzen vorhanden sind, die sich zwar nicht selbst organisieren können, die man jedoch zur Kopplung bringen kann, damit sie eine Aktivität entfalten, die der organischen ähnlich ist. Ein Computer ist ein toter Gegenstand, und dennoch verrichtet er Tätigkeiten, die vor fünfzig Jahren nichts außer dem lebendigen Gehirn verrichten konnte. Die der Evolution gestellte Aufgabe *mußte* in zwei Stufen bewältigt werden: Zuerst mußte das Leben *selbst* entstehen, um dann gattungsbildend zu wirken. Wenn als Gerüst für die Entstehung des Lebens Umweltbedingungen dienten, von denen keine Spur übriggeblieben ist, so kann man annehmen, daß Verstand und Wissen in der Lage sein werden, ähnliche Gerüste ausfindig zu machen und in ihren Bau einen sehr viel *größeren* Kreis von Phänomenen einzubeziehen als dies die Biogenese vermochte.

Es geht nicht darum, daß wir etwa selbst irgendwelche »Organismen« bauen sollten, sondern darum, daß wir Entstehungsprozesse von Systemen initiieren, die durch uns miteinander verkoppelt werden und so wie ein zunächst gebauter und dann programmierter Computer in Aktion treten.

Mit anderen Worten bin ich der Meinung, daß eine Ansammlung von selbstentstehenden »organischen« Systemen von geringerer Potenz ist als eine Ansammlung von Elementen, die sich zwar nicht von selbst zu Organismen zusammenfügen, jedoch von uns zu einem derartigen Zusammenschluß gebracht werden können. Dabei geht es nicht um die spezifischen Eigenschaften des *Baumaterials*, sondern nur um die spezifischen Eigenschaften der *Methode*, der entsprechend sich die molekular kodierte Information als Prognose ihrer eigenen *Materialisierung* erweist (»Das Wort wird Fleisch«). Ein Konstrukteur, der in dieser Richtung arbeitet, stattet seine Produkte mit einer größeren Selbständigkeit aus, als sie die Früchte unserer gegenwärtigen Technologien besitzen können. Es geht um die *Delegierung* von Aufgaben, nicht aber um ihre unmittelbare Ausführung. Die von der Evolution an das Leben ›delegierte‹ Aufgabe besteht in einem aktiven Überdauern, in der Selbstbehauptung angesichts zahlreicher Störungen, wobei die Vielfalt der Störungen die gattungsbildende Vielfalt des Lebens anzeigt. Ein Konstrukteur wird die delegierte Aufgabe auf verschiedene Weise verändern können, denn die selbsterhaltende Eigenschaft des Produkts muß durchaus nicht die Eigenschaft sein, an der ihm am meisten gelegen ist. Das gilt auch für die Fähigkeit zur Fortpflanzung. (Einstweilen ist es ja noch so, daß auch Computer keine Nachkommenschaft zeugen.) Den Kern der evolutionären Technologie sehe ich im Prinzip einer »Information, die so kodiert ist, daß sie sich von selbst in das projektierte materielle System umwandelt«. Wenn es uns gelingt, dieses Prinzip in Stoffe und Energien einzupflanzen, zu denen das Leben keinerlei Zugang hat, so durchbrechen wir eine doppelte Barriere. Wir überwinden nicht nur die Beschränkungen, die allem Lebendigen eigen sind, sondern wir gehen auch über die Beschränkungen hinaus, durch die unsere traditionellen Technologien gekennzeichnet sind. Ich gehe in meiner Prognose davon aus, daß diese technologische Revolution möglich sein wird. Sie wird sicherlich nicht innerhalb der nächsten sechzig Jahre eintreten, innerhalb dieses Zeitraums werden wir jedoch einen Punkt erreichen, an dem ein derartiges Vorhaben aufhört, bloße Phantasie zu sein.

4. Ich halte demnach die Gentechnik für die Kindheitsphase sowohl der biologischen als auch der extrabiologischen molekularen Ingenieurskunst. Gegenwärtig ist unser Wissen über die Mechanismen der Vererbung in einem ständigen Anstieg begriffen. Es entstehen Genbibliotheken sowie Apparate, die es gestatten, Gene unter der Aufsicht von Computern zu rekombinieren. Gleichzeitig sind es neue Entdeckungen – z. B. die der transponierbaren und der ›stummen‹ Gene – die einen ganzen Korpus von Thesen erschüttert haben, die man früher für unantastbar hielt. Der Streit über die Entstehungsweise der Gattungen wird erneut entbrennen, weil die genann-

ten Entdeckungen das Axiom von der reinen Zufälligkeit der Mutationen als dem Motor der Evolution erschüttert haben.

Ich pflichte der erkenntnistheoretisch nützlichen Version bei, nach der die zwei Milliarden Jahre, die zwischen der Entstehung der Prokaryonten und der Eukaryonten liegen, weder eine Stagnation noch das Werk einer sich unermüdlich drehenden Lostrommel waren, in der es schließlich zu einer ›zufälligen‹ Glückssträhne kam. Vielmehr war es eine Zeit, in der es die Genstrukturen zu einer Syntax brachten, die ihre prospektiven Baupotentiale beträchtlich erweiterte. Die Präsenz des Faktors Zufall bei der Vererbung steht außer Zweifel. Wenn es jedoch so ist, daß der Zufall bei den Mutationen durch nichts beschränkt wird, dann wird die Gentechnik nicht sehr weit über ihre aktuellen Errungenschaften hinauskommen. Es ist nämlich so, daß man einen Endzustand, der das Ergebnis ganzer Serien rein zufälliger Ziehungen in der Zahlenlotterie ist, nicht im Eilverfahren erreichen kann. Es gibt keine Methode, die den zurückzulegenden Weg abkürzen würde.

Wenn der Generator der Vielfalt ein Zufallsgenerator ist, und die Umwelt nur den Faktor darstellt, der die Streuung begrenzt, so vermag nichts außer einem anderen Zufallsgenerator ein derartiges Handeln mit all seinen Effekten zu simulieren. Will man nun die Grundlage für eine optimistische Prognose erhalten, so muß man der ersten Hypothese, die besagt, daß die Selbstentstehung des Lebens und die (Produktions-) Techniken des Lebens mit ihrer gattungsbildenden Funktion zwei voneinander getrennte Prozesse sind, eine Zweite Hypothese hinzufügen, die lautet, daß nicht nur eine zufällige Syntax der Gene existiert. Wenn man unsichere Hypothesen zu sich daraus logisch ergebenden Prämissen verarbeitet, so heißt dies, daß man in erheblichem Maße arbiträr vorgeht. Auf derartigen Prämissen jedoch beruht jede Prognose. Es geht darum, zu wissen, was auf diese arbiträre Weise festgestellt wurde.

5. Die Protagonisten der genetischen Ingenieurskunst richten ihre Hoffnungen heute auf die industrielle Nutzbarmachung der neuen Technik, die auf folgenden Gebieten erfolgen soll: *Nahrungsmittelindustrie* (es gibt bereits Bakterien, die eßbare Eiweiße produzieren), *Pharmakologie* (es gibt Mikroorganis-

men, die Insulin und andere Hormone herstellen), *Energiewirtschaft* (vielversprechend scheinen hier u. a. die Photobakterien zu sein), *Bergbau* (in diesem Bereich hat man – wenn auch marginal – bereits Mikroorganismen eingesetzt, bevor es überhaupt eine Gentechnik gab), hinzu kommen *Landwirtschaft*, *Umweltschutz* und *Medizin*. Das Großkapital ist noch nicht bereit, in diese Gebiete auf breiter Front zu investieren, folglich fehlt es auch der Grundlagenforschung an nennenswerter Unterstützung. Bis zum Ende unseres Jahrhunderts dürfte sich diese Situation zum Besseren wenden.

Da ein vollständiger Katalog der bisherigen Leistungen und der in Kürze zu erwartenden Erfolge der Gentechnik den Rahmen meines Textes sprengen würde, möchte ich mich damit begnügen, die Grenzen dieser Phase der konstruktiven Biologie aufzuzeigen.

Die erste Beschränkung liegt im Fundus der vorhandenen Gene. Man kann zwar die Gene höherer Organismen auf niedere übertragen, damit Bakterien z. B. Interferon produzieren, man kann jedoch nicht auf dem Wege derartiger Implantationen Kohle hydrieren, um als Treibstoff geeignete Kohlenwasserstoffe zu gewinnen, weil es keine Gene gibt, die diesen Prozeß kodieren. Man kann Gene synthetisieren, die in der Natur nicht vorkommen, Gene aber sind Baumeister und Befehlsgeber der Eiweiße. Folglich wird man zunächst solche Zyklen von Prozessen projektieren müssen, die bisher nicht zum biologischen Repertoire des Stoffwechsels gehörten. Das aber ist bereits eine Aufgabe von völlig anderer Größenordnung, unvergleichlich schwieriger als die relativ einfache (wenngleich einstweilen noch mühselige und zeitraubende) Implantation von Genen, die man dem jeweils in der Gattung existierenden Pool entnimmt. Es wird also nicht mehr darum gehen, einfach Wörter dem Wörterbuch zu entnehmen, sondern man wird Neologismen schaffen müssen. Wenn ein Neologismus aber sinnvoll sein soll, muß er auch etwas bedeuten. Gerade hier stoßen wir auf eine zweite Beschränkung, die durch die begrenzte Mutabilität von Organismen gegeben ist. Wenn das Genom der die Partitur beherrschende Dirigent ist, so kann es dem Orchester des Organismus nicht das aufzwingen, was es nicht spielen kann, weil es nicht die geeigneten

Instrumente hat. Wenn zahlreiche Pflanzen nicht in der Lage sind, Stickstoff aus dem Boden aufzunehmen, so liegt das nicht etwa daran, daß die Evolution bei ihrem Bau ein bestimmtes Gen vergessen hat. Der Grund liegt einfach darin, daß die Energetik dieser Pflanzen solch eine Verbesserung nicht gestattet. Das, was kein einziger Typ der chemischen Reaktionen leisten kann, die in einer lebenden Zelle in Gang gesetzt werden können, kann effektiv durch kein einziges Gen kodiert werden. Da jedoch auch verschiedene katalytische Wege existieren, die zu den angestrebten Endzuständen führen, wird die genannte Beschränkung nur einen relativen Charakter haben. Sie kann durch das mit Erfindergeist gekoppelte Wissen des Projektanten überwunden werden. Derart tiefgreifende Umwälzungen in der Gentechnik werden jedoch nicht sehr bald erfolgen. Vielleicht kann es im ersten Viertel des XXI. Jahrhunderts dazu kommen. Es kann aber auch sein, daß es auf diesem Sektor eine Überraschung gibt, die von einem anderen Gebiet ausgeht. Vielleicht wird die Schwelle der einfachen Implantation von Genen dadurch überschritten, daß es gelingt, ›monströse Hybriden‹ zu schaffen, indem man Zellen sehr weit voneinander entfernter Gattungen miteinander verknüpft. Derartige Kreuzungen werden bereits heute durchgeführt, stellen jedoch trotz ihres spektakulären Charakters ein Handeln aufs Geratewohl dar, da sie sich der trial-and-error-Methode bedienen. Ein Erfolg in Gestalt eines brauchbaren ›Mischlings‹ wäre lediglich die Folge eines Glückstreffers, und Glückstreffer lassen sich bekanntlich nicht vorhersagen.

Die dritte und letzte Beschränkung besteht für die kreative Biologie in einer Gruppe fundamentaler Naturgesetze, wie z. B. dem Energieerhaltungssatz und den übrigen Gesetzen der Thermodynamik. Sie haben den Charakter von Verboten. Da man Energie weder aus dem Nichts produzieren, noch geringere in größere Energie umwandeln kann, werden auch weder modifizierte noch vollständig synthetisierte Gene hierzu in der Lage sein. Unerreichbar für die Gene werden auch solche Gebiete bleiben, in denen tödliche Umweltbedingungen herrschen, z. B. extrem hohe Temperaturen oder ein bestimmter Grad an Radioaktivität. Vielleicht wird es sich jedoch herausstellen, daß sich auch diese Barriere umgehen läßt. Wenn es dem Biokonstrukteur nämlich gelingt, seinen Geschöpfen die Eigenschaften zu nehmen, die für das natürliche Leben unerläßlich sind, wie etwa die Fortpflanzungsfähigkeit oder die Temperaturempfindlichkeit der Eiweiße. Wenn wir das sagen, so haben wir bereits den Grenzbereich berührt, der die erste, die biologische Phase des Experimentierens mit dem Leben, von der nächstfolgenden, der parabiologischen trennt.

6. Einleitend drängt sich folgende Bemerkung auf. Als Transportmittel benutzte der Mensch anfangs Zugtiere, heute aber sind Apparaturen sehr viel effektiver, die in keiner Weise mehr an ein Pferd oder einen Ochsen erinnern. Eine ähnliche Abweichung von den durch die Evolution gegebenen Erscheinungsbildern und Funktionen der natürlichen Organismen erwarte ich in der Molekularbiologie für die kommenden fünfzig bis sechzig Jahre, d.h. innerhalb einer Zeit, in der sie sensu stricto aufhören wird, Molekularbiologie zu sein, da sie bereits in die Chemie der parabiologischen Synthesen übergeht. In vielen Fällen wird das Dilemma entstehen, ob es bereits zur Widerlegung der Regel *omne vivum ex vivo* gekommen ist oder nicht. Diese klassifikatorischen Schwierigkeiten werden besonders dann auftreten, wenn genetische Ingenieurskunst und Molekularbiologie einen Ableger in Gestalt von Gebilden (die zumeist wie Zellen gebaut sind) hervorgebracht haben, die zwar eindeutig Eigenschaften des Lebens aufweisen, jedoch nur einige, z.B. nur die Fähigkeiten zur Selbstreparatur oder Selbstreproduktion. Darüber hinaus könnten diese Gebilde auch einen Stoffwechsel besitzen, wie er bei keiner anderen Gattung auftritt. Es könnte sich um zu einem geordneten Wachstum fähige Gebilde handeln, die das Material ihres Nährbodens zu eigenen Substanzen verarbeiten und ziemlich kompliziert gebaut sind, damit sie wie ein lebendiger Organismus auf eigene energetische Rechnung arbeiten können. Vom Standpunkt des Biologen her ›sterben‹ diese Gebilde nach Beendigung ihrer Wachstumsperiode. Ein Architekt hingegen wird sagen, daß sie in der projektierten Form erstarren. Gebilde, die zur Produktion bestimmter Objekte fähig sind, werden den Philosophen weitaus eher in klassifikatorische Dilemmata stürzen als den Ingenieur. Letzterer wird wissen, daß so eine riesige Lücke geschlos-

sen wurde, die zwischen der toten und der lebenden Materie gähnt, daß die Versuche, über die eindeutig biologische oder abiologische Natur der neuen Gebilde zu entscheiden, lediglich eine Folge geistiger Hilflosigkeit sind. Stellen wir uns vor, daß in einer Schwermetallionen enthaltenden Lösung die Entwicklung eines Gebildes initiiert wird, das einen derartigen ›Stoffwechsel‹ aufweist, daß die Metallteilchen aus der sie umgebenden Substanz herausgelöst werden und sich im Innern des Gebildes konzentrieren. Wenn diese Neuschöpfung dann nach einer bestimmten Zeit der Nährlösung entnommen wird, so erhält man aus diesem Gebilde das Ersatzteil einer bestimmten Maschine, ganz so, als ob man aus einer Kalbskeule den Schenkelknochen herauslöst. Dieses Bild ist natürlich nicht wörtlich zu nehmen, es soll lediglich veranschaulichen, was es heißt, die Schwelle zwischen Biologie und Parabiologie zu überschreiten und welche onomasiologischen Schwierigkeiten ein solcher Schritt nach sich ziehen kann. Das metallene Objekt entsteht zwar mit Hilfe von Prozessen, die mit der Verknöcherung des Skeletteils beim Embryo vergleichbar sind, dennoch sind derartige parabiologische Vorgänge vom Standpunkt der Biologie eine Aberration, weil sie ja kein Fragment der Embryogenese darstellen. In solchen Situationen wird nichts außer der stillschweigend akzeptierten Konvention die Anwendung der traditionellen Differenzierungen erlauben.

Das Auftauchen von Polymeren, die einige Eigenschaften lebender Gewebe nachahmen, gleichzeitig jedoch Eigenschaften aufweisen, die diesen fremd sind, erwarte ich für die Mitte des kommenden Jahrhunderts. Sie können entweder das Produkt eigens zu diesem Zweck gezüchteter Pseudoorganismen sein oder sie stellen eine bestimmte Etappe des ›körperlichen Zustands‹ dieser Organismen dar.

In dem oben entworfenen Bild war der Pseudoorganismus nicht viel mehr als ein Abfallprodukt. Man konnte ihn wegwerfen, nachdem man aus ihm das gewünschte Objekt gewonnen hatte. Solch ein erwünschtes Objekt kann aber ebenso gut der ›Organismus‹ selbst sein, wenn es uns um ein bestimmtes Baumaterial zu tun ist, das seinen Eigenschaften nach halb dem Bindegewebe halb einer Plastikmasse gleichkommt, die in der programmierten Form erstarren soll.

7. Sehr viel früher, also noch in der Blütezeit der biologischen Phase, werden sowohl Genbibliotheken als auch ihre phänotypischen Korrelate in Elektronengehirnen gespeichert werden, denn die Rolle der Computer als projektiver Basis wird in der industrialisierten Biologie beherrschend sein. Der Projektant wird verschiedene Varianten durchspielen, um die Eigenschaften natürlicher Organismen zu rekombinieren. Erst viele Jahre später wird er sich daran machen, Pseudoorganismen zu komponieren, deren Parameter und Funktionen im vorhinein festgelegt, also gewissermaßen in Auftrag gegeben sind. Dabei wird er sich auf Blockschaltbilder und analoge Modelle stützen, die versuchsweise durch den Computer konstruiert wurden. In den Computer sind zuvor die physikalisch-chemischen Bedingungen der irdischen oder auch außerirdischen Umwelt sowie die Art der Aufgabe einprogrammiert worden, die das projektierte Gebilde auszuführen hat.

Angesichts des beschränkten Raums, der mir für diese Prognose zur Verfügung steht, kann ich die Hauptanwendungsgebiete der genetischen und parabiologischen Ingenieurskunst nicht einmal alle beim Namen nennen. Man muß jedoch bemerken, daß sich die diesbezüglichen Aufgaben durchaus nicht auf Manipulationen mit dem genetisch modifizierten oder simulierten Leben beschränken werden. Die Auswirkungen der neuen Technologie werden sich nicht allein auf Phänomene des Lebens erstrecken, werden nicht nur Viehzucht, Ackerbau, Veterinärswesen oder Medizin betreffen. Man muß berücksichtigen, daß die Rohstoffe und Metalle, die wir heute als nichtregenerierbar bezeichnen, nicht endgültig von der Bildfläche verschwinden, wenn wir von ihnen Gebrauch gemacht haben. Sie unterliegen lediglich einer starken Dispersion. Es wäre also durchaus möglich, sie wiederzugewinnen, wenn man zu diesem Zweck Organismen oder Pseudoorganismen einsetzte, die in chemotaktischer Hinsicht entsprechend programmiert sind. Derartige Projekte werden sich im großen, den Bedürfnissen der Industrie angepaßten Maßstab jedoch erst dann verwirklichen lassen, wenn die ersten Anfänge einer künstlichen Biozönose entstanden sind.

In jeder Biozönose gibt es einen Kreislauf von Elementen und chemischen Verbindungen, hauptsächlich bedingt durch die Ernährungsketten von Pflanzen und Tieren, aus denen sie sich zusammensetzt. Diese Bewegung kann geologische Dimensionen annehmen, wovon zahlreiche Mineralablagerungen paläobiologischen Ursprungs wie z. B. Kalzinationen Zeugnis ablegen. Kreisläufe, die es in der Natur nicht gibt, wird man in einer Weise in Gang setzen können, daß man nicht nur industriell dispergierte Materialien wiedergewinnen, sondern auch solche Bodenschätze und chemischen Lösungen ausbeuten kann, die mit den traditionellen Techniken nicht nutzbar zu machen sind. Daneben muß man betonen, daß Forschungsarbeiten zur Schaffung industrieller Technologien ebenso viel Kapital verschlingen wie die Einführung dieser Technologien in die Praxis und ihre ständige Unterhaltung. Im Bereich der konstruktiven Biologie hingegen wird lediglich die Grundlagenforschung sehr viel Kapital verschlingen. Ist die Produktion aber erst einmal in einzelnen Regionen der Biosphäre in Gang gesetzt, so wird sie nicht mehr kosten als heutzutage der Anbau von Kulturpflanzen.

8. Meine bisherigen Aussagen erwecken mehr oder weniger den Eindruck, als könnten wir viele Krisen, die uns heute unlösbar vorkommen und die weitere Existenz der Zivilisation zu bedrohen scheinen, durch ein biotechnisches Manöver beseitigen oder zumindest in ihren Folgen mildern. Leider haben diese strahlenden Zukunftschancen auch ihre düstere Kehrseite.

Die Möglichkeit zur Projektierung neuer biologischer Waffen ist das unabweisbare Korrelat der nützlichen Effekte der genetischen Ingenieurskunst, und dies bereits seit den ersten Anfängen dieser Technologie. Als besonders bedrohlich kann sich die synthetische Virologie erweisen, die sich nicht auf eine Verstärkung der Virulenz der existierenden Krankheitserreger beschränkt. Die pathogene Wirkung natürlicher Erreger ist niemals hundertprozentig tödlich, weil eine Gattung, die die organischen Abwehrmechanismen ihres Wirts so wirksam überwindet, zugleich mit diesem zugrundegeht.

Sogar in evolutionärer Hinsicht junge und eben dadurch hochgradig virulente Mikroorganismen zeigen nach einer Reihe von Passagen durch die attackierte Population eine

Schwächung ihrer Virulenz, weil diejenigen überleben, die durch aufeinanderfolgende Mutationen zu einem Zustand des dynamischen Gleichgewichts mit ihren Wirten tendieren. Diese natürlichen Schranken der letalen Wirkung wird jedoch ein in der Rüstungsindustrie tätiger Genetiker ohne weiteres beseitigen können. Ziel seiner Forschungen werden im übrigen nicht nur die virulentesten Formen sein. Es gibt viele Viren, die Fähigkeit besitzen, im menschlichen Organismus über Jahre in latenter Form zu verweilen. Ihre schädliche Wirkung entfalten sie erst im späten Lebensalter ihres Wirts oder unter dem Einfluß anderer, innerer oder äußerer Faktoren.

Gerade die mit Verspätung wirkenden Formen werden sich besonders gut zur Durchführung kryptomilitärischer Aktionen eignen, da sie ein selektives und äußerst raffiniertes Vorgehen gestatten. So können Krankheitserreger zum Beispiel gezielt gegen Frauen eingesetzt werden. Solch ein Virus, der einen Organismus befällt, ruft zunächst keinerlei Symptome hervor. Wenn eine Frau jedoch schwanger wird, so verwandelt er den Mutterkuchen oder die Leibesfrucht in einen bösartigen Tumor. Man kann sich eine Unzahl derartiger virusähnlicher Waffen vorstellen, die entweder mit gezielter Verspätung wirken oder durch eine im Organismus stattfindende Veränderung wie die Schwangerschaft ausgelöst werden. Auch ein spezieller ›Auslöser‹ käme in Frage, eine Art ›Genaktivator‹, der dem Trinkwasser o. ä. beigemischt wird. Wenn die Möglichkeiten zu solch einer Synthese erst einmal da sind, wird man ihren gesamten Wirkungsbereich mit strengster Geheimhaltung umgeben.

Gegenüber den Formen, mit denen der Mensch niemals in Berührung gekommen ist, eben weil sie synthetisch sind, werden die Abwehrkräfte des Organismus hilflos sein, die Immunisierung einer ganzen Population jedoch wird im Hinblick auf die ungeheuer große, zumindest in die Tausende gehende Anzahl des Komplexes künstlich erzeugter Formen unmöglich sein. Zudem wird sich die Durchführung derartiger Experimente sehr viel leichter geheimhalten lassen als z. B. der Bau von Kampfraketen und ihren Abschußrampen.

Folglich wird die Installierung einer wirksamen Kontrolle über diesen Sektor der Rüstung außerordentlich problematisch sein. Man kann den Gegner ja attackieren, ohne direkt auf seine Bevölkerung zu zielen. Man geht stattdessen indirekt vor, indem man verschiedene Katastrophen hervorruft, die Naturkatastrophen simulieren, so z. B. Mißernten, Epidemien unter Nutztieren etc. Die biologischen Waffen eignen sich besonders dazu, die heute herrschende Doktrin der Vergeltung, die auf der Fähigkeit zum zweiten Schlag (second strike capability) beruht, in Frage zu stellen. Wenn man nicht mit völliger Sicherheit feststellen kann, ob ein erster Schlag erfolgt ist, dann hat man keine rational fundierte Möglichkeit, die Entscheidung zum Gegenschlag zu treffen. In einer Welt mit solchen Waffen wird es unmöglich, das Gleichgewicht der Kräfte herzustellen und es politisch zu gewährleisten, da ja die Grenzlinie zwischen Krieg und Frieden völlig verwischt ist. Ich möchte die Unzahl finsterster Perspektiven, die eine für militärische Zwecke mobilisierte Genetik eröffnet, nicht weiter ausmalen, sondern meine Ausführungen mit folgender Bemerkung abschließen: Nicht deshalb kann sich das Böse in der Welt erfüllen, weil die Wissenschaft der Schöpfer aller Plagen ist, sondern vielmehr deshalb, weil sie in einer Welt wirkt, die durch Antagonismen gespalten ist.

9. Da ich voraussetze, daß es einen biologischen Krieg nicht geben wird, wozu mich die optimistische Prämisse dieser Prognose befugt, möchte ich versuchen, die Perspektiven aufzuzeigen, die sich gegen Ende des von meiner Vorhersage erfaßten Zeitraums eröffnen werden.

Zahlreiche reale Möglichkeiten habe ich nicht eigens aufgezählt, weil darüber bereits in Fachpublikationen und in der für ein breiteres Publikum bestimmten Literatur geschrieben wird. Nicht erwähnt habe ich die Chance, Erbkrankheiten zu heilen, die Abwehrkräfte des menschlichen Organismus zu stützen oder immunulogische Anomalien zu bekämpfen, bei denen der Organismus sich selbst attackiert, weil er bestimmte, eigene Gewebe als Fremdkörper perzipiert. Ich habe auch nicht darüber gesprochen, daß sich synthetische Antikörper und Seren so gut an die biologische Konstitution des Kranken anpassen können, daß sie die Phänomene der Arzneimittel- und Eiweißallergie verhindern.

Ich möchte lediglich soviel sagen: In der Medizin wird es eine neue Tendenz geben. Die Heilung zahlreicher Krankheiten wird sich nicht mehr auf eine Intervention in akuten Notfällen beschränken, sondern wird in kontinuierlicher Form erfolgen. Ermöglichen werden das verschiedene Arten von Transplantaten, die auf biochemischem Wege gegen die Abstoßungsreaktionen des Körpers abgeschirmt werden. Zum unerläßlichen Instrument der Therapie wird ein Computer, der ein Modell der Konstitution des Kranken enthält, so daß man die Therapie erforderlichenfalls optimieren kann, indem man sie nicht nur der gegebenen Krankheit, sondern auch dem jeweiligen Patienten anpaßt. Den Plan für solch eine Therapie wird der Arzt ganz wie ein Stratege aufstellen, der militärische Szenarios in einem elektronischen Simulator durchspielt. Darüber hinaus können Methoden einer unblutigen Chirurgie entwickelt werden, die an die Stelle der traditionellen Chirurgie treten dürfte. Die unblutige Chirurgie wird mit Hilfe von modifizierten bzw. synthetisierten Mikroorganismen oder Viren arbeiten, deren Aufgabe z. B. darin bestehen wird, durch einen Thrombus verstopfte Blutgefäße wieder durchlässig zu machen. Das Operationsfeld der zur Therapie eingesetzten Mikroorganismen wird mit radioaktiven Strahlen oder mit Hilfe biologischer Techniken gekennzeichnet, so daß eine Spur gelegt wird, der sie folgen können. Was hingegen andere heute weit verbreitete und faszinierende Visionen anbelangt, so z. B. die weitere Entwicklung der Klonierungstechniken, so bin ich nicht der Meinung, daß man danach streben sollte, »Exemplare der menschlichen Gattung aus einzelnen Körperzellen zu züchten«. Ich sehe weder ökonomische noch andere Gründe, die dafür sprechen würden, eine derartige Prozedur von den Kinoleinwänden in die Realität zu überführen. Auch sollte die Idee, einen Menschen oder sogar ›Übermenschen‹ zu züchten, dem Arsenal phantastischer Filme vorbehalten bleiben.

Die Wirkung derartiger Ideen auf die Phantasie der Menschen kann man zum Teil mit den Angstreaktionen erklären, die die Wissenschaft heute auslöst, denn sie wird von vielen als eine Verschwörung gegen das Wohl der ganzen Menschheit betrachtet. In solchen Horrorvisionen kehren uralte Mythen zurück, wie etwa die Legende vom Homunculus oder das

Schauermärchen von Frankenstein, der einen Leichnam zum Leben erweckte.

Für angezeigt hingegen halte ich, die Frage nach anderen Veränderungen aufzuwerfen. Dabei geht es nicht um Errungenschaften, die kurz vor der Realisierung stehen, sondern um Projekte der fernen Zukunft, die gestützt auf bereits verwirklichte Erfolge der Wissenschaft entstehen können. Die Kollision der in stetigem Wachstum begriffenen Zivilisation mit ihrer planetarischen Umwelt kann verkürzt als Kollision der Technosphäre mit der Biosphäre bezeichnet werden. Die Biosphäre, die sich aus den einzelnen Biozönosen der Landmassen und Ozeane der Erdkugel zusammensetzt, ist derart starken Schädigungen ausgesetzt, daß die Gefahr besteht, daß sie endgültig aus ihrem dynamischen Gleichgewicht gerät. Das aber wäre das Ende. Daher kann es sehr wohl sein, daß eine der wichtigsten Aufgaben der kreativen Biologie darin bestehen wird, dieses bedrohte dynamische Gleichgewicht zu stützen. Sporadische Interventionen werden sich dazu ebensowenig eignen wie einzelne Früchte der genetischen Ingenieurskunst. Auch darf sich ein zielgerichtetes Handeln nicht auf eine passive Verteidigung der Umwelt beschränken, zum Beispiel darauf, daß synthetische Organismen die Substanzen abbauen, die Wasser, Luft und Erde verseuchen. Es ist mir unverständlich, weshalb die Futurologen – sogar die vom ökologischen Ansatz ausgehenden – diese Chance der neuen Biologie mit Schweigen übergehen, wenn sie in ihren Prognosen das Ende der Welt ankündigen, verursacht durch den Kollaps der Biosphäre. Ich weiß nicht, ob es der Menschheit gelingen wird, diesen ehrgeizigen Plan zur Rettung unseres Planeten zu verwirklichen, denn seine Realisierung scheint eine Utopie zu sein. Das gilt keinesfalls für den Stand unseres Wissens, sondern vielmehr für den politischen Stand der Weltangelegenheiten, weil sich ein solches Projekt nun einmal nicht im Rahmen irgendwelcher Staatsgrenzen verwirklichen läßt. Die Elemente einer künstlichen Biozönose müssen in globalem Maßstab in die Biosphäre eingegliedert werden. Das heißt nicht, daß eine entsprechend zielgerichtete Aktion die gesamte Erdoberfläche zugleich erfassen müßte. Wenn man jedoch das biologische Wettrüsten und die Heilung der Biosphäre gleichzeitig betreibt, dann ist das dasselbe, als wenn man einen Brand löschen möchte und gleichzeitig Öl ins Feuer gießt. In dem Sinne wie ich zuvor das Ideal genannt habe, dem die kreative genetische Biologie und die Parabiologie neuer Synthesen nachstreben sollte, kann ich jetzt das Projekt der künstlichen Herstellung einer Technobiozönose als ein Ziel der fernen Zukunft bezeichnen, das aller erdenklichen kollektiven Anstrengungen würdig ist. Unter der Technobiozönose verstehe ich ein System, das sich aus den zur industriellen Produktion eingesetzten Technologien und der Biozönose zusammensetzt. Zwischen diesen beiden Komponenten tritt eine Lebensgemeinschaft von Mikro- und Makroorganismen in Aktion, die danach strebt, die Kollisionen zwischen der technischen und der biologischen Sphäre aufzufangen und in den Auswirkungen abzumildern. Mikro- und Makroorganismen sind so projektiert, daß sie durch wechselseitige Abhängigkeiten verknüpft sind und sich gleichzeitig – in einem rettungsverheißenden Sinne – an den Umweltbedingungen anpassen.

Somit sollte die Technobiozönose ein übergeordnetes System sein, bestehend aus den vorhandenen Industrien, der lokalen Biozönose sowie einer Art von Anti-Industrie, die eine Frucht der kreativen Biologie ist.

In der weiteren Perspektive zeichnet sich die allmähliche Übernahme einiger Sektoren der traditionellen Technologien durch die Biotechnologie ab.

Ein noch in weiter Ferne liegendes, jedoch wünschenswertes Ergebnis wird die Technobiosphäre sein, die durch die stark ausgeprägte Interdependenz ihrer Subsysteme und durch die wachsende Kompliziertheit der erforderlichen Regelvorgänge eine prinzipielle Ähnlichkeit mit den Phänomenen des Lebens in planetarischer Dimension aufweisen wird. Dieses Urteil findet seine Rechtfertigung in folgender Gesetzmäßigkeit, die sich aus der menschlichen Geschichte ablesen läßt. Je mehr die Zivilisation voranschreitet, um so komplizierter werden auch die Prozesse, die sie hervorbringen. Hier liegt nota bene auch die Ursache für die Schwierigkeiten, mit denen wir heute zu kämpfen haben. Je einfacher ein System ist, um so simpler ist es auch zu steuern. Hierzu genügen brutal einfache, gewaltsame Eingriffe. Versucht man jedoch, komplizierte Systeme ›mit

Gewalt zu steuern‹, so erzielt man zumeist nicht die erwünschten, sondern gegenteilige Resultate, da dann eine den Zustand des optimalen Gleichgewichts ansteuernde Regelung durch ein Handeln ersetzt wird, welches das System in gewissem Sinne einfriert und es in seiner Entwicklung paralysiert. Wie kann man sich nun die Technobiosphäre vorstellen, die Resultante einer Kombination von Verfahrensweisen und Techniken, die der Mensch bei der belebten und unbelebten Natur ›abgeschaut‹ hat?

Man kann dies in einer Unzahl von Varianten tun, denn da sich die Technobiosphäre nicht aus dem freien Spiel der Kräfte ergibt, sondern Resultat eines zivilisatorischen Plans ist, müßte das so entstandene Ganze die Werte, auf die es abzielt, offenlegen. Jede natürlich entstandene Biozönose strebt nach der Erhaltung ihres dynamischen Gleichgewichts, auch um den Preis des Werdens und Vergehens der sie bildenden Gattungen.

All diese Gattungen stellen daher für sich betrachtet untergeordnete, ephemere Werte dar, stabil bleibt allein der Widerstand, den das Leben als Ganzes gegen die in Raum und Zeit wechselnden Störungen leistet.

Selbstverständlich müßte man die prinzipielle Aufgabe der Biozönose modifizieren, weil es für uns nicht gleichgültig ist, welche Gattungen blühen und gedeihen und welche untergehen. Jede derartige Modifikation wird jedoch erweisen, daß unsere Fähigkeiten nicht ausreichen, um die ganze Fülle der sich stellenden Aufgaben gleichzeitig zu bewältigen. Selbst wenn alles Wünschenswerte machbar wäre, so ließe es sich nicht auf einmal verwirklichen. Das Phänomen, das sich historischer Fortschritt nennt, schafft Konflikte und gebiert mit deren Beseitigung gleich wieder neue. Den Menschen aber, die die Gefangenen ihrer eigenen historischen Zeit sind, kann dieser Prozeß als eine fatale, ja sogar letzte Drohung erscheinen. Selbst wenn die Menschheit über das notwendige Wissen verfügt, um die Technobiosphäre nach Belieben zu gestalten, so wird ihr das nicht auf den ruhigen Gipfel eines vollkommen harmonischen Daseins verhelfen. Dieses Thema jedoch, das mit den nicht zu bewältigenden Dilemmata einer *Auswahl* zusammenhängt, geht bereits über die vorliegende Prognose und wohl auch über jeden Versuch einer diskursiven Vorhersage der Zukunft hinaus.

Folglich ist der beste Platz für solch einen Versuch ein Projekt, das in ein Werk der phantastischen Literatur inkorporiert ist, wie ich es gerade geschrieben habe.

Mai 1981

Rezensionen

Jan Józef Szczepański
Vor dem unbekannten Tribunal

Der Autor dieses schmalen Bändchens zieht stets die Berge den Büchern und die einsamen Wanderungen mit dem Rucksack dem Herumstöbern in Bibliotheken vor. Er studierte Hinduistik und hatte die Absicht, Maler zu werden, ehe er Schriftsteller wurde. Weil wir etwa gleichaltrig sind, erinnert er sich wie ich an das Europa der dreißiger Jahre, in dem die menschlichen Werte zwar bedroht, aber noch nicht niedergewalzt waren vom Weltkrieg oder von den Zusammenstößen der politischen Ideologien, der Rüstungen und neuen Nationalismen nach dem Kriege. Doch ist diese Erinnerung für ihn nie die Quelle der Sehnsucht nach einer Epoche, die unserer Zeit der unaufhörlichen Krise vorausging.

Er hat die Berge und die Ozeane durchmessen, weder als Tourist, der auf exotische Erschütterungen begierig ist, noch als Reporter, der solche Eindrücke für seine Leser sucht, eher als ein Mann mit der Devise »navigare necesse est, vivere non est necesse«, obwohl er sie nie beim Namen nennt.

Dieser Autor war nie ein theoretisierender Intellektueller oder ein Schriftsteller, der von der neuesten, auf den literarischen Börsen gängigen künstlerischen Mode abhängig ist. Aber er verachtet solche Intellektuelle und solche Schriftsteller nicht, denn er bemüht sich immer zuerst, die anderen Menschen zu verstehen, im polnischen Gebirge ebenso wie in den amerikanischen Anden, und in den seltsamsten und grausamsten Erscheinungen des Lebens wenigstens ein Stückchen Verwandtschaft und menschliche Ähnlichkeit zu finden.

Da er – bei dieser Grundhaltung – das, was er selbst schrieb, mit spezieller und strenger Geradlinigkeit anging, errang er in seinem eigenen Lande nur langsam Anerkennung und wird sie jenseits der Grenzen noch später erringen. In seiner vielleicht natürlichen, vielleicht sich selbst auferlegten Entschiedenheit hat er sich bestimmt um eines nicht gekümmert, um Anerkennung, die ihm den Enthusiasmus geschickt aufgereizter Leser einträgt, und um Ehre und Glanz, die dem Künstler eine wegen seiner Ergebenheit und seines Gehorsams zufriedene Obrigkeit verleiht. Er blendet nicht, dient nicht und fügt sich nicht mit seinen Büchern, er gibt vielmehr ein Zeugnis dessen, was er selbst erlebt, was ihn verwundert oder erschreckt hat. Er ist wie ein Zeuge eingedenk des Eides, die Wahrheit sagen zu müssen und nichts als die Wahrheit. Weil jedoch diese Wahrheit ebenso banal wie unbequem ist, beißen sich an seinen Romanen und Erzählungen die tüchtigsten polnischen Kritiker die Zähne aus; denn wir erwarten von den Kritikern kein pauschales Lob, sondern analytische Urteile, die jedoch zu den Quellen eines solchen, *zeugenden* Schriftstellertums nicht vorzudringen vermögen. Wie sich aus dem bisher Gesagten erkennen läßt, kann man sehr viel leichter bestimmen, was für ein Schriftsteller Szczepański *nicht* ist, als was für einer er tatsächlich *ist*. Es läßt sich schwer klar machen, woher seine Prosa ihre innere Kraft nimmt, die zur Folge hat, daß seine Bücher bei der ersten Lektürebegegnung einfacher, gewöhnlicher, bescheidener wirken als später in der Erinnerung.

Erst wenn einige Zeit seit ihrem Entstehen vergangen ist, zeigt sich, daß sie – man weiß nicht recht wie – nicht altern wollen, daß sie für die nächste Lesergeneration nicht stumm werden wie so viele andere, einst berühmte Werke, die außer einem Literarhistoriker niemand mehr aufschlägt.

Man kann Elemente aus der Fabel von Szczepańskis Büchern vergessen, die bei ihrer Lektüre erlebten Gefühle vergißt man nicht; denn in diesem Jahrhundert voller Hektik, Angst und Lärm, in dem Bücher aufleuchten wie Feuerwerkskörper, um ebenso schnell zu verlöschen, ist uns etwas Ungewöhnliches und fast schon Unmögliches widerfahren, die Begegnung mit einem Schriftsteller, der trotz bitterer Lebenserfahrung sich nicht besiegen ließ, der den Versuchungen des Nihilismus und Zynismus nie erlag und der, was auch immer mit ihm, mit uns, mit der Welt geschehen mag, stets er selbst bleiben wird, ein ruhiger, verständnisvoller, sich um die glitzernden Tageseffekte nicht kümmernder Berichterstatter oder ganz einfach ein Mensch, den zum Freunde zu haben sich lohnt. Er ist jemand, der sozusagen zufällig zum Schriftsteller wurde. Ich meine,

Szczepański würde sich uns auf ebenso hilfreiche Weise zuwenden, wenn er Mitglied des Bergrettungsdienstes oder Verteidiger der Benachteiligten geworden wäre. Er ist weder ein vom Gefühl seiner außerordentlichen Mission erfüllter Lieferant künstlerischer oder moralischer Weihen noch ein kalter Erforscher existenzieller Rätsel. Schreiben ist zwar sein Beruf, aber er steht gleichsam dahinter oder darüber. Obwohl er Schriftsteller ist in der traditionellsten Bedeutung dieses Wortes – jemand, der erzählt, was konkreten Menschen zu konkreter Zeit und an konkretem Ort passiert ist –, zeigt doch dieses Buch, das eine Ausnahme von der Regel bildet, weil es fünf Essays enthält, klar und einfach die Grundzüge seiner Persönlichkeit. Das wird bereits im Titel sichtbar. Falls es einen Gott gibt, existiert ein allen menschlichen Dingen gegenüber unfehlbares höchstes Tribunal. Falls es ihn nicht gibt, kann man nur von einem menschlichen Gericht an das Höhere appellieren, doch jenseits der Menschen gibt es keine Berufung mehr. Dann kann man die Einseitigkeit und Fehlbarkeit nur gegen eine andere eintauschen. Szczepańskis Credo aber ist anders. Sogar die Nichtexistenz Gottes macht das höchste Tribunal nicht zunichte. Man weiß nicht, wer darin sitzt. Man weiß nicht einmal, ob dort ein unpersönliches Wohlwollen den Gerichtsverfahren zuhört. Dennoch existiert dieses Tribunal. Man kann es so oder so benennen – als moralisches Recht, das den geschichtlichen Wandlungen nicht unterliegt, als Tradition der Menschlichkeit, als christliche oder gar allgemeinmenschliche Tradition oder am Ende nur als Konzentration der unvergänglichen Hoffnung vergänglicher Generationen, daß der Sinn des Lebens dauerhafter sei als das Leben selbst. Die Zusammensetzung des Tribunals bleibt unbekannt. Eigentlich gibt es nichts als die unbeugsame Überzeugung von seiner Existenz. Vielleicht weil ein solches Tribunal existieren *muß*? Kann ein so geschaffenes Oberstes Gericht nicht eine trügerische Wahnvorstellung sein? Dieser Zweifel ist Szczepański bestimmt nicht fremd, doch streift er ihn mit keinem Wort. Auch ich darf nicht statt seiner sprechen, denn meine Worte, die brutal und verkürzend und dadurch naiv das Endgültige in der gestellten Diagnose suchen, sind seiner Natur fremd. Szczepański gehört nicht zu den Autoren, die den Leser mit der Sicherheit ihres

Wissens erdrücken, aber auch nicht zu denen, die ihn mit den eigenen Zweifeln umstricken und in die Tiefe ziehen. In diesem kleinen Buch gibt es keine philosophische, ethische oder moralische Spekulation. Es enthält ganz einfach kommentierte Lebensläufe von Menschen, die so verschieden sind wie der polnische Ordensgeistliche, der in einem Vernichtungslager sein Leben für das eines anderen Häftlings gab, und der Amerikaner Manson, der ein düsteres satanisches Spiel trieb. Szczepański hat mit der Wiedergabe dieser Lebensläufe das ganze Elend und die Entsetzlichkeit unserer Zeit berührt, doch die Einführung in das »Herz der Finsternis« (um ein Wort von Conrad zu gebrauchen) beraubt uns der Hoffnung nicht, die der Titel des Bandes ankündigt. Um zu verstehen, wie das so sein kann, muß man es durchlesen. Durchlesen und nach einiger Zeit zu ihm zurückkehren. Ich weiß, das ist eine ziemlich unverschämte Forderung heutzutage, da wir angeblich keine Zeit haben, nicht einmal für Dinge, die wichtiger sind als die Lektüre von Büchern vorerst noch unbekannter Autoren. Doch wer meiner Anregung folgt, wird die der Lektüre gewidmete Zeit nicht bedauern, weil er nicht nur ein Buch kennenlernt, das zu kennen sich lohnt, sondern auch den Menschen, der es geschrieben hat.

Krakau, im August 1979

Jan Józef Szczepański
Ikarus und *Die Insel*

Der einzige historische Roman, den Jan Józef Szczepański geschrieben hat, basiert auf realen Geschehnissen. Es gab diesen Berezowski wirklich. Er war fast noch ein Junge, dieser Aufständische, der, als der Aufstand zusammengebrochen war, aus Polen nach Frankreich entkam. Während der Weltausstellung in Paris verübte er ein Attentat auf den Zaren Alexander, es mißlang, und er büßte dafür mit lebenslanger Verbannung auf die ›Galeeren‹, also nach Neukaledonien. Dort beschloß er sein Leben als geistesgestörter Alter; denn trotz der sich ändernden politischen Systeme stand seiner Begnadigung die französische Staatsräson entgegen. Real sind alle dramatischen Knotenpunkte dieses Romans, auch das Petersburger Attentat, bei dem der Zar durch eine Bombe getötet wurde, zu einer Zeit, da Berezowski sich, für die Welt gestorben, in Neukaledonien befand.

So war es. Aber was geht uns das an? Was kann die Tat eines unglücklichen Burschen vor hundert Jahren für uns bedeuten, in unserem von heimtückischen Attentaten geschüttelten Jahrhundert, ausgeführt von Tätern, die sich auf weltbeglückende Ideologien berufen? Was hätte sich denn geändert in der Geschichte Rußlands und Polens, wenn Berezowskis Anschlag erfolgreich gewesen wäre? Nichts. Welchen Sinn hat also die Mühe, die der Schriftsteller sich machte?

Fragen wir einmal, woran man einen historischen Roman erkennt. Doch nicht daran, daß seine Handlung in der Vergangenheit spielt. In der Vergangenheit spielen die Handlungen aller Romane von Dostojewski. *Schuld und Sühne* spielt zur gleichen Zeit wie Berezowskis Geschichte. Niemand aber wird Dostojewskis Roman historisch nennen.

Der Historiker rekonstruiert die Vergangenheit, stellt die Tatsachen dar und ergänzt sie durch Hypothesen, der Schriftsteller aber tilgt die Grenze zwischen Dokumenten und Vermutungen. Hängt der Wert eines historischen Romans von der schriftstellerischen Geschicklichkeit bei jener Grenztilgung ab?

So ist es nicht. Der Historiker beschreibt die Vergangenheit, der Schriftsteller aber belebt sie wieder. Der Unterschied ist derselbe wie der zwischen einem Naturkundemuseum und einem Wald voller Tiere, wie der zwischen Gestorbenem und Lebendem.

Es geht darum, ob ein solcher Wiederbelebungsakt der Mühe wert ist, und wenn ja, *für wen* er einen Wert darstellt. Stammt Berezowskis Geschichte nicht aus dem eisernen Repertoire polnischer Niederlagen und nationaler Katastrophen? Der unausgegorene Bursche hat eine unselige, törichte und vergebliche Tat begangen, für die er über die Maßen büßen mußte. Er war ein Held, sehr arm am Geiste und sehr kläglich, dem nichts gelungen ist, außer daß er sein eigenes Leben vertat. Aber – wie ein polnischer Kritiker schrieb – »Szczepańskis Simpel vergleicht bis zum Schluß alle Überraschungen, die die unverstandene Welt für ihn bereit hält, mit den Grundprinzipien seiner Großmutter Hryniewicz. Er ist bewußt vom Denkmalssockel herabgeholt. Trotzdem – und das ist eine für diesen Schriftsteller kennzeichnende Entscheidung – verliert sein Berezowski nie (wie soll man das anders nennen?) die Reinheit des Herzens. Wer immer die Welt geschaffen hat, Gott oder der Teufel, Berezowski bleibt auf kindliche Weise rechtschaffen: als er es ablehnt, die Rolle des Zuträgers zu übernehmen; als er sich mit den Resten seines Bewußtseins gegen die Zwangsvorstellung der Vergewaltigung wehrt; und als er um jeden Preis mit seinem ungeübten Verstand das eigene Schicksal erhellen und den Sinn des Daseins ergründen will . . .«

In diesen Worten hat der Kritiker die dem Autor Szczepański eigene Weltsicht eingefangen. Sie ist ungewöhnlich, weil sie zwar alle Illusionen vermeidet, die die Größe des vom Einzelnen erbrachten Opfers mit den realen Folgen des Opfers verbinden, trotzdem aber diesem Opfer die Bedeutung nicht abspricht. Die Welt ist unbestreitbar mitleidslos gegenüber den Treuherzigen und Naiven, gegenüber jenen *untergeordneten Wesen*, wie Shakespeare sie genannt hat, die zugrunde gehen, wenn sie *zwischen die Klingen der mächtigen Fechter* geraten, die also vergeblich zugrunde gehen. Dennoch bleibt in dieser Welt die Hoffnung bestehen, solange in ihr solche *untergeordneten Wesen* erscheinen, deren Rechtschaffenheit und Reinheit des Herzens durch nichts bezwungen werden kann. Solche

Menschen scheitern, wie Berezowski scheiterte, doch nicht in allem; denn sie legen Zeugnis ab für Werte, die nicht vergehen, solange eine Zukunft möglich ist, die sich über ihr Leid mit gerechtem Kummer beugt. Es geht diesen Verlierern um eine höhere Gerechtigkeit als die vom Gericht zugemessene – und genau das gehört zu den besonderen Privilegien der Literatur.

Aber Szczepański hat mit seinem Roman nicht nur diese rein moralische Frage berührt. Er hat nicht nur auf den vergessenen, auch den Polen im allgemeinen unbekannten, am Rande gelegenen Fall des blutjungen Aufständischen und politischen Emigranten aus der Zeit vor hundert Jahren zurückgegriffen. Das reale Schicksal führte den Burschen, der alt und wahnsinnig wurde, ohne das normale Leben kennen zu lernen, durch die Knotenpunkte der großen Geschichte: die Begegnung des Zaren mit Napoleon III., die Weltausstellung in Paris – diesen Embryo einer Zivilisation, die uns Menschen von heute in ihrer bedrohlichen Überreife erdrückt –, den Untergang der Pariser Kommune, das Schicksal der verbannten Kommunarden, das nächste, diesmal tödliche Attentat auf den Zaren, bis hin zur Morgendämmerung der polnischen Unabhängigkeit in den zwanziger Jahren unseres Jahrhunderts; denn Berezowski hat sie noch erlebt, vermutlich ohne etwas davon zu wissen, weil er in seinem Wahn begraben lag, noch ehe man ihn in der Erde begrub. Diese Zusammenhänge zeigt der Roman in ebenso präzisen wie knappen Bildern. Zugleich enthält er eine großartige Studie des Wahns, in den der arme Held versinkt. Dabei lebt das Werk von einer Frage, die bis heute nicht gestorben ist, von der Frage nach Polen und Rußland. Sie gibt dem Roman eine Einheitlichkeit, um derentwillen ich, fürchtete ich nicht, in nationalistische Übertreibung zu verfallen, sagen würde, wir verdankten Szczepański die polnische Variante von *Schuld und Sühne*, in der die moralischen Zwangsentscheidungen so mit den politischen verwachsen sind, daß es keine Möglichkeit gibt, sie zu trennen. Szczepańskis historischer Roman birgt mehr Aktualität in sich als viele zeitgenössische Werke. Er hat eine Epoche wiederbelebt, in der unsere Zeit sich wie Macbeth im Spiegel betrachten kann.

Von Wissenschaft und Pseudowissenschaft

Steven Weinberg, *Die ersten drei Minuten*

Nach unserem modernen Erkenntnisstand ist das Weltall – die mächtigste Atombombe, die es geben kann – immer noch in einer Explosion begriffen, die vor zwanzig Milliarden Jahren mit dem sogenannten Urknall begann. Dieser Urknall war es, der das All erschaffen und zum Auseinanderfliegen brachte, die Gestirne, die kosmischen Staubwolken, die Sonnensysteme und wir selbst sind also Spätfolgen dieser Explosion. Jedoch, kurzlebig wie wir sind, vermögen wir ihren Weitergang nicht direkt wahrzunehmen. Tatsächlich ist die Urknall-Hypothese, auf Englisch ›Big Bang Theory‹, nicht gerade neu, sie entstand bereits vor einigen Jahrzehnten, lag aber im Streit mit verschiedenen anderen Hypothesen vom Weltanfang, bis vor zwölf Jahren ein ausschlaggebender Beweis für ihre Gültigkeit entdeckt wurde – in Gestalt der sogenannten Hintergrundstrahlung. Wie eine gewöhnliche Explosion donnerartige Schallwellen erzeugt, die das Sprengungsmoment überdauern, so hat auch der Urknall eine einzigartige Strahlungswelle verursacht und hinterlassen, oder, um ein anschaulicheres Bild zu benutzen: im Weltallgefüge zittert noch bis zum heutigen Tag das immer schwächere Beben der Urexplosion, abgekühlt bis auf drei Grad über dem absoluten Nullpunkt. Es ist den Astrophysikern gelungen, diesen Widerhall des Welterschaffungsknalls zu entdecken und in mühseliger Arbeit mit dem Beginn des Universums zu identifizieren.

Ein amerikanischer Physiker, Steven Weinberg, hat dieser kosmogonischen Auslegung der Genesis ein Buch gewidmet, das zu Recht den Titel *Die ersten drei Minuten* trägt. Das in den Vereinigten Staaten erfolgreiche Buch ist jetzt auch in deutscher Fassung im Piper-Verlag erschienen.

Weinberg hat die Weltgeburt sachlich, klar und genau dargestellt, in bester populärwissenschaftlicher Tradition, was mir um so wichtiger erscheint, als wir zwar über Unmengen derartiger Popularisierungen verfügen, aber die vollwertigen Werke unter ihnen eine bescheidene Minderheit bilden.

Ich neige dazu, die wissenschaftliche Forschungsarbeit mit einer kriminalistischen Untersuchung zu vergleichen, weil wir es sowohl hier wie dort mit gewissen ›Endzuständen‹ zu tun haben, deren Entstehung geklärt werden soll. In der biologischen Evolution bilden so einen Endzustand wir selbst als Gattung; in der Astronomie ist das gegenwärtig bestehende Universum der Endzustand, und in einem Krimi wird natürlich die Leiche des Opfers zum Endzustand, der in rückwärtsgerichteten Untersuchungen ursächlich geklärt werden soll. Ein guter Kriminalroman enthält also zwei verschiedene Dinge: die vor den Augen des Lesers ablaufende Untersuchung und eine sich allmählich herauskristallisierende Rekonstruktion des begangenen Verbrechens, deren endgültiges Erschließen das Ende der Geschichte bedeutet.

Auch das Weinbergsche Buch hat zwei solche parallelen Rekonstruktionen: den Verlauf der kosmogonischen Spürarbeit und ihre logisch zusammenhängenden Resultate, die in der bewiesenen Urknall-Theorie münden. Unmöglich zu sagen, welcher dieser beiden Bestandteile des Werkes faszinierender auf den Leser wirkt.

Ein Buch, das das Aufdecken der endgültigen Wahrheit über den Weltanfang verspricht, nimmt sich nicht gerade wenig vor. Wird dieses Versprechen auch gehalten? Wenn es allein darauf ankommt, in glänzender Weise Auskunft über den Stand des kosmogonischen Wissens von heute abzulegen, enttäuscht das Buch des Amerikaners nicht im geringsten. Eine andere Frage ist allerdings, ob wir dem brillanten Plädoyer für die ›Big Bang Theory‹ auch uneingeschränkt Glauben schenken dürfen. Zweifellos ist sie eine der beeindruckendsten Theorien der Gegenwart, sie wirft andererseits aber Fragen auf, die vielleicht noch schwieriger sind, als das Rätsel, das diese Theorie löst. Denn die Urknall-Theorie läßt uns zwar im zeitlichen Rückgang bis an den feurigen Herd der Weltgeburt herantreten; sie zählt etappenweise auf, was in den ersten millionstel Sekundenbruchteilen passierte, doch sie schweigt darüber, woher denn nun eigentlich die mächtigen ins unendlich Kleine zusammengepreßten Energien gekommen sind, und was sie zur welterschaffenden Zündung gebracht hat. Dicht vor dem Nullpunkt des Zeitablaufes verliert die Theorie ihre bisherige Gültigkeit, weil in diesem Punkt unsere ganze Physik sozusagen aufhört. Es gibt also doch gewichtige Unterschiede zwischen der Lösung eines kriminalistischen und eines wissenschaftlichen Rätsels. Nur bei der menschlichen Tätersuche kann vorerst die endgültige Klärung eines Falles herbeigeführt werden. Aber vielleicht sind in dreißig oder fünfzig Jahren neue Erkenntnisse auch in der Kosmogonie gewonnen worden, so daß die verbotene Frage, was *vor* dem Urknall war, ihren ketzerisch-frechen Charakter verliert. Heute jedoch sind wir darauf angewiesen, was uns Weinberg als Sprecher der Wissenschaft über den Weltanfang zu berichten hat. Ich glaube, es lohnt sich, sein Buch zu lesen, nicht zuletzt, weil die Kosmogonie sozusagen ein uneigennütziges Feld der menschlichen Erkenntnis ist. Unserer Zivilisation ist es Gott sei Dank noch nicht gelungen, das Weltall in ein erschwingliches Konsumprodukt umzugestalten.

Paul Davies, *The Runaway Universe*

Vor einigen Wochen habe ich meinen Hörern aufs wärmste jenes Buch empfohlen, in dem Steven Weinberg, ein amerikanischer Physiker, über die ersten drei Minuten Bericht erstattete, die der explosionsartigen Geburt unseres Weltalls gefolgt sind. Heute will ich den deutschen Verlegern ein thematisch verwandtes Buch empfehlen, das unlängst in England beim Verlag Dent and Sons erschienen ist und einige Aufmerksamkeit erregt hat. Sein Autor Paul Davies, ein Mathematiker und Kosmologe, gehört zu jenen Wissenschaftlern, die das Rätsel der sogenannten schwarzen Löcher weltbekannt gemacht haben. Dieses Buch ist unter dem Titel *The Runaway Universe* herausgegeben worden, mit dem Untertitel ›The ultimate catastrophe – from big bang to the final heat death‹ oder von ungefähr auf deutsch »Die endgültige Katastrophe – vom Urknall bis zum Wärmetod«. Gäbe es die von mir verachtete Literaturgattung nicht, würde ich dieses Buch eine Perle der profiliertesten Science-fiction nennen. Ich bekenne mich gleich dazu, daß mein Lob dieses populärwissenschaftlichen, zugleich aber phantastisch-visionären Bandes nicht völlig uneigennützig ist, weil ich bei Paul Davies Gedankengänge und Hypothesen über die Zukunft des Weltalls gefunden habe, die ich für mein Eigentum hielt, für Ideen also, die ich mit niemandem zu teilen habe. Die Ideen, die dem Buch von Dr. Davies zugrundeliegen, haben ihre Wurzeln in der deutschen Naturwissenschaft, weil sie wie auf zwei Pfeilern auf zwei Namen stehen, denen des Astronomen Karl Schwarzschild und des Physikers Boltzmann. Schwarzschild hat als erster die rein theoretische Möglichkeit der geheimnisvollen schwarzen Löcher entdeckt, in die sich gewisse schrumpfende Sterne verwandeln, wenn ihr zentrifugaler Strahlungsdruck der Schwerkraft nicht mehr Paroli bieten kann. Boltzmann, die Hauptfigur beim Aufstellen der Grundlagen der Thermodynamik, hat als erster vom endgültigen Ende des gesamten kosmischen Geschehens als dem Wärmetod gesprochen. Somit könnte man prinzipiell den Standpunkt vertreten, daß es in der modernen Kosmologie keine gänzlich neuen Hypothesen gibt, sondern Schlußfolgerungen aus theoretischen Arbeiten der vorigen Gelehrtengeneration. Doch wäre eine solche Behauptung eine grobe Simplifizierung des Sachverhaltes. Zugegeben – sowohl die schwarzen Löcher wie auch der Gedanke vom Wärmetod des Alls sind keine Entdekkungen von heute, das Bild aber, oder, um einen modernen Ausdruck zu gebrauchen, das Modell des Universums ist ein Ganzes, das sich nicht einfach auf seine Bestandteile zurückführen läßt. In der Astronomie hat sich etwas Interessantes, ja Faszinierendes zugetragen. Die schwarzen Löcher waren für Schwarzschild rein theoretische Gebilde, das heißt logisch notwendige Schlußfolgerungen aus bestimmten Axiomen der Einsteinschen Relativitätstheorie, und auf eine ähnliche Weise war der sogenannte Wärmetod des Weltalls für Boltzmann eine rein theoretische, ausschließlich logisch zu erforschende Möglichkeit, weil weder diese Löcher noch dieser Tod konstitutive Bestandteile der damaligen wissenschaftlichen Auffassung waren. Es ging diesen beiden Gelehrten vielmehr um ein gewagtes Spiel mit dem Abstrakt-Möglichen, das an der äußersten Grenze des empirisch überhaupt Denkbaren stattfand. Der Wandel, den ich als faszinierend bezeichne, liegt darin, daß heute immer mehr Sachkundige diese hypothetischen Möglichkeiten ernst nehmen, obwohl weder die Idee Schwarzschilds noch die von Boltzmann empirisch bestätigt worden sind. Es gibt keine Gewißheit darüber, ob diese in abstracto durch den forschenden Geist erschaffenen Dinge die Gegenwart und die Zukunft des kosmischen Geschehens bestimmen, und dennoch kommt es zu ihrer immer breiteren Assimilierung durch die Lehre vom Universum. Der Fortschritt in dieser Lehre läßt sich mit einem Indizienbeweis vergleichen. Die sich immer mehrenden Indizien für die Hauptrolle der geballten schwarzen Löcher im kosmischen Geschehen nötigen ihre Gegner zu anhaltenden Rückzügen, und die Vorstellung vom Wärmetod als dem endgültigen Ende der kosmischen Nebelflucht wird auf dieselbe indirekte Weise zur Siegerin über die entgegengesetzte Theorie, die ›steady state theory‹, die behauptet, daß das All keinen Anfang und kein Ende haben kann und seinen Beobachtern immer dasselbe gestirnte Antlitz zeigt, das wir heute Lebenden wahrnehmen. Mich aber hat an erster Stelle die kühne Hypothese von Paul Davies stutzig gemacht, weil ich in ihrer Formulierung diejenigen Gedanken von meinen erkannt habe, die ich frech genug war, vor 14 Jahren in meinem Buch *Summa technologiae* zu äußern. Auf seinen Kern reduziert, besagt dieser Gedanke, daß das Leben, das im Verlauf der kosmischen Geschichte zufällig aus Sternenstaub und Sternentrümmern entsteht, zum Steuermann dieser Geschichte in ihrem weiteren Verlauf werden kann. Die so tätige Vernunft habe ich ›kosmogonische Ingenieurkunst‹ genannt. Da ich als Urheber dieses Gedankens für mein Unvermögen, Hypothesen und Märchen auseinander zu halten, getadelt wurde, habe ich den Gedanken an eine ›kosmogonische Ingenieurkunst‹ nur in meinen phantastischen Werken weiterentwickelt, ohne ihn jemals für eine ernstzunehmende Möglichkeit auszugeben. Umso freudiger hat mich Davies überrascht, der denselben Gedanken weiter verfolgt, indem er von einer zukünftigen ›Supertechnologie‹ spricht, die eine Überlebenschance für Millionenjahre alte Zivilisationen bilden kann – im Innern des zukünftigen, bereits im Ausglühen begriffenen Universums. Allerdings kann man den Umstand, daß die Idee von der Vernunft als einem mächtigen kosmischen Faktor zweimal unabhängig ausgesprochen wurde, auch rein pessimistisch auffassen, um in der Wiederholung nur die Begrenztheit der menschlichen Vorstellungskraft zu erblicken, die zwischen der Unendlichkeit und dem Nullpunkt pendelt, weil sie einmal die Vernunft für ein nichtiges Aufflackern im kosmischen Prozeß hält, und einmal eine der Vernunft bevorstehende ›Machtübernahme im kosmischen Maßstab‹ vorhersagt. Denn eigentlich haben wir keine blasse Ahnung davon, ob die Existenz des Menschen eine Regel – oder aber eine Ausnahme in der Bewegung der Gestirne ist. Umsomehr wissen wir nicht, was unserem ›Drang ins All‹ bevorsteht. Allein die Idee von einer kosmischen Laufbahn der Vernunft, von den Zivilisationen, die ihr Schicksal den mächtigsten Energiequellen des Alls anvertrauen, indem sie, an die ›nackten Singularitäten‹ der rotierenden schwarzen Löcher ›angesaugt‹, einen unvergleichlichen Reichtum an Macht beherrschen, diese Idee ist in meinen Augen herrlicher als alle Phantastereien der Science-fiction. Die letzten wahren Wunder sind heute nur noch in der Wissenschaft zu finden. Wenn es gar nur unser Größenwahn sein sollte, halte ich ihn für eine Krankheit, deren wir uns nicht schämen dürfen, weil sie uns gesund machen kann.

Joseph Weizenbaum, *Die Macht der Computer und die Ohnmacht der Vernunft*

Die Kybernetik hat in unserem wissenschaftlichen Zeitalter den längst tot geglaubten Mythos vom künstlichen Menschen wiederbelebt und die Kybernetiker dabei in zwei Lager gespalten, die seit dreißig Jahren untereinander über die Möglichkeiten der künstlichen Intelligenz zerstritten sind. Allerdings konnte in diesem dreißigjährigen Meinungsstreit noch nicht zwingend entschieden werden, ob es möglich oder unmöglich ist, dem Computer als einer Informationsverarbeitungsmaschine das schöpferische Denken beizubringen. Ein Amerikaner deutschen Ursprungs, Professor Weizenbaum, hat diesem Thema nun ein Buch gewidmet, das im Suhrkamp Verlag unter dem Titel *Die Macht der Computer und die Ohnmacht der Vernunft* erschienen ist. In seinem ersten Teil setzt sich der Autor mit der maximalistischen Auffassung auseinander, daß die Maschine den Menschen als Intelligenzverstärker einmal überholen wird, und er stellt dieser Meinung die dem Computerdenken eigentümlichen Begrenzungen entgegen, die ein maschinelles Simulieren der menschlichen Vernunft unmöglich machten. Nun stimmt diese Behauptung zwar insofern, als kein Computer jemals ein Doppelgänger des Menschen werden wird; aber merkwürdigerweise setzt der amerikanische Computerprofessor das Problem, ob das menschliche Gehirn auf das genaueste nachgebildet werden kann, mit der Frage gleich, ob das technologisch überhaupt erstrebenswert ist. Die Unsinnigkeit einer solchen Gleichsetzung leuchtet sofort ein, wenn man bedenkt, daß wir Transportmittel entwickelt haben, ohne dabei das Gehen oder Laufen auf Beinen zu simulieren, oder daß wir fliegen, doch nicht nach dem Prinzip der Vögel und Insekten, sondern auf eine grundsätzlich andere Weise, und daß es eben dieser Unterschied ist, der uns bereits auf den Mond und den Mars befördert hat. Selbstverständlich kennt Weizenbaum, als Gegner einer ›künstlichen Intelligenz‹, sowohl die Fähigkeiten als auch die Begrenzungen der gegenwärtigen Computergeneration, doch ist dieses Fachwissen unzulänglich für eine zeitlich unbegrenzte sogenannte negative Prophezeiung. In der Geschichte der Wissenschaft wimmelt es von erstklassigen Spezialisten, die bestimmte ›ewige Unmöglichkeiten‹ verkündet haben. Laut solchen Pessimisten sollte uns die Atomenergie für immer verschlossen bleiben, und in der Biologie vor fünfzehn Jahren wurde ein ähnlich negatives Urteil über die genetische Ingenieurkunst gefällt. Nun: heute besitzen wir zahlreiche Atomkraftwerke sowie erste Ansätze für eine Industrie, die auf dem Prinzip der genetischen Abänderung des bakteriellen Erbgutes beruht. Im Vergleich mit der Energetik oder mit dem Verkehrswesen steckt die Computerindustrie noch in den Windeln. Umso gefährlicher ist daher jede lineare Extrapolation anhand der Stumpfsinnigkeit der heutigen Computergenerationen. Professor Weizenbaum scheint nicht zu wissen, daß seine pessimistischen Argumente genau die gleichen sind, die in der Sowjetunion bereits vor zwanzig Jahren angeführt wurden, als dort ein heftiger theoretischer Streit zwischen den Befürwortern und den Gegnern der künstlichen Intelligenz tobte. Diesem Streit von damals, den ich beurteilen kann, weil ich selbst an ihm teilgenommen hatte, vermag Weizenbaum nichts Neues hinzuzufügen. Mit einem Wort, der zukünftige Verlauf der Computerrevolution ist auch heute nicht vorhersehbar.

Das Buch von Weizenbaum entspringt aber nicht nur einer negativen Stellungnahme im Streit um die möglichen Fähigkeiten des Computers, sondern auch einer leidenschaftlichen Entrüstung darüber, was vom Verfasser »der Imperialismus der instrumentellen Vernunft« genannt wird. Er denkt dabei an die Dehumanisierung der Naturwissenschaften, an jene Verstümmelung des menschlichen Wesens, die einer technokratischen Weltanschauung eigentümlich ist, und eine solche Angleichung des Menschen an die Maschine voraussetzt, daß alle menschlichen Eigenschaften und Werte, die sich maschinell nicht darstellen, einfach für nicht existent erklärt werden. Ich teile die moralische Entrüstung des amerikanischen Computergelehrten über die Entmündigung der Wissenschaft und ihre politische Hörigkeit ohne jede Einschränkung, nur glaube ich – im Gegensatz zu ihm – nicht an die Wirksamkeit derartiger ethisch inspirierter Appelle, wie sie in seinem Buch zu finden sind. Zweifellos ist Joseph Weizenbaum ein Gelehrter ähnlichen Schlages wie Noam Chomsky, der weltbekannte Begründer einer neuen Schule der theoretischen Linguistik. Doch haben uns diese beiden ehrlichen Männer mit ihren populären Schriften bewiesen, wie verschwommen und naiv das Denken eines hochgelehrten Sachkundigen wird, wenn er sein Fachgebiet verläßt, um an der Weltverbesserung mitzuarbeiten. Der sogenannte ›Imperialismus der instrumentellen Vernunft‹ ist weder ein lokales amerikanisches Phänomen, noch der erkenntnisbezogene Irrtum einiger Gelehrtenkollektive. Dieser ›Imperialismus‹ ist vielmehr aufs engste mit der Machtpolitik im globalen Ausmaß verbunden, stellt somit ein kulturgeschichtlich und sozialgeschichtlich bedingtes Phänomen dar, das sich nicht mit gutgemeinten Appellen an das Gewissen der Gelehrten aus der Welt schaffen läßt. Was sozialpolitisch und kulturgeschichtlich entstanden ist, das läßt sich nur mittels tiefgreifender struktureller Reformen abändern, kaum mit einer Analyse vom Wertverfall in akademischen Kreisen. Weizenbaum, der seinen Kollegen politische Engstirnigkeit vorwirft, ist selbst engstirnig, wenn er zwar die Folgen, nicht aber ihre Ursachen anprangert. Er tadelt die verderbenden weil entfremdeten Früchte vom Baum der Erkenntnis, ohne zu seinen Wurzeln hinunterzusteigen, die in vergiftetem Boden stecken. Was in seinem Buch wahr ist, ist nicht neu, und was neu ist, scheint fragwürdig, wenn nicht gar unzulänglich.

Charles Berlitz, *Spurlos*

Das schweißtriefende Gesicht Dänikens in einem Sommerprogramm des deutschen Fernsehens hat mich mit dem Mann versöhnt, weil er sich tief betroffen fühlte, und also schwitzte, als seine Glaubwürdigkeit in Frage gestellt wurde. Der Mann, habe ich mir damals gesagt, glaubt alles, was er dem Publikum in seinen Büchern über die außerirdischen Besucher der Erde erzählt, somit ist er kein Zyniker, der weiß, wie man heute zu Ruhm und Geld kommt, indem man nämlich den Leuten das anbietet, was sie sich widerstandslos, ja enthusiastisch einreden lassen. Seine offensichtliche Bestürzung war mir der Beweis seiner subjektiven Ehrlichkeit. Einem anderen heute populären Autor von angeblichen Sachbüchern, Charles Berlitz, kann leider dieselbe ehrliche Intention nicht mehr zugeschrieben werden. Es ist unmöglich, die in Millionenauflagen verkauften Bücher von Berlitz für Produkte guten Glaubens zu halten, weil ihm alle Richtigstellungen seiner Berichte über das Bermuda-Dreieck und seine Rätsel nur allzu gut bekannt sind. Alle bisher erschienenen Bücher von Berlitz wollen uns weismachen, daß es im Bermuda-Dreieck geheimnisvolle Kräfte gibt, die unzählige Schiffe und Flugzeuge zum Verschwinden gebracht haben. In der Juliausgabe der englischen wissenschaftlichen Wochenzeitschrift *New Scientist* haben Gelehrte die Bücher von Berlitz einer sachlichen Prüfung unterzogen. Das Resultat dieser Prüfung ist eindeutig: sämtliche, aber wirklich *sämtliche* Berichte über rätselhafte Unfälle im Bermuda-Dreieck wurden gefälscht, damit der Anschein entsteht, daß sie sich auf natürliche Weise nicht erklären lassen.

Die Frage, warum man Däniken den subjektiven Anstand als Autor zusprechen darf, dem anderen Autor, Charles Berlitz, auf keinen Fall, diese Frage läßt sich leicht beantworten. Däniken bewegt sich mit seinen Hypothesen in der grauen

Vergangenheit, somit lassen sich seine Behauptungen niemals direkt nachprüfen. Kommt einmal die Frage auf, wie die großen ägyptischen Pyramiden entstanden sind, so können uns die Gelehrten nur mit Vorstellungen dienen, die den Bau der Pyramiden mit den damals verfügbaren Werkzeugen und Methoden wahrscheinlich erscheinen lassen. Unmöglich aber kann man dabei die Zeugen ausfragen, zum Beispiel die Baumeister, die sich an der Errichtung von Pyramiden beteiligt haben, weil sie ja seit Jahrtausenden tot sind. Somit läßt sich weiterhin behaupten, daß den Bautechnikern der Pharaos irgendwelche außerirdische Ingenieure hilfreich zur Hand gegangen sind. Was aber die Ereignisse im Bermuda-Dreieck betrifft, mangelt es an lebenden Zeugen, an Protokollen und anderen Dokumenten nicht. Alle Einzelheiten der angeblichen Bermuda-Dreieck-Rätsel lassen sich nachprüfen, nur sind diese Forschungen eine zeitraubende und kostspielige Sache. Kein Wunder also, daß sich die Leser der Bücher von Charles Berlitz auf seinen Text verlassen, ohne die meteorologischen Stationen rund um das Bermuda-Dreieck herum oder die Befehlsstellen der United States Air Force anzurufen, um die Echtheit der von Berlitz dargebotenen Unfallberichte zu prüfen. Diese Mühe haben sich aber einige Wissenschaftler gemacht, und das im *New Scientist* veröffentlichte Resultat ihrer Bemühungen ist für Berlitz niederschmetternd. An erster Stelle diente dem *New Scientist* als Quelle das von einem Bibliothekar in Arizona, Lawrence Kusche, verfaßte ›Anti-Berlitz‹-Buch, in dem über 50 der sogenannten ›Dreieck-Geheimnisse‹ genau geprüft worden sind. Anhand von unwiderlegbaren Dokumenten hat Kusche bewiesen, daß kein einziges kommerzielles Flugzeug im Dreieck verschwunden ist, daß die diesbezüglichen Behauptungen von Berlitz einfach der Wahrheit nicht entsprechen, ja, daß sogar mehrere von Berlitz für verschollen erklärte Schiffe heil aus dem Bermuda-Dreieck zurückgekehrt sind. Was hat nun Berlitz angesichts dieser vernichtenden Kritik angefangen? Er hat ein neues Buch geschrieben, das beim Zsolnay-Verlag unter dem Titel *Spurlos* herausgegeben wurde. Vom Verschwinden der Flugzeuge und von Schiffen ist nun in *Spurlos* kaum die Rede, dagegen wimmelt das Buch von Seeungeheuern, von fliegenden Untertassen, von magnetischen Stürmen und Nebeln, und vom aufgefrischten Gerede über das seit eh und je sagenhafte Land Atlantis. Die neueste Sensation, von der Berlitz berichtet, bezieht sich auf amerikanische Wettersatelliten, die nach Zyklonen Ausschau halten, und die immer über dem Bermuda-Dreieck, und zwar ausschließlich dort, von geheimnisvollen Pannen geplagt werden. Sie hörten nämlich auf, über dem Dreieck ihre Daten den Wetterstationen zu senden. Wahr ist an diesem Bericht allein das Stummwerden der Satelliten über dem Bermuda-Dreieck, das allerdings eine völlig banale Ursache hat. Die Wettersatelliten werden über dem Dreieck stumm, weil jeder während seines Umlaufes um die Erde einmal sein Videoband zurückwickeln muß, auf dem die Beobachtungen gespeichert werden. Die National Oceanographic and Atmospheric Administration der Vereinigten Staaten verfügt über zwei Hauptstationen, die Satellitensignale, die eine in Alaska und die andere auf der Virginia-Insel; somit werden die Videobänder über dem Bermuda-Dreieck umgewickelt, weil es dort keine Empfänger am Boden gibt, und ein Satellit kann nicht gleichzeitig das Videoband zurückwickeln und Signale aussenden. Solchen Erklärungen und Belehrungen gegenüber bleibt aber Charles Berlitz hartnäckig taub und führt weiterhin seine gutgläubigen Leser, nach dem uralten Prinzip ›mundus vult decipi, ergo decipiatur‹, in die Irre. Die Leute wünschen sich, auf hochsensationelle Weise belogen zu werden, also geschieht ihnen nur recht, wenn sie dem Bestseller von Berlitz Glauben schenken.

Immanuel Velikovsky, *Welten im Zusammenstoß*
Lyall Watson, *Die Grenzbereiche des Lebens*

Seit einiger Zeit liegen auf meinem Tisch mehrere Bücher, die ich zu besprechen habe, nur weiß ich leider nicht, wie ich das fertigbringen soll. Es geht nämlich um Werke, die ich für geballte Desinformation halte. In ihren schönen Schutzumschlägen sind sie von echten Sachbüchern nicht zu unterscheiden, doch gleich im Klappentext verspricht jedes dieser Bücher unendlich mehr, als ein wissenschaftliches Werk versprechen darf. Das menschliche Wissen ist auf eine ähnliche Weise gebrechlich wie der menschliche Körper. Die Naturwissenschaft schließt weder Fehler noch Ignoranz aus. Unser Wissen, auch das Exakteste, ist immer unvollkommen, weil es nicht die ewige Wahrheit widerspiegelt, sondern nur den heutigen Erkenntnisstand. Die falschen Sachbücher versprechen dagegen die Endlösung aller Naturrätsel und die Beantwortung aller Lebensfragen. Sie versprechen nicht das zeitlich Bedingte, das Relativ-Geschichtliche, sondern das Absolute. Sie ersetzen das schwierige, graduelle Begreifen von Naturphänomenen durch eine unerschütterliche Gewißheit. Sie bringen Beweise für das Fortbestehen der Seele nach dem Tod und für die gewaltigen vorgeschichtlichen Kämpfe im Sonnenraum, die unsere Erde und andere Planeten gestaltet haben sollen. Sie verspotten die offizielle Wissenschaft, die sie ironisch »Kathederlehre« nennen, und der Umstand, daß es diese »Kathederlehre« ist, die den Unterschied zwischen der Steinzeit und dem Atomzeitalter geschafft hat, macht ihnen nichts aus.

In diesem Zusammenhang lautet mein Dilemma folgendermaßen: Soll ich mich im Ernst mit all den frechen Behauptungen auseinandersetzen, die diese angeblichen Sachbücher aufstellen? Doch ist ein solcher Vorsatz hoffnungslos zum Scheitern verurteilt. Da liegt vor mir das umfangreiche Buch von Immanuel Velikovsky, *Welten im Zusammenstoß,* das, 1950 in Amerika erschienen, einen wahren Sturm der Entrüstung unter prominenten Wissenschaftlern entfacht hatte. Mehrere Astronomen haben versucht, dieses Buch in der Öffentlichkeit unzähliger Lügen und Verdrehungen zu überführen – mit dem peinlichen Resultat, daß es, dank dieser Attacken, weltbekannt wurde. Was kann ich schon gegen ein Buch ausrichten, das, allen diesen ehrlichen Bemühungen zuwider, jetzt auch in Deutschland erscheint? Jedem Absatz dieses Buches sollte ein richtigstellender Kommentar angehängt werden – ein im voraus ohnmächtiges Unterfangen, wenn man bedenkt, daß Velikovsky viele Nachfolger hatte, die mit vereinten Kräften eine aberwitzige ›Anti-Astronomie‹ errichtet haben, weit imposanter und irreführender als die berüchtigte ›Welteislehre‹ von Hörbiger.

Auch ein anderes Buch, dessen Besprechung mir eigentlich bevorsteht, läßt sich nicht als ein isolierter Einzelfall betrachten, weil es ein unselbständiges Teilchen derjenigen ›neuen Welle‹

pseudowissenschaftlichen Schrifttums ist, das sich neuerdings mit dem Leben nach dem Tode befaßt. Ein halbgebildeter Biologe, Lyall Watson, ist sein Autor, und sein Opus, *Die Grenzbereiche des Lebens*, wollte man ihm gerecht werden, würde jahrelange Arbeit eines ganzen Autorenteams verbrauchen. Bekanntlich sind zwanzig Weise nötig, um das Geschwätz eines Narren zu widerlegen.

Gesetzt aber den unwahrscheinlichen Fall, daß ich ganze Regale mit genauen Richtigstellungen all dieser falschen Lehren füllen würde, erhebt sich die Frage, ob es auch Willige geben wird, die bereit sind, sich durch diese Bibliothek durchzuarbeiten. Unmöglich darf man eine solche Bereitschaft seitens derjenigen Leser erwarten, die Velikovsky und Watson emsig studieren, weil sich solche Leute an erster Stelle derartige Richtig- und Bloßstellungen *nicht* wünschen. Sie wollen ausschließlich das zu hören bekommen, was die Berichte über Seelenwanderungen und über Wunder im Weltraum bestätigt.

Was soll nun der unglückliche Rezensent anbetrachts dieser Umstände anfangen? Was machen unter diesen Umständen *andere* Rezensenten? Meistens pflegen sie eine Art Vogel-Strauß-Politik zu üben: sie verschweigen diese den Büchermarkt überschwemmende Flut, sie werden fahnenflüchtig, so daß am Ende als Kritiker allein die Befürworter, Jünger und Anhänger der Mystifikation auftreten.

Nichts bleibt mir also übrig als eine nachdenkliche Randbemerkung: Jede Konsumgesellschaft schützt die Gesundheit ihrer Bürger mit entsprechender Gesetzgebung: Wer unverdauliche, schädliche, oder gar giftige Stoffe als Nahrungsmittel auf den Markt bringt, der hat gerichtliche Verfolgung zu erwarten. Der Gesetzgeber schützt die Leiber, die Gemüter aber werden nicht auf dieselbe Weise vor irreführender Information geschützt. Sie werden es nicht, weil eine dazu berufene Institution einer Zensur gleichkäme, und dann würde man die heikle Frage zu beantworten haben, wer soll eigentlich die Zensoren bewachen, damit sie sich nicht das Recht zusprechen, unfehlbar wie der Papst in Person zu sein? Diese klassische Frage – quis custodiet ipsos custodes – läßt sich auf eine zufriedenstellende Weise nicht entscheiden. Wir müssen also mit geistigem Unrat weiterleben. Allerdings ist er im Anwachsen begriffen und bildet so eine nicht zu übersehende Gefahr für jede demokratische Gesellschaft.

Doris und David Jonas, *Die Außerirdischen – Leben und Intelligenz*

Ein amerikanisches Ehepaar, Doris und David Jonas, hat gemeinsam ein Buch über mögliche Vernunftwesen im Weltall verfaßt. Er ist ein in Wien ausgebildeter Psychiater, sie eine Anthropologin. Ihr Buch, schlicht *Die Außerirdischen* betitelt, ist in Zürich im Schweizer Verlagshaus erschienen und gibt mir eine günstige Gelegenheit, mich mit diesem jetzt aktuell gewordenen Thema zu befassen. Es geht darin um Hypothesen, die auf gesicherten naturwissenschaftlichen Erkenntnissen beruhen, vor allem auf denen der Physik und Biologie. In mehreren Kapiteln werden durchaus plausibel Umweltbedingungen beschrieben, aus denen biologische Organismen mit sehr unterschiedlichen Sinnesorganen hervorgehen könnten. Erörtert wird, wie durch die natürliche Auslese etwa auf einem Planeten mit undurchsichtiger Atmosphäre der Geruchssinn zum Hauptsinn werden könnte; und in einem anderen Kapitel wird dargelegt, daß spezifische Umstände der Beleuchtung möglicherweise das Entstehen von insektenähnlichen Augen fördern, die Wahrnehmung auch polarisierten Lichtes, weil dies eine zusätzliche Orientierungshilfe ist. Ich habe das Buch mit wachem Interesse gelesen, weil seine rationale Einstellung der meinigen recht ähnlich ist. Vor allem teile ich die Hauptansicht der Autoren, daß wir uns beim Aufstellen von Hypothesen nur auf unsere wissenschaftliche Erfahrung stützen können. Bei den Schlußfolgerungen bin ich mit ihnen allerdings nicht mehr so einig. So meinen sie etwa, daß eine Kontaktaufnahme mit den ›Anderen‹, ein Informationsaustausch zwischen verschiedenen planetaren Zivilisationen eine ausgesprochen technische Frage ist, sich also mit rein technischen Mitteln und Methoden bewältigen läßt; daß wir keine unüberwindlichen Probleme bei der Dechiffrierung von Signalen aus dem Weltraum haben werden, weil jede Vernunft mit der menschlichen Vernunft identisch sein muß.

Es hat eine Zeit gegeben, in der ich derselben Überzeugung war. Zwar können sich die Außerirdischen in ihrem Bau und in ihrem Aussehen sehr stark vom Menschen unterscheiden, zwar können sie über grundsätzlich anders gestaltete Körper und anders spezialisierte Sinnesorgane verfügen, sie können ohne Sauerstoff auskommen oder gar auf dem Meeresboden leben, aber ihre Vernunft muß der unsrigen stark ähneln, weil es keine andere Form der Vernunft geben kann als diejenige, die dem Menschen eigentümlich ist.

Heute bin ich nicht mehr gewillt, diese Behauptung zu vertreten. Die abstrakt arbeitende Vernunft, ihre – wenn man so sagen darf – logische Spitze, die wir bereits unseren informationsverarbeitenden Maschinen übertragen haben, mag tatsächlich eine kosmische Konstante sein. Diejenige Vernunft aber, die das soziale Zusammenleben der Menschen bestimmt, diese ›unvernünftige Vernunft‹, die rittlings auf unserem Triebleben galoppiert und untrennbar mit der Menschheitswerdung verbunden ist, die unsere Zivilisation zwischen Aufstieg und Untergang pendeln läßt, diese Art von Vernunft kann ein ausgesprochen lokales, das heißt ausschließlich irdisches Phänomen sein. Wir werden ja fortwährend von Sachkundigen darüber belehrt, daß unser Ahne, der eher unsympathische Affe, fleischfressend und nackt geworden, in unserem Körper weiterlebt. Dieser vernunftbegabte, sexuell überempfindliche Affe, der sein vormenschliches, magisches Denken und Reagieren nicht loswerden kann, dieses Wesen, dessen Psyche vielschichtig ist wie eine geologische Formation, kann unmöglich eine Konstante im gesamten Sternenall sein. Die menschliche Vernunft ist zwar in ihrer Wirkungsweise zukunftsgerichtet, zugleich aber ist sie ein Überbleibsel der vorgeschichtlichen Vergangenheit, die den Menschen innerhalb von drei Millionen Jahren aus dem Primaten herausschälte.

Ich habe längst den Glauben daran verloren, daß die Idee einer interplanetaren Kontaktaufnahme von der prinzipiellen Differenz der Entwicklungswege im All absehen darf – daß es einen einzigen rationalen Nenner gibt, auf den sich alle intelligenten Bewohner des Universums bringen lassen.

Wie kann es eine Verständigung zwischen vernunftbegabten Wesen geben, die sich auf unterschiedlichen Stufen der historischen Entwicklung befinden, da wir uns nicht einmal mit unseren menschlichen Nachbarn verständigen können, wenn wir und sie unter differierenden politischen Umständen leben!?

Die Stichworte, die wir aus dem neunzehnten Jahrhundert geerbt haben, wie etwa ›Wissenschaftsfortschritt‹, ›Zukunft als verbesserte Gegenwart‹, ›Freiheit des Einzelnen dem Staat gegenüber‹, sind jetzt dabei, uns ihre Flüchtigkeit, ihren zeitlich-historischen, das heißt: vorübergehenden, unbeständigen Charakter zu zeigen.

Ich glaube zwar, daß die Menschheit weiterbestehen wird, auch wenn die Gleichsetzung von wachsender Produktion und allgemeiner Beglückung ihre Gültigkeit verliert. Auch halte ich eine Kontaktnahme mit den ›Anderen‹ für durchaus möglich. Spätestens dann aber wird der Traum utopisch, weil anthropozentrisch denkender Rationalisten enden und man wird solche Bücher, wie das, von dem ich ausgegangen bin, für den Ausdruck einer Selbstverherrlichung halten, die dem Menschen in seinem zivilisatorischen Kindesalter eigen war.

Sir John Hackett, *Der dritte Weltkrieg. Hauptschauplatz Deutschland*

Mit brennender Neugier habe ich das Buch aufgeschlagen, das der hohe Kriegsherr im Ruhestand über den dritten Weltkrieg geschrieben hat, sollte ich doch endlich erfahren, wie ich vom sowjetischen Joch befreit werde – zu einem solchen Happy-End führt nämlich der Band. Nun mangelt es an futurologischen Szenarios, die den nächsten Weltkrieg schildern, gewiß nicht, allerdings wurden sie bislang meist von Zukunftsforschern verfaßt, die im Militärwesen Dilettanten sind. Diesmal aber wurde der Zusammenprall des Ostens mit dem Westen von Fachleuten höchsten Ranges dargestellt. Sir John Hackett zog die besten NATO-Köpfe zur Mitarbeit an seinem Werk heran. Die Lektüre hat mich zuerst stutzig gemacht, dann hat sie mich zum Gähnen gezwungen, als ich aber zum abschließenden Teil kam, der die Auflösung der Sowjetunion in mehrere Staaten beschreibt, hat mein Staunen wiederum die Oberhand über die Langeweile bekommen. Ich begann nämlich darüber zu rätseln, wie eine solch illustre Versammlung von Generalstäblern derart geballt politische Plumpheiten und Naivitäten zustande bringen konnte. Schließlich ist mir nach einigem Nachdenken ein Licht aufgegangen. Nehmen wir einmal an, ein Autor, der einen Liebesroman schreiben will, bekommt von der kosmetischen Industrie die gutdotierte Anregung, ihre neuesten Produkte in die Handlung einzuflechten, wozu er auch besten Willens ist. Was geschieht? Das reiche Marktangebot dieser Industrie, das der gutwillige Schreiber irgendwie unterzubringen hat, beginnt, auch die schönsten lyrischen Szenen zu belasten. Mehr noch: diese gewaltige Ansammlung der im Buch erwähnten Cremes, Büstenhalter, Höschen oder Lippenstifte wird für den uneingeweihten Leser immer rätselhafter. Dieser Leser ist nämlich unfähig zu begreifen, warum die psychologische Seite der Liebesbeziehung so gut wie überhaupt nicht zu Worte kommt, warum just dann die einzelnen Kleidungsstücke der Heldin aufgezählt, beschrieben werden, wenn sie dabei ist, den Gipfel der Lust mit ihrem Geliebten im Bett zu ersteigen. Der Autor indes – sich selbst nun wohl einer gewissen Beeinträchtigung seiner Romanze bewußt geworden – versucht dem irritierenden Eindruck dadurch entgegenzuwirken, daß er den nachfolgenden Liebesakt auf das genaueste beschreibt und dafür alle anatomischen und sexologischen Erkenntnisse als aufreizende Mittel benutzt. Was allerdings nichts anderes hervorbringt als die skurrile Kreuzung eines Katalogs der Wäscheindustrie mit pornographischer Literatur. Ganz ähnlich muß das Buch von Sir John Hackett zustande gekommen sein. Nur so kann ich es mir nämlich erklären, daß die Schilderung des dritten Weltkrieges ständig von Aufzählungen neuer und neuester Waffensysteme der NATO und des Warschauer Paktes unterbrochen wird. Allein die dem Roman vorangestellte Liste der Abkürzungen realer oder geplanter Waffenarten und Kommandostellen zählt mehr als 80 Stichworte, wie etwa COMNORTHAG, CENTAG, EUROSAM, FUMO und so fort auf. Durchaus möglich, daß ein so überbeanspruchter Leser nicht bemerkt, daß die Fülle der Abkürzungen, die Fachwissen suggeriert, nur die intellektuelle Unbedarftheit des Bandes verdeckt. Es ist nämlich meiner Meinung nach nur dazu da, den Einsatz der Waffen und Verbände auf dem Schlachtfeld zu schildern, die die NATO auf Lager hat. Der sowjetische atomare Schlag etwa, der, nach der vom Warschauer Pakt verlorenen Schlacht um Deutschland, die englische Stadt Birmingham vernichtet, ist an sich genommen etwas einzigartig Idiotisches, weil diesem Schlag das völlig passive russische Warten auf den westlichen Gegenschlag folgt. Das wäre so, als ob jemand, der seinen Widersacher geohrfeigt hat, nun die Hände in die Taschen steckt und nicht auf die Idee kommt, sein Gegner könnte ihm diese Ohrfeige zurückgeben. Sollten andererseits Atomwaffen gleich zu Beginn des Krieges eingesetzt werden oder auch nach den ersten Gefechten, die mit konventionellen Waffen und Kräften geführt werden, so könnte das ganze Arsenal der schönen Damenunterwäsche nicht zur Schau getragen werden. Gegen Revolver sind die besten Knüppel nutzlos. Wenn es Wasserstoffbomben regnet, ist es sinnlos, noch konventionelle Waffen anzuwenden. Aber teuer genug ist der Lagerbestand der schönen Damenwäsche nun einmal, hergezeigt werden muß er, und das ist das einzige, was die sogenannte Strategie des Krieges von Sir Hackett bestimmt. Wie dem Liebesakt in unserem Beispiel ein Striptease der Dame vorangehen muß, damit all die reizenden Hüllen, die ihren wonnespendenden Leib bedecken, gebührend beschrieben werden können, genau so muß es auf dem Schlachtfeld des dritten Weltkrieges erst eine Modenschau aller funkelnden Waffen geben, bevor es zum Liebesakt, will sagen zum atomaren Schlag kommt.

Aus diesem Blickwinkel gesehen ist das Buch völlig logisch aufgebaut. Die Russen sind zwar bärenstark und von Kopf bis Fuß gepanzert, aber unelastisch in der Kriegführung, der Westen zahlenmäßig unterlegen, dafür jedoch geschmeidiger und elektronisch besser ausgerüstet. Die Russen machen freundlicherweise zudem alles nur Menschenmögliche, damit diese Überlegenheit der NATO auch den Ausschlag gibt. Sie versuchen erst gar nicht, mit ihrer Übermacht von Panzern und Soldaten durch den engen europäischen Raum bis zur Atlantikküste zangenartig durchzustoßen. Nein, sie lassen den Bewegungskrieg sofort in einen Stellungskrieg ausarten, obwohl sie an den strategisch wichtigsten Abschnitten eine Überlegenheit von 30 zu 1 besitzen.

»Difficile est satiram non scribere.« Es ist schwer, die Besprechung dieses Buches *nicht* als Satire zu schreiben. Aus den gleichen Motiven, die unseren fiktiven Schriftsteller veranlaßten, seine Werbung für die kosmetische Industrie mit einer möglichst glutvollen Beschreibung des Liebesaktes aufzuwerten, erspart uns General Sir John Hackett keine der grausamsten Einzelheiten des Infernos, das die in radioaktive Flammen aufgehende Stadt Birmingham bietet. Sogar der Lack wird nicht vergessen, den die Hitzewellen der Explosion auf den Booten des nahe gelegenen Hafens zum Sieden bringen. Es mangelt aber auch nicht an lyrischen Passagen, an Erlebnissen einzelner NATO-Kämpfer – wohl um einer allzu großen Trokkenheit der Berichterstattung vorzubeugen. Dem guten Absatz des Buches zuliebe wurde die deutsche Fassung zudem mit dem Untertitel »Hauptschauplatz Deutschland« versehen, eine Spekulation mit dem Schrecken, die angesichts des Inhalts ebenso verlogen wie unsinnig ist.

Sollte jemand aber nicht von der Damenwäschestrategie des Werkes überzeugt sein, so wird es ihn verblüffen, wenn er im Nachwort des Verfassers, auf Seite 371, die gewichtigen Worte findet: ». . . die einzige zuverlässige Aussage über den Verlauf und Ausgang eines eventuellen Krieges ist die, daß *nichts* genau so geschehen wird, wie wir es hier geschildert haben.« Angesichts dieser Bemerkung ist man endgültig gezwungen zu kapitulieren. Ein Werk, das auf diese Weise sein Alibi mitliefert und damit seine eigene Wahrscheinlichkeit widerruft, ist perfekt geeignet, ein Bestseller zu werden. Die Werbeaktion der NATO/kosmetischen Industrie hätte damit, dank Sir John Hackett, ihren Erfolg gehabt.

Paul E. Erdman, *Crash 81. Der große Schock*

Seit einigen Jahren gibt es eine neue Gattung der Unterhaltungsliteratur, Politic-fiction genannt. Politic-fiction ist das Mittelstück zwischen der Science-fiction und der Futurologie. Von der Science-fiction unterscheidet sie sich dadurch, daß sie keine fernen Welten und Zeiten schildert, sondern unsere Welt in der nahegelegenen Zukunft, und von demjenigen Zweig der

Zukunftsforschung, der die sogenannten Szenarios des prospektiven Geschehens entwirft, unterscheidet die Politic-fiction der Hang zu Knalleffekten. Dennoch soll das politisch Phantastische dem Leser glaubwürdig erscheinen. Es ist tatsächlich nicht leicht, das bis zur Unmöglichkeit Unwahrscheinliche aufzudecken, das uns die Politic-fiction schildert, weil der Gesamtzustand unserer Welt eine einzige Auftürmung von lauter Unwahrscheinlichem zu sein scheint. Das arabische Erdölmonopol mit der nachfolgenden energetischen Krise, die Kubaner in Afrika, von Terroristen entführte italienische Regierungspolitiker, das sind alles Dinge, die noch vor zehn Jahren keinem Sachkundigen als ernstzunehmende Möglichkeit erschienen wären. Dadurch, daß sich alle diese Alpträume doch verwirklicht haben, ist uns das Unterscheidungsvermögen abhanden gekommen, das Mögliche vom Unmöglichen im voraus zu trennen. Unsere diesbezüglichen Intuitionen sind in Verwirrung geraten, und eben diesen Umstand nützt die Politic-fiction aus, wobei den Hauptzug ihres Vorgehens der Vorsatz bildet, dem Publikum möglichst viel Schrecken einzujagen. Augenscheinlich ist dieses Publikum noch nicht mit der Zukunftsangst gesättigt, augenscheinlich lechzen die Leute nach immer neuem Gruseln, denn sie sind bereit, die mannigfaltig belletrisierte Schwarzseherei zu kaufen und zu lesen. Ein gutes, weil typisches Beispiel derartiger Unterhaltung bildet der Roman von Paul Erdman, eines amerikanischen Bankiers, der sich, nachdem seine Bank Pleite gemacht hatte, noch in der Untersuchungshaft der Politic-fiction zugewandt hat. Sein letzter Roman, *Crash 81* oder *Der große Schock* schildert eine neue, und zwar die endgültige Krise der westlichen Zivilisation, sein Bösewicht ist der iranische Schah Reza Pahlevi, als Opfer treten Westeuropa und Amerika auf, und der eigentliche Dolchstoß wird ihnen durch einen viertägigen Eroberungskrieg versetzt, in dem der Iran alle ölfördernden arabischen Länder mit Saudi-Arabien an der Spitze besetzen will. Dieses waghalsige Unternehmen, das den Schah zum alleinigen Erdölmonopolisten machen soll, wird zum iranischen Pyrrhussieg, weil die in das Ringen eingreifenden Amerikaner mit ihren Phantom-Jägern das Hauptquartier des Schahs bombardieren, was die bereits scharfgemachten Atombomben der Iraner zur Explosion bringt. Der Schah und sein ganzer Generalstab gehen in Flammen auf, doch ist dieses Atominferno keine Errettung des Westens, weil die Atombomben, welche die Iraner einige Stunden früher auf die Erdölfelder abgeworfen haben, das ganze Gebiet mit todbringender Radioaktivität verseuchen. Der iranische Vorstoß scheitert zwar, aber die Welt wird 25 Jahre lang keinen Zugang zum arabischen Erdöl haben.

Diese Geschichte wird von einem ehemaligen Bankier erzählt, einem Amerikaner, der zum obersten Finanzberater Saudi-Arabiens wurde. Paul Erdman, der Verfasser dieses Romans, läßt erkennen, daß er sich im Bankwesen tatsächlich auskennt, und diejenigen Leser, denen die Schilderung von Dollarmilliardenumsätzen ein wollüstiger Kitzel sein kann, werden das Buch packend finden.

Der Roman setzt aber in seiner Handlung eine Unwahrscheinlichkeit voraus, die sich unter keinen Umständen verwirklichen könnte. Diese Unwahrscheinlichkeit ist das vollkommen passive Verhalten der Sowjetunion während des viertägigen Krieges. Der Schah hat sich die sowjetische Neutralität dadurch gesichert, daß er die russischen Diplomaten über die chinesische Präsenz in Saudi-Arabien aufklärt, und die Russen glauben dem Schah aufs Wort. Selbstverständlich ist so etwas eine glatte Unmöglichkeit. Der Verfasser weiß in den Finanzsachen Bescheid, wenn er sich aber auf das Gebiet der hohen Politik begibt, wird er naiv und unbeholfen. An sich scheinen meine kritischen Einwendungen dem Roman gegenüber unwichtig zu sein, weil wir es ja mit einem Buch der Politic-fiction zu tun haben, das, ähnlich wie jeder durchschnittliche Roman der Science-fiction, doch nicht ernstgenommen werden darf.

Zugegeben – es geht um keine ernstzunehmende Voraussage des Möglichen in der politischen Sphäre. Ich hebe aber diese Ungereimtheit hervor, weil sie für die mit Katastrophen spielende Politic-fiction typisch ist. Fast niemals spielt nämlich in den Politic-fiction-Romanen die Sowjetunion eine vordergründige Rolle, fast niemals wird sie in ihnen als derjenige Faktor gezeigt, der den Untergang des kapitalistischen Westens verursacht. Warum eigentlich wird ihr keine Hauptrolle von den Autoren zugemutet? Ich glaube die Antwort auf diese Frage zu kennen. Die Ängste, die im Westen am größten sind, sollen nicht einmal erwähnt, sollen nicht heraufbeschwört werden. Die Leserschaft soll zwar geängstigt werden, aber mit Maßen. Die stillschweigende Voraussetzung derartiger Handlungsabläufe lautet: Eine Welt ohne Erdöl, ohne Benzin, ohne Autos, eine Welt inmitten der finanziellen und ökonomischen Krise ist immer einer vom Kommunismus beherrschten Welt vorzuziehen. Die Politic-fiction soll kitzliges Gruseln wecken, aber auch nicht mehr. Im Roman von Paul Erdman wurde der Westen zu 25 Jahren Qual und Pein verurteilt, bis sich die radioaktive Verseuchung verflüchtigen wird. Das ist zwar kein Happy-End, aber auch kein Todesurteil.

Meine Schlußfolgerung lautet also: Die Politic-fiction ersetzt den größtmöglichen Schrecken durch seine phantastischen, abgeschwächten Versionen. Demjenigen, der sich unwohl fühlt, und gar Krebs bei sich vermutet, wird zwar nicht gesagt, daß er kerngesund ist, sondern, daß ihm eine vorübergehende kleine Lähmung bevorsteht. Auf die in diesem Zusammenhang aufkommende, weit schwierigere Frage, warum sich eigentlich die Menschen wünschen können, mit politischer Schwarzseherei geängstigt zu werden, anstatt, wie in der Vergangenheit, Schilderungen einer rosafarbenen utopischen Zukunft zu genießen – warum sie überhaupt Gefallen an bedrohlichen Visionen finden können – auf diese Frage werde ich nicht eingehen, weil zu ihrer Beantwortung kein Feuilleton, sondern ein dickes historiosophisches Werk nötig wäre.

Fredric Golden, *Rätsel am Rande des Universums. Eine astronomische Detektivgeschichte*

Nach dem Buch von Steven Weinberg über den Weltanfang will ich mich mit einem thematisch verwandten befassen, mit Fredric Goldens *Rätsel am Rande des Universums*, Untertitel: Eine astronomische Detektivgeschichte, in dem der wissenschaftliche Redakteur des *Time Magazine* von den Errungenschaften der Astrophysik in unserem Jahrhundert berichtet. An sich ist das ein übersichtliches, bündiges und gut lesbares Buch für Laien, und erst der Vergleich mit Weinberg läßt Fredric

Golden als Verlierer im Wettbewerb mit dem Fachgelehrten erscheinen. Der Grund dafür ist recht einfach: auf jedem Fachgebiet gibt es mehrere theoretische Meinungen, unter denen man nicht nach demokratischen Prinzipien wählen kann. Doch nur einem Fachgelehrten steht es zu, auf autoritative Weise seinen eigenen Standpunkt zu verteidigen. Ein Journalist kann sich in ähnlicher Lage nur auf die Autorität anderer verlassen, und er wird hilflos, wenn sich die Autoritäten widersprechen. Meist wird dann der Journalist denjenigen folgen, deren Ausführungen dank ihrer Anschaulichkeit den größten Eindruck auf ihn gemacht haben. Hier aber lauert die eigentliche Gefahr für den, der keine persönliche Erfahrung auf dem gegebenen Fachgebiet hat. Der an sich ehrliche Versuch Fredric Goldens, fast alle Autoritäten zu Wort kommen zu lassen, entspricht eher dem Geist der amerikanischen Demokratie, als dem Geist der Wissenschaft. Die Kant-Laplacesche Theorie der Planetengenese, der Golden den Vorrang in seinem Buch gibt, ist zwar alt und ehrwürdig, aber auch immer stärker umstritten. Zwar kann man sich gut vorstellen, wie sich aus einem kreisenden Urnebel kalten Gases und Staubes die Sonne und die Planeten geformt haben, aber für dieses anschauliche Bild verfügen wir über kein mathematisches Gerüst, das alten astronomischen Tatsachen entsprechen würde, ohne daß zu ihrer Rettung zusätzliche ad-hoc-Hypothesen eingeführt werden müßten. Golden hat leider viel zu viel Platz einer alternden Auffassung der Planetogenese zugewiesen, ohne dabei ihre Schwächen in Betracht zu ziehen. An einer Stelle dieser Präsentation erweist sich Golden sogar bloß als Laie; wenn er etwa schreibt, ich zitiere: »Als die Erde sich abkühlte, sprudelte Wasser aus ihrem Innern durch die Vulkane und andere Risse hervor.« Dieses Bild, das an das Ausdrücken eines mit Wasser vollgesogenen Schwamms denken läßt, ist unbeholfen, ja komisch, weil die irdischen Ozeane doch nicht vermittels der »Schwammethode« entstanden sind. Aber schließlich geht es dabei nur um einen ungeschickten Ausdruck. Schlimmer ist der Umstand, daß Golden viel zuwenig Aufmerksamkeit den neuesten astrophysikalischen Erkenntnissen widmet, die mit den theoretisch vorausgesagten, wenn auch bisher noch nicht beobachteten sogenannten schwarzen Löchern zusammenhängen. Golden hat aus den bahnbrechenden Arbeiten des Engländers Steven Hawking nur das äußerlich Sensationelle herausgeholt, und zwar die verblüffenden physikalischen Eigenschaften dieser schwarzen Löcher im Ergebnis kollabierender Sterne. Einem Fachmann ist aber nicht das befremdende Verhalten der schwarzen Löcher das Wichtigste, sondern, eigentlich umgekehrt, der Umstand, daß Hawking diese Löcher auf altbekannte Dinge zurückgeführt hat, sie nämlich den Energie ausstrahlenden vollkommen schwarzen Körpern gleichsetzte. Damit gelang es Hawking, auf die relativistische Theorie der schwarzen Löcher sowohl die quantentheoretische als auch die klassische Begriffsapparatur der Thermodynamik anzuwenden. Die bisher eher auseinanderstrebenden als konvergierenden Theorien haben, im kühnen Versuch von Hawking fokussiert, eine auf dem Gebiet der Astrophysik einmalige Vereinigung erfahren. Und eben diese erfolgreiche Synthese ist für die Fachwelt ausschlaggebend; ihre Ausgangspostulate sind elementare Grundgesetze der Physik, ein Umstand, der für die Theoretiker wichtiger ist als alle Anschaulichkeit, die es auf diesem Gebiet sowieso nicht mehr geben kann. Der von Fredric Golden gewählte Standpunkt dagegen, sein Feldherrnhügel, läßt unseren Blick nur über diejenige Landschaft der Astronomie wandern, die dank ihrer Anschaulichkeit nicht einmal ein Mindestmaß an physikalischen Kenntnissen voraussetzt. Zugleich aber gehören bereits erhebliche Teile dieser astrophysikalischen Landschaft dem gestrigen Tag an. Will man von astronomischen Detektivgeschichten sprechen, so muß man zuerst einsehen, daß sich die entscheidende Phase einer solchen Untersuchung im abstrakten Denken abspielt, in dem Vermögen, in äußerlich grundverschiedenen Dingen das Gemeinsame zu entdecken. Oder wie ein großer Gelehrter einmal gesagt hat: nur das können wir mit dem Auge wahrnehmen, was zuvor von unserem Geist wahrgenommen wurde. Kein beliebig langes Anstarren des Himmels läßt uns anschaulich wahrnehmen, daß ein schwarzes Loch als ein erloschener Stern viel Verbindendes mit dem verrußten Loch in einem warmen Kachelofen hat. Insgesamt: Unter den aktuellen astronomischen Problemen, die Fredric Golden in seinem Buch bespricht, habe ich nur wenige wichtige vermißt, aber gerade sie sind es, die über den weiteren Gang der astronomischen Forschung werden zu entscheiden haben.

Copyrightvermerke, Quellen- und Übersetzungshinweise

Anmerkung: Texte, für die keine Übersetzer angegeben werden, wurden von Stanisław Lem deutsch verfaßt.

»Mein Leben.« Aus: *Neue Rundschau*, Heft 4/1983. © Stanisław Lem, 1983.

»Eine Art Credo.« Aus: *Quarber Merkur* Nr. 31, 1972. © Stanisław Lem, 1972.

»Vorwort zur russischen Ausgabe von *Solaris*.« (Predislovie autora k russkomy isdaniju »Soljarisa«, in: Lem: *Soljaris, Edem*, Moskva, Mir 1973.) Aus dem Russischen von Erik Simon. © Stanisław Lem, 1973. Deutsch zuerst im *Quarber Merkur* Nr. 38, 1974.

»Zur Entstehung meines Romans *Lokaltermin*.« Aus. *Quarber Merkur* Nr. 61, 1984. © Stanisław Lem, 1984.

»Science-fiction: ein hoffnungsloser Fall – mit Ausnahmen.« Aus: *Quarber Merkur* Nr. 29, 1972. © Stanisław Lem, 1972.

»Nachwort zu *Auf dem Silbermond* von Jerzy Zuławski.« (Przedmowa) zuerst erschienen in J. Zuławski, *Na srebrnym globie*, Krakau, Wydawnictwo Literackie, 1956.) Aus dem Polnischen von Edda Werfel. Aus J. Zuławski, *Auf dem Silbermond*, Frankfurt/Main, Suhrkamp 1983. © Stanisław Lem, 1956.

»Nachwort zu *Picknick am Wegesrand* von Arkadi und Boris Strugatzki.« (»Posłowie« in A. und B. Strugaccy, *Piknik na skraju drogi*. Krakau, Wydawnictwo Literackie 1977.) Aus dem Polnischen von Friedrich Griese. Deutsch zuerst in Arkadi und Boris Strugatzki, *Picknick am Wegesrand*, Frankfurt/Main, Suhrkamp 1981. © Stanisław Lem, 1977.

»Nachwort zu *Zweimal Weltuntergang* von Antoni Słonimski.« (»Dwa konce świat). Aus dem Polnischen von Hanna Rottensteiner. Ursprünglich als »Zwei Enden der Welt« in *Quarber Merkur* Nr. 57, 1982. © Stanisław Lem, 1982.

»Unitas oppositorum: Das Prosawerk des J. L. Borges.« Aus: *Quarber Merkur* Nr. 25, 1971. © Stanisław Lem, 1971.

»Nachwort zu Szymon Kobyliński, *Entschuldigen's*.« Aus: Szymon Kobyliński, *Entschuldigen's*, Frankfurt/Main, Insel Verlag 1972. © Stanisław Lem, 1972.

»Vorwort zu *Das Warschauer Ghetto – wie es wirklich war* von Władysław Bartoszewski.« Aus: Władysław Bartoszewski, *Das Warschauer Ghetto – wie es wirklich war*. Frankfurt/Main: Fischer Taschenbuchverlag 1983. © Stanisław Lem, 1983.

»Einleitung zu *Aus der Geschichte lernen?* von Władysław Bartoszewski.« (»Wstęp.«) Aus dem Polnischen von Jens Reuter. Aus: Władysław Bartoszewski, *Aus der Geschichte lernen?* München, Deutscher Taschenbuchverlag 1986. © Stanisław Lem, 1986.

»Posthuma.« (Posthuma) Aus *Pismo*, 1980. Aus dem Polnischen von Edda Werfel. © Stanisław Lem, 1980. © der deutschen Übersetzung R. Piper GmbH & Co KG 1987.

»Vergleichende Kosmologie.« (Kosmologia porównawcza.) Aus dem Polnischen von Hanna Rottensteiner. Aus: Franz Rottensteiner (Hrsg.), *Polaris 7*. Frankfurt/Main, Suhrkamp 1983. © Stanisław Lem, 1983.

»Prognose über die Entwicklung der Biologie bis zum Jahr 2040.« (Prognoza rozwoju biologii do roku 2040). Aus dem Polnischen von Jens Reuter. Aus: Wolfgang Jeschke (Hrsg.), *Heyne Science Fiction Magazin 8*. München: Wilhelm Heyne Verlag 1983. © Stanisław Lem, 1983.

Rezensionen

Jan Józef Szczepański, *Vor dem unbekannten Tribunal.* Aus dem Polnischen übersetzt von Klaus Staemmler.– RIAS-Rundfunkmanuskript 6./8.1.1980. © Stanisław Lem, 1980.

Jan Józef Szczepański, *Ikarus* und *Die Insel*. Unter dem Titel »Nie verlor der Attentäter die Reinheit des Herzens«, *Die Welt*, 24.5.1980. © Stanisław Lem, 1980.

»Von Wissenschaft und Pseudowissenschaft.«

Steven Weinberg, *Die ersten drei Minuten*
Paul Davies, *The Runaway Universe*
Joseph Weizenbaum, *Die Macht der Computer und die Ohnmacht der Vernunft*
Charles Berlitz, *Spurlos*
Immanuel Velikovsky, *Welten im Zusammenstoß*
Lyall Watson, *Die Grenzbereiche des Lebens*
Doris und David Jonas, *Die Außerirdischen*
Sir John Hackett, *Der dritte Weltkrieg*
Paul E. Erdman, *Crash 81 – der große Schock* (alle aus: *Quarber Merkur* Nr. 52, 1981). © Stanisław Lem, 1981.
Frederic Golden, *Rätsel am Rande des Universums*. RIAS-Rundfunkmanuskript. © Stanisław Lem, 1978.